西方传统 经典与解释

Classici et commentarii

HERMES

HERMES

在古希腊神话中，赫耳墨斯是宙斯和迈亚的儿子，奥林波斯神们的信使，道路与边界之神，睡眠与梦想之神，死者的向导，演说者、商人、小偷、旅者和牧人的保护神——解释学（Hermeneutic）一词便来自赫耳墨斯（Hermes）之名。

西方传统 经典与解释

Classici et commentarii

HERMES

柏拉图注疏集

刘小枫 甘阳●主编

苏格拉底的命相
——《斐多》讲疏

The Daimon of Socrates

［拜占庭］奥林匹奥多罗●著　　宋志润●译

华东师范大学出版社

华东师范大学出版社六点分社　策划

古典教育基金·正则资助项目

缘　起

　　自严复译泰西政法诸书至 20 世纪 40 年代,汉语学界中的有识之士深感与西学相遇乃汉语思想史无前例的重大事变,孜孜以求西学堂奥,凭着个人的禀赋和志趣选译西学经典,翻译大家辈出。可以理解的是,其时学界对西方思想统绪的认识刚刚起步,选择西学经典难免带有相当的随意性。

　　50 年代后期,新中国政府规范西学经典译业,整编 40 年代遗稿,统一制订新的选题计划,几十年来寸累铢积,至 80 年代中期形成振裘挈领的"汉译世界学术名著"体系。虽然开牖后学之功万不容没,这套名著体系的设计仍受当时学界的教条主义限制。"思想不外义理和制度两端"(康有为语),涉及义理和制度的西方思想典籍未有译成汉语的,实际未在少数。

　　80 年代中期,新一代学人感到通盘重新考虑"西学名著"清单的迫切性,创设"现代西方学术文库"。虽然从迻译现代西学经典入手,这一学术战略实际基于悉心梳理西学传统流变、逐步重建西方思想汉译典籍系统的长远考虑,翻译之举若非因历史偶然而中断,势必向古典西学方向推进。

90 年代以来,西学翻译又蔚成风气,丛书迭出,名目繁多。不过,正如科学不等于技术,思想也不等于科学。无论学界迻译了多少新兴学科,仍似乎与清末以来汉语思想致力认识西方思想大传统这一未竟前业不大相干。晚近十余年来,欧美学界重新翻译和解释古典思想经典成就斐然,汉语学界若仅仅务竞新奇,紧跟时下"主义"流变以求适时,西学研究终不免以支庶续大统。

西方思想经典即便都译成了汉语,不等于汉语学界有了解读能力。西学典籍的汉译历史虽然仅仅百年,积累已经不菲,学界的读解似乎仍然在吃夹生饭——甚至吃生米,消化不了。翻译西方学界诠释西学经典的论著,充分利用西方学界整理旧故的稳妥成就,於庚续清末以来学界理解西方思想传统的未竟之业意义重大。译界并非不热心翻译西方学界的研究论著,甚至不乏庞大译丛之举。显而易见的是,这类翻译的选题基本上停留在通史或评传阶段,未能向有解释深度的细读方面迈进。设计这套"西方传统:经典与解释",旨在推进学界对西方思想大传统的深度理解。选题除顾及诸多亟待填补的研究空白(包括一些经典著作的翻译),尤其注重选择思想大家和笃行纯学的思想史家对经典的解读。

编、译者深感汉语思想与西学接榫的历史重负含义深远,亦知译业安有不百年积之而可一朝有成。

刘小枫

2000 年 10 月于北京

"柏拉图注疏集"出版说明

《柏拉图九卷集》是有记载的柏拉图全集最早的编辑体例，相传由亚历大时期的语文学家、数学家、星相家皇帝的政治顾问忒拉绪洛斯（Θράσυλλος）编订，按古希腊悲剧的演出结构方式将柏拉图所有作品编成九卷，每卷四部（对话作品三十五种，书简集一种，共三十六种）。1513 年，意大利出版家 Aldus 出版柏拉图全集，被看作印制柏拉图全集的开端，遵循的仍是忒拉绪洛斯的体例。

可是，到了 18 世纪，欧洲学界兴起疑古风，这个体例中的好些作品被判为伪作。随后，现代的所谓"全集"编本迭出，有 31 篇本或 28 篇本，甚至 24 篇本，作品前后顺序编排也见仁见智。

俱往矣！古典学界约在大半个世纪前已开始认识到，怀疑古人得不偿失，不如依从古人受益良多。回到古传的柏拉图"全集"体例在古典学界几乎已成共识（Les Belles Lettres 自上世纪 20 年代陆续出版的希法对照带注释的 *Platon Œuvres complètes* 以及 Erich Loewenthal 在上世纪 40 年代编成的德译柏拉图全集均为 36 种＋托名作品 7 种），当今权威的《柏拉图全集》英译本（John M. Cooper 主编，*Plato, Complete Works*, Hackett Publishing Company 1984, 不断重印）即完全依照"九卷集"体例（附托名作品）。

"盛世必修典"——或者说，太平盛世得乘机抓紧时日修典。对于推进当今中国学术来说，修典的历史使命当不仅是续修中国古代典籍，同时得编修古代西方典籍。中山大学比较宗教研究所属内的"古典学研究中心"拟定计划，推动修译西方古代经典这一学术大业。我们主张，修译西典当秉承我国清代学人编修古代经典的精神和方法——精神即：敬重古代经典，并不以为今人对世事人生的见识比古人高明；方法即：翻译时从名家注疏入手掌握文本，考究版本，广采前人注疏成果。

"柏拉图注疏集"将提供足本汉译柏拉图全集（36种＋托名作品7种），篇序从忒拉绪洛斯的"九卷集"。尽管参与翻译的译者都修习过古希腊文，我们主张，翻译柏拉图作品等古典要籍，当采注经式译法（即凭靠西方古典学者的笺注和义疏本迻译），而非所谓"直接译自古希腊语原文"（如此注疏体柏拉图全集在欧美学界亦未见全功，德国古典语文学界于1994年开始着手"柏拉图全集译本和注疏"，体例从忒拉绪洛斯，到2004年为止，仅出版不到8种；Brisson主持的法译注疏体全集，90年代初开工，迄今未完成一半）。

柏拉图作品的义疏汗牛充栋，而且往往篇幅颇大。这个注疏体汉译柏拉图全集以带注疏的柏拉图作品译本为主体，亦收义疏性质的专著或文集。编译者当紧密关注并尽力吸取西方学界的相关成果，不急欲求成，务求踏实稳靠，裨益于端正教育风气，重新认识西学传统，促进我国文教事业的新生。

刘小枫 甘阳
2005年元月

柏拉图注疏九卷集篇目

（篇名译法以出版时为准）

目　录

中译本说明

本书是柏拉图的名篇《斐多》的古疏之一，属雅典的柏拉图学园传统，非常珍贵——正如王弼、郑玄的《论语注》非常珍贵。与我国古代经解注疏的现代笺注本一样，我们首先遇到的问题是：如何安排版式使得今天的读者阅读起来方便。实践证明，中华书局版"清人十三经注疏"现代点校本的版式最为可取——古人注疏和今人笺注无论篇幅多长，始终紧随经文，而非在一个章节之后统一排列成尾注，使得阅读时需要不断前后翻阅、查找注释位置。

本书版式为：1. 经文（《斐多》原文）用黑体；2. 奥林匹奥多罗的古疏用宋体；3. 今人笺注置于脚注随正文而行——Westrink 一生整理柏拉图作品的古疏多种，功德无量，这里编译的即是他的笺注，原文即分为若干段，仍按原用的 § 标记；笺注所引大量希腊文文献，原文未有英译，我们也保持原样。

《斐多》中译参考王太庆译本，但译名采用水建馥译本。书名是我们拟定的，因为我们还将陆续出版其他关于《斐多》的古今注疏，若都用"《斐多》讲疏"则无从区分书名。

　　译者宋志润博士五年前始习古希腊语，非常用功，这个译本采编笺注，尤其录入大量古希腊语原文，相当繁难，谨此感谢宋博士的辛劳。

刘小枫

2009 年 5 月

于中国人民大学文学院古典文明研究中心

导　言

韦斯特润克[1]

一、关于《斐多》的古疏

柏拉图写成《斐多》之后，人们就开始将之奉为经典，以后几乎找不到同样题材的作品。当然，究竟是无人敢提笔，还是写了之后却没有流传下来，已很难找到证据了，[2]现存希腊化时期的哲学文献非常匮乏。不过，正是因为根本没有与其分庭抗礼的文本，使得我们有理由断定《斐多》在希腊化时期的苏格拉底学派中的经典地位，在罗马时期也一样。

尽管《斐多》叙述部分的情节人所尽知，但同样显而易见的

1　［中译按］译自韦斯特润克的《柏拉图的〈斐多〉之古希腊注疏》（The Greek Commentaries on Plato's *Phaedo* ,volume I, Olympiodorus, North-Holland Publishing Company, Amsterdam, Oxford, New York, 1976）。

2　*Anthol. Pal.* 7,141 中收录的卡里马柯（Callimachus）的著名短诗可以说是一个例外，在 Athenaeus, XI 505e 还有敌意性的批评（斐多本人否认有这样的对话）。从 Panaetius, 残篇 127 的文字看起来，帕耐提乌斯（Panaetius）似乎也否认其真实性，不过，波伦茨（Pohlenz）认为这是对残篇 126 的误解：帕耐提乌斯是在复述斐多对苏格拉底对话的怀疑而已（*RE art.* Panaitios, 18,3, 1949, 427.45-56）。

是,义理部分完全属于柏拉图。漫步学派(Peripatos)对《斐多》做过精细的研究,对其中的义理,既有接受,也有拒绝。亚里士多德在《优台谟伦理学》(*Eudemus*)和《论灵魂》(*De anima*)(I 4,407b27-408a29)中,提到柏拉图反对灵魂是和谐的这一信念的一些论证(*Ph.* 91e5-95a3),还进一步引述《斐多》中关于灵魂脱离肉体(66b1-67b4)的段落,进而提出自己的论点,似乎这种观点在当时属于常识(*communis opinio*)。另一方面,在《形而上学》(*Metaphysics*, A9, 991b3-4=M5, 1080a2-3)和《论生成和衰朽》(*De generatione et corruptione*, II 9, 335b7)中,亚里士多德抨击理念作为存在和过程的原因的教义(*Ph.*100c9-101d2)。在《论天》(*De caelo*, II 3, 295b10-16)中,他批评柏拉图的大地中心说(*Ph.*108e4-109a7),在《天象学》(*Meteorology*, II 2,355b32-356a14)中,他抨击柏拉图关于塔尔塔若(Tartarus)是所有河流溪水的源头的神秘或半神秘描述(*Ph.*111c4-112e3)。亚里士多德对《斐多》的批评比较零散,未成系统。

　　与亚里士多德的零星讨论不同,斯特拉图(Strato)全面考察了《斐多》中的灵魂不朽论证。达玛斯基乌斯(Damascius)对此进行了总结和反驳:如从对立面进行的论证(frg. 122=Dam. II §63),从回忆说进行的论证(frg.127= II §65;cf.frg.126= I §294),根据灵魂和谐做的论证(frg.118= I §388),以及从灵魂本质角度做的最终论证等(frg.123= I §§431-443; frg.124 = II §78; 也见 II §§79-80)。换言之,所有的五个论证都谈到了,单单没有提及第三个论证,也就是从与可知(intelligible)世界的相似性的角度做的论证。不过,在 Dam. I §§ 336-338=II §§41-43=Ol. 13§ 6 中也有一些针对第三个论证的反对意见,达玛斯基乌斯没有说其作者是谁,它们的风格倒是与斯特拉图其他相关论证有点类似。但是,奥林匹奥多罗显然不知道针对斯特拉图的争论,而这个争论在普洛克罗斯(Proclus)的义疏里就可能已经作为一个单独的文本或附录了。[1]不知道这些文献经过了怎样的曲折,辗转至今又为我们今人所知。无论这曲折会是怎样,我们还是可以说斯特拉图针对第三个论证的反驳意见的缺失纯属偶然,从他的论证方法上看,其论述范围涵盖《斐多》的全部论证,这应该不存在什么疑问。第欧根尼·拉尔修(Diogenes Laertius, 5,59-60)记录了斯特拉图的作品清单,没有一篇——《论人性》(Περὶ φύσεως ἀνϑωπίνης)可能是例外——可以与他对柏拉图的批评相吻合。斯特拉图针对柏拉图灵魂不朽的论证所做的讨论可能属于他有关灵魂的著作的一部分,也可能是他专门批判柏拉图灵魂观的文本的一部分(或者专门针对《斐多》,或者涉及更多著作;当然,达玛斯基乌斯没有理由把《斐德若》、《王制》、《法义》中的论辩也包括进来);根据《廊下派先贤残篇》的记载,斯特拉图的同时代人芝诺(Zeno)和佩尔萨乌斯(Persaeus)就对柏拉图的政治理论做过批判。[2]

　　按照菲洛波诺(Philoponus)(an.143.1-144.19)的看法,达玛斯基乌斯(Dam. I §379)中所记录的反对柏拉图从分等级的角度所作论证(Ph. 93a11-94b3)的意见来自伊壁鸠鲁。不过,我们没有办法证实这一点,只能从其文脉来猜测。

　　这些针对柏拉图特定著作的批评侧面表明了老学园一方所捍卫的教义,尽管我们没有任何相关的记录。无论如何,50多年以前,也就是在柏拉图刚刚去世之际,甚或在他尚在世时,学园内就已经对如何正确解释柏拉图的哲学发生了争论。最有名的例子当然就是《蒂迈欧》中的创世说的矛盾。《斐多》也一样,按照达玛斯基乌斯(Dam.I§2)相当隐秘的记载,克诺克拉底

1　　参见Dam. II §§ 63-64。

2　　*SVF* I 残篇260和435。

（Xenocrates）就认为 62b4 的"监护"（custody）"具有提坦式的次序，并在狄奥尼索斯那里达到顶点"。在波菲利（Porphyry）（他必定采纳了克诺克拉底的观点）那里也记有克诺克拉底的类似观念，狄奥尼索斯是世界精神（World Mind），提坦象征了散落并束缚于物质中的精神（Mind）；人从他们的灰烬中产生，并分有了他们的受折磨和被囚禁的状态。如果达玛斯基乌斯书中这些记录都可靠，那么克诺克拉底就必定已经解释了俄耳甫斯教神话（Orphic myth）中柏拉图所指的那个"神秘的传统"。只是我们现在已经很难了解他是怎样把二者联系起来。真正的主题也许本就是神话，而且柏拉图也许偶尔已经提到过。不过，克诺克拉底的这些论述还不能算是真正的注疏，因为我们知道普洛克罗斯的那个著名说法：克兰托（Crantor）是柏拉图的第一个义疏者。[1]

　　按照目前材料所知，克兰托只就《蒂迈欧》写了一个义疏。至于《斐多》，最早的义疏则见于公元前 3 世纪纸草书的两个残卷，[2] 它们讨论的是《斐多》106b-c 和 92e-93a 的内容。不过，我们找不到充分的证据能表明这两个残卷确实属于某个完整义疏的一个部分。退一步讲，即便它们确实如此，即便最终会出现别的更为有力的残篇，也很难改变希腊化哲学以论辩和教条辑录为主的总体局面。

　　真正具有哲学意味的义疏出现于几个世纪之后，其最显著和最一般的起因当然就是这个时期学术上反思意识的形成（反思意识标志着我们的时代的开启），同时在文学上则导致了阿提

1　　Pr., *Tim.* I 76.1-2.

2　　R. A. Pack, *The Greek and Roman Literary Texts from Greco-Roman Egypt,* [2] Ann Arbor 1965，2560-2561；A. Carlini, *Studi sulla tradizione antica e medievale del Fedone,* Rome1972, 8-10.

卡文（atticistic）运动。公元前 1 世纪前后，《亚里士多德全集》（*corpus aristotelicum*）重见天日，它即使没有形成决定性的推动力，其影响想必也是强有力的，漫步学派主导学园超过一个世纪这个事实就表明了这一点。《亚里士多德全集》的重现带来了全新的亚里士多德，与人们心目中的形象迥然不同，理解起来也极为困难，从公元前 1 世纪开始，漫步学派一直致力于对亚里士多德的解读。而在这个时期，柏拉图化的廊下派（Stoics）和廊下派化的柏拉图主义者都在其传统的脉络中寻找共同的真理。在这个早期阶段，柏拉图主义者中间并没有可以与安德罗尼柯（Andronicus）、波伊图（Boethus）和尼古洛（Nicolaus）相比肩的义疏者；我们能够得知其名的最早义疏者是公元前 1 世纪晚期的欧多若（Eudorus），还有德区利德（Dercylides），后者更为知名些，但其生活年代已经很难精确考证。波塞多尼乌（Posidonius）自然也相当早，但属于廊下派中人，因而就不会是严格意义上的 ἐξηγητής，也就是公认教义的耆宿和考订文本（well-defined body of writing）的阐释者。即便如此，我们还是可以认定，他的《蒂迈欧》义疏对后期柏拉图研究产生过巨大影响，当然莱因哈特（Reinhardt）等人一直怀疑是否存在这样一个义疏，[1] 并认为塞克斯都（Sextus）在《反教条主义》提到的"波塞多尼乌解释《蒂迈欧》"，[2] 指的不过是波塞多尼乌对另一本不同性质的著作中柏拉图的感觉理论进行讨论的文字。

　　尽管柏拉图派哲人后来开始仿效漫步学派同事们的研究，但进展很缓慢，直到公元 2 世纪后半叶，对经典著作做义疏才逐渐

1　K. Reinhardt, Poseidonios, 22, 1953, 569.29-61，该文收于Pauly-Wissowa-Kroll主编，《古代科学经典百科全书》*Realencyclopaedie der classischen Altertumswissenschaft*，简称*RE*。

2　*Adv. dogm.* 7，93 τὸν Πλάτωνος Τίμαιον ἐξηγούμενος.

成为表达哲学观念的主要形式。即便这个时候,学园的研究方式还是长期保持着教条辑录(doxographical)时代的特色。阿尔基诺(Alcinous)(Albinus)就是一个代表,他依然把对话看作系统统观柏拉图教义的材料,即便是后来的波菲利,也未脱此窠臼。克里班斯基教授(R. Klibansky)所发现的佚名者的《柏拉图文献概要》(*Summarium Librorum Platonis*)[1]就很体现我们上面说的这个特点。该书有关《斐多》只有区区 250 个字,假如《斐多》不幸失散了,这些单薄的内容不能为我们了解原对话有任何帮助。梗概作者所做的充其量是通读了文本,就个别主题(梦、自杀、天佑、不朽、转世、感觉的不足、观念的本性等)摘出个别的表述,然后根据一个系统的计划组织起来。在后来的时间里,所有这种类型的材料都被编成一个分析索引(*Index analyticus*)而收集起来,2 世纪时,阿尔基诺和阿普莱乌(Apuleius)这些人就用这些材料来概述柏拉图的思想。

由于资料极其残缺,很难概括中期柏拉图解释方法的特点,现在我们根本找不到保存完整的义疏,就《斐多》来说,现存也只有三到四个得到确认的义疏。下面按照大致的时间顺序来分别做个简单讨论。

要论现存著作中有一些内容类似于柏拉图著作义疏的作者,凯罗纳的普鲁塔克(Plutarch of Chaeronea)[2]可以说是第一

1　失佚的希腊文文本其内容根据阿普莱乌和阿尔基诺的相似文本,可以确定成文年代约在公元 2 世纪,拉丁文译本载于 Vat. Regin. Lat. 1572,时间不晚于 6 世纪。可参见 *Proceedings of the British Academy*, Annual Report 1948-9 (London 1949) p.8; id. 1955-6 (ibid. 1956) p.11; R. Klibansky.*The Continuity of the Platonic Tradition,* London 1950, 10. Union Academique Internationale, Compte Rendu de la 44e session annuelle (Brussels 1970) p.74; id., 45e session (ibid. 1971) p.68. 蒙克里班斯基教授大惠,赠我以有关《斐多》部分的复本。《柏拉图全集》即将出版,届时将可观其具体内容。

2　普洛克罗斯增加了 ὁ Χαιρωνεύς, 以便与雅典的同名者区别开, （转下页）

人。不过，正如《柏拉图的探询》（Questiones Platonicae）以及两篇关于《蒂迈欧》的专题文章所表现的那样，他更喜欢疏解某些特定的段落，不够系统。达玛斯基乌斯的书（I §§ 275-292和 II § 28=frgs. 215-217）所保存的普鲁塔克关于回忆说的一些文字，是选自其一本不知名的著作，可能是《论灵魂》。这些材料的逸闻性特征都与一个对话有关，还不能算是严格意义上的义疏，也没有提到过《斐多》。《阿波罗的慰藉》（Consolatio ad apollonium）的作者曾向读者承诺，要解释《斐多》中的灵魂不朽论证，但我们怀疑这个作者是否就是普鲁塔克，也无从考察他究竟实现了目标没有。

　　2 世纪中期最著名的柏拉图主义者是阿尔比诺（Albinus），他在学园课程安排中非常重视《斐多》。他认为柏拉图的对话中按顺序来说，最为重要的是《阿尔喀比亚德》、《斐多》、《王制》和《蒂迈欧》。他认为（isag. 5）《斐多》的主旨是（i）（通过苏格拉底的例子表明）哲人是什么样的人；（ii）哲人生活的目标是什么（显然就是超越肉体）；（iii）哲人的教义的基本假定为何（灵魂的不朽）。普洛克罗斯（Proclus）提到并征引过他关于《蒂迈欧》的以及《王制》之神话的义疏。至于《阿尔喀比亚德》和《斐多》的义疏，我们找不到相关的信息。根据目前柏拉图文献的相当全面的整理工作看来，上面这个事实表明新柏拉图主义者不大可能得到阿尔比诺所做的义疏。我们手头拥有的是《斐多》、《王制》和《斐德若》中有关灵魂不朽论证的一个讨论，以阿尔基诺之名保存在《教学术》（didaskalikos）或《概要》的第

（接上页）*Tim.* I 112. 26; 381. 26; 415.18; 454.13；但他是 Plutarch simpliciter I 276.21; 326.1; 384.4; II 153.29; III 212.9。雅典的普鲁塔克是 *ὁ καθηγεμὼν ἡμῶν Rep.* II 64.5-6; *ὁ ἡμέτερος προπάτωρ Parm.* 1058.22。

25 章。[1]阿尔基诺的著作中虽然没有提到任何先前学人们对灵魂不朽的争论,不过,他安排论证的奇怪方式却似乎表明他很了解这些批评。他首先讨论最后一个论证,该论证在后来的新柏拉图主义者那里,是所有论证中唯一一个得到确凿论证的:灵魂是生命的给予者,因而不会消亡,这与作为热源的火不同,因为火会变冷。在《斐多》106b2 中,柏拉图用"不可毁灭的"(indestructible)代替"不死的"(deathless),有人批评这种代替,因为它仅仅证明,灵魂存在,就定然没有死而已(Dam. I § 442 引述斯特拉图的观点)。为了回应这个批评,作者就借助于其他论证,如从与可知者的相似性出发的论证、从对立面的论证、回忆说来进行说明。在讨论对立面论证时,他引入具有或不具有中间词项的对立面之间的区别,这些对立面之间或者有中介,或者没有中介,这也表明早期存在过争论(参考 Ol. 10 § 10; Dam. I § 192)。

约一代人之后,阿提库斯(Atticus)写了《蒂迈欧》义疏,也可能疏解过《斐多》,阿提库斯现存资料不多,唯一留存的是达玛斯基乌斯在 I.100 节的征引,讨论的是《斐多》66b2 中的"真正的哲人"问题,我们可以判断这个材料很可能来自一个专门

---

1 阿尔比诺(Albinus)和阿尔基诺(Alcinous),仅两个字母之差,弗洛伊丹塔尔(Freudenthal)认为阿尔基诺也许就是阿尔比诺,有一定道理。近来吉斯塔提出反对意见,参见 M.Giusta, Ἀλβίνου Ἐπιτομή ὁ Ἀλκινόου Διδασκαλικός? Atti della Accad. Delle Sc. Di Torino 95,1960-61,167-194。魏特克也一样,参见 J. Whittaker, *Parisinus Graecus 1962 and the Writings of Albinus,* Phoenix 28, 1974, 320-354; 450-456。魏特克(J.Whittaker)认为二者之间的关联既不像想象的那样接近,也不像想象的那样醒目, Alcinous 这个名字在当时已经得到证明,从 Alcinous 到 Albinos 至少需要两步的误写甚至三步, AΛBINOY>AΛKINOY>AΛKINOOY。还有一种可能,那就是确实有这两个人,二者生活年代也差不多,彼此的学说也很难区分,两个人都讲授柏拉图的课程,也都有著作,其中一个人尽管其著作保存至今,但一直未被新柏拉图主义者所关注。不过,我认为弗洛伊丹塔尔很可能是对的,但在找到证据之前,还是不谈为好。

的义疏。

奥内托（Onetor）这个人比较神秘，人们总把他和阿提库斯相提并论，认为两个人观点相同，这意味着后者的义疏即可以作为前者的资料的来源，奥内托到底是不是一个义疏者，还有另一个证据似乎不支持，第欧根尼·拉尔修（3，9）就提到，他就是《聪明人都对交易感兴趣吗？》一文的作者（也许是同名？），在该文中有柏拉图接受西西里的狄奥尼索斯80塔伦的赠款，斯提尔卜（Stilpo）情妇的事情也来自该文（2，114）。在有关普洛克罗斯《王制》义疏（*Rep*.II 378.23-24）的一个讨论集中，至少有五处提到过《论代数比例》（*On Arithmetic Proportion*）的著作，如果克罗尔（Kroll）的补编是正确的话。[1] 现在我们不可能以任何的准确度来判定奥内托的生活年代，第欧根尼的记录最为详实，不过他所掌握材料比较可信的应该是公元2世纪的。

努曼尼乌斯（Numenius）就《斐多》应该也写过一些东西，因为我们知道他对《王制》中的神话做过论述（test. 21 Leemans=Pr, *Rep*. II 96.11），不过，他关于灵魂不朽的观点不一定非得来自《斐多》，尽管《柏拉图的秘密》（残篇23，Des Places）这本书保存了他对"监护"（custody）的解释。

第尔斯和舒巴特（Diels and Schubart）从一个柏林纸草书卷中发现《泰阿泰德义疏》（*Commentary on the Theaethetus*），作者是谁已经无从查考，他也写过或讲过关于《蒂迈欧》和《会饮》的东西，在该《泰阿泰德义疏》中，他提到将会就《斐多》中的回忆说写义疏（或开个课程）。[2]

中期柏拉图学园的作者所做的义疏中，唯一一个经常被引用

1　ἐν τῷ πέ[μπτῳ] Kroll, ἐν τῷ πέρατι Mai. ἐν τῷ πέ, scil. κεφαλαίῳ, Norvin。

2　*Anonymer Kommentar zu Platons Theaetet*, Berlin 1905 (Berliner Klassikertexte Heft2). *Timaeus*: 35.10-12; *Symposium*: 70.10-12; *Phaedo*: 48.10-11.

的是哈泼克拉提奥（Harpocratio of Argos；大约生活在公元200年左右），[1]借助这些引用，我们能够了解其义疏的大致状况。按照 *Suda* 的记载，[2]他用24本书的篇幅深入疏解了柏拉图的作品，包括《阿尔喀比亚德》、《斐多》、《斐德若》、《王制》。《斐多》的义疏做得最为用力（残篇2-8）。从被引用的材料来看，它们讨论的主要是具体细节问题，而且显然大部分已为他人所讨论了：谁是63e9-10中的真正哲人？如何理解所有的战争都因财富而起这种说法（66c7-8）？为什么把爱肉体者说成爱财者和虚荣者，而不是关注快乐（pleasure）（68c1-3），70b7中的"可能"（likely）指什么？作者对《斐多》69a6-c3部分非常感兴趣，进而还比较柏拉图和亚里士多德的德性观。漫步学派认为，心灵（mind）在脱离肉体之后所具有的德性只能是亚里士多德所说的"思想"（dianoetic），哈泼克拉提奥"屈从"于这种观点，承认柏拉图在《斐多》中的德性观与《王制》中的没有什么实质上的差异。达玛斯基乌斯（I § 149）所记录的哈泼克拉提奥的这些说法之所以如此，如狄龙（Dillon）所认为的那样，很可能与普罗提诺之后的诸学者先入为主的观点有关，不过，更为可能的似乎是阿提卡的义疏者们（以及其他中期柏拉图主义者）似乎已经在社会德性和净化德性之间做出了某种区分，再由普罗提诺对此大加阐发。[3]最后一个残篇（8）把柏拉图的"大地"看作是整个宇宙，解放了的灵魂通过它而得到上升之路，这个残篇也许与努曼尼乌斯和克罗尼乌斯（Cronius）有关，可以加到残篇11和12，作为哈泼克拉

1　参见J. M. Dillon收集整理的《哈泼克拉提奥关于〈斐多〉的义疏：一个中期柏拉图义疏的残篇》（*Harpocration's Commentary on Plato: Fragments of a Middle Platonic Commentary*, California Studies in Classical Antiquity 4, 1971, 125-146）。

2　[中译按] *Suda* 或 *Souda*，是公元10世纪拜占庭的一部关于古代的大型百科全书，用希腊文撰写。

3　参见Dam. I §§148-149。

提奥受到努曼尼乌斯思想影响的另一个例子。

3 世纪中期还有两个中期柏拉图主义者：德谟克利特（Democritus）和朗吉努斯（Longinus），他们基本上属于普罗提诺的同时代人，他们有关《斐多》的观点都只被引用过一次。朗吉努斯在 *ap*. Porph., *vit. Plot*.20.31 和 60 提到并描述过德谟克利特，Iambl. *ap*. Stob. I 49,35, Syr., *met*. 105.36-106.2 也都有记载。德谟克利特疏解过《阿尔喀比亚德前篇》（Ol., *Alc*.105.17-106.2）和《蒂迈欧》（Pr., *Tim*. II 33.13-28），由此判断，他应该也对《斐多》做过全面的义疏，Dam. I § 503 所引用的内容很可能就来自于此。

Dam. I § 110 引用了朗吉努斯对《斐多》中 66c7-8 "战争因金钱而起"的看法，这很可能来自朗吉努斯的一个讲疏（通过波菲利的传述）。

Dam. I § 110 中提到了阿提卡的义疏者（Attic commentators），[1]这个称谓到底指的是什么人，这还是个谜。后来的学者使用这个称谓各有所指，阿莫尼乌斯（Ammonius）学派中人指的主要是 5 世纪雅典的新柏拉图主义者：菲洛波诺（*an*. 21.21-32，46.10-22，5.15-29，411.1-5 中）可能指普鲁塔克；奥林匹奥多罗（*cat*.120.33-121.3）可能指普洛克罗斯；在爱里亚斯（Elias）（*cat*. 133.14-17）那里，则显然指的是普洛克罗斯的亚里士多德导论（107.24-26 的 the Συνανάγνωσις）。在达玛斯基乌斯的记录中，这个称谓表现的是在新柏拉图主义兴起之前，对 69a6-c3 中有关德性的一段文字的解释的那些人，达玛斯基乌斯将其与哈泼克拉提奥和朗吉努斯对比，另外一处则只与哈泼克

1　　参照O. Immisch, Ἀττικοὶ ἐξηγηταί, Philologus 63, 1904, 31-40; H. Doerrie, *Kontroversen um die Seelenwanderung im kaiserzeitlichen Platonismus*, Hermes 85, 1957, 414-435 (422)。

拉提奥的相对比。根据这些线索,"阿提卡的义疏者"这个称谓很可能就来自达玛斯基乌斯所依据的材料(波菲利?),也许指的就是朗吉努斯在 *ap.* Porph., *vit. Plot.*20.39-40 中提到的雅典学者泰奥多图(Theodotus)和欧布罗(Eubulus)。

按照波菲利《普罗提诺生平》14.11-12 的记载,普罗提诺学派深入研究了中期柏拉图主义者的思想,其中有塞维若(Severus)、克罗尼乌斯、努曼尼乌斯、盖乌斯(Gaius)、阿提库斯,以及漫步学派的阿斯帕西乌斯(Aspasius)、亚历山大(Alexander)和阿德拉斯托(Adrastus)等,当然这个名单并不完全。波菲利列举这些学者很随意,并没有什么规则,谁能提供反思的材料,就能够成为他讨论的对象。普罗提诺记录了这些人对《斐多》的研究结果,对以后解释这篇对话形成了深远影响,尤其是对《斐多》69a6-c3 净化德性内容的讨论更是如此,《九章集》(*Enneads*)I 2"论德性"就启发于此。正如上面所表现的那样,中期柏拉图主义者非常关注德性问题的探讨,他们争论柏拉图在《斐多》和《王制》中所持的德性观有什么关系,如何通过德性而接近于神这样的问题 (Alcin., *did.*28)。普罗提诺明确区分市民德性(civic virtue)和净化德性(purification virtue),还增加了一个完全净化(perfect purity)的状态,波菲利认为这个状态本身就可以成为德性的一个层次,这就是沉思的德性。后期的新柏拉图主义者,尤其扬布里柯(Iamblichus)和普洛克罗斯进一步从两端扩展层级范围(Ol., 8 §§ 2-3; Dam. I §§ 138-144)。在《九章集》IV 7 中,普罗提诺重新陈述了支持灵魂不朽的观点,吸收并采纳了《斐多》中的大部分论证(第八章 [4] 和谐,第 11 章灵魂作为生命的来源,第 12 章从对立面和回忆角度做的论证)。Dam. I § 311(以及相关的一些文本)中记录了一些讨论,说是普罗提诺的观点,不过这些讨论到底是(由扬布里柯?)改写的

《九章集》IV 7 的有关内容，还是《九章集》以外的某个文本的残篇，这一点已经很难弄清楚了。《九章集》III 4 试图解释《斐多》107d5-6 中的引导精神（guiding spirit），把它说成是灵魂的一种官能，比我们现实生命的灵魂高一个层次（《蒂迈欧》90a2-7 也有类似说法），晚期柏拉图主义者并不接受这个观点：在神、天使、精灵、英雄和受祝福或被诅咒的灵魂居住的宇宙中，也有个人保护神（personal guardian spirit）的空间。

与波菲利一起，新柏拉图主义者放弃了普罗提诺的方法，而回到了中期柏拉图的义疏方法。博伊特勒（Beutler）[1]列举了他们针对《克拉底鲁》、《帕默尼德》、《斐多》、《菲勒布》、《王制》、《智术师》、《蒂迈欧》所做的义疏，另外还有亚里士多德的《范畴篇》、《解释篇》、《自然学》、《形而上学》、《伦理学》。我们手头的《斐多》义疏中基本上没有直接提到波菲利，除了 Dam. I § 172 和 I § 177（这两段都与《斐多》没有什么关系）之外，只有上文提到（p.8）的关于"监护"（custody）的一个笺释，以及另一个笺释，即 Dam. II § 59 讨论灵魂和谐说的笺释有点关系。除此之外，波菲利的影响到底多大我们只能靠推测，比如 Ol. 4§§2-3 的笺释（说的是《斐多》64d2-66a10 中灵魂与身体脱离的三个方面与波菲利的德性三层次说之间的类似）、6 § 2.5-10（卡吕普索 [Calypso] 象征着想象）、Dam. I §§ 120-123（禁欲劝诫，强调素食主义）、I §§ 148-149（波菲利的德性模式）、I § 471（三种"降入哈得斯的方式"）。他最显著的贡献完全（或者主要）在于他记录了许多前人的信息；雅典新柏拉图主义者掌握的中期柏拉图学派的材料，不大可能有别的来源，最有可能的就是波菲利，这个假定很站得住脚。马克罗比乌（Macrobius）的

1　*RE* art. Porphyrios (21), 22, 1953, 273-313 (280-284).

*somn.Scip.*I 13.5-8 中也有一些波菲利的痕迹,其中对《斐多》
64a-c9 的解说,其笔调非常接近于波菲利的《两百个可知者的
观点》8-9([中译按]*Sententiae ad intelligibilia ducentes*, ed.
E. Lambert, Leipzig 1975,英文名 *Starting-points leading to the
intelligibles.*);另外 Dam. I §§ 361-370 的一个注解中还提到,尼
迈修(Nemesius)和菲洛波诺都分析了柏拉图灵魂与和谐关系
的论证,两个文本关键之处一致,此一致性来自何方呢?只有假
定它们都来自波菲利。最后一个也许是最有趣的,因为如其所
表明,波菲利作为"最后一个中期柏拉图主义者",但依然执著
于老学派的方法。他并没有过多关注柏拉图的论证,而是将文
本分解为五个独立的"证明"(proofs),这里重要的不是他的讨
论,而是他所区分开的教义和论证,它们确实很容易表达,也容
易记忆。

　　扬布里柯提出一种新的解释(interpretation)方法,普雷希特
在《新柏拉图主义的方向和训练》中考察过这方法,[1]该法之鹄
的并不在于改正上述倾向。扬布里柯重视普罗提诺关于直觉
优于理性的观点,并把它作为系统研究柏拉图的新路径的指导
原理。在他看来直觉是视觉(sight)的高级形式,它并不逐点进
行,而是对所有实在的结构形成统观(unified vision)。由于实
在的结构在各个层次(形而上学实在、自然实在、人心的进步、
人类理性和人类言说)上都基本一样,或者类似,因而思想者被
激发之后,就可以俯瞰的姿态,在各个地方辨认出同一个基本
形式(pattern)。从柏拉图、迦勒底圣言(Chaldean Oracles)、俄
耳甫斯教、荷马的经典文献中,都可以发现完全超越的(entire
transcental)、自然的和道德的世界的无缺陷的映像。这样,柏

1　Praechter, *Richtungen und Schulen im Neuplatonismus*, Genethliakon Carl
Robert, Berlin1910, 108ff.

拉图的每一部对话都可以从神学的、自然的和道德的三个维度进行解释。柏拉图的所有作品形成一个整体，每一个对话都在整体中有其自然位置，这是柏拉图研究的理想课程，另一方面，心灵的进步也有一个进程，比如德性由低到高的等级，这样二者就可以对应起来。韦斯特润克所编《柏拉图哲学绪论编》(*Anonymous Prolegomena to Platonic Philosophy*, Westerink, Amsterdam 1962.) 对这个课程安排曾有描述，首先是导论性的《阿尔喀比亚德》，然后是《高尔吉亚》，主要讨论市民德性 (civic virtues)，接着是《斐多》，讨论净化的德性，接下来是其他七篇对话，讨论思辨的主题，也就是沉思德性，包括《克拉底鲁》和《泰阿泰德》(认识论)，《智术师》和《治邦者》(自然世界)，《斐德若》和《会饮》(神学)，《斐勒布》作为该系列的终篇则讨论善。在第二个系列，也就是"完美的"对话中，柏拉图的基本思想得到其最终形态：《蒂迈欧》(讨论自然世界)，《帕默尼德》(讨论形而上学)。每一篇对话都紧密植根于其所属系列，因而也必定有其唯一的"目标" (σκοπός, 柏拉图有意使用这个词来代替 ὑπόθεσις)。在这个严格的系统中，根本就不存在不确定的目的和问题以及不完全的解答。扬布里柯坚持要从《斐多》中找出灵魂不朽的五个完全证明，并竭力捍卫之，当然这一点在他之前的学人都认为理所当然，不同的是扬布里柯给出一个全新的解释。后来的新柏拉图主义者认识到这站不住脚。达玛斯基乌斯 (Ⅰ§ 207) 就认为，伟大的扬布里柯言过其实，奥林匹奥多罗 (10 § 1) 很可能与叙里安诺 (Syrianus) 基本持相同的看法，认为扬布里柯臆断过甚，断章取义。奥林匹奥多罗还就这些方面提出他自己的处理办法，包括从对立面 (11§2)、从回忆说 (同上)、从与可知者的相似性 (13 § 4) 处理灵魂特性的论证，并补充说当时除扬布里柯以外的所有义疏者，大概包括普洛克罗斯、阿莫尼乌斯和达玛斯基乌斯，都认为只有最后一个论证才是完整的证明。很难确定 13 § 4 中有关从相似角度做的论证的内容哪些来自扬布里柯，哪些来自奥林匹奥多罗。看起来扬布里柯似乎非常反感人们从狭窄的视角看待相似性论证，他捍卫他自己的解读，但他也许只考察了论证的内在限制的一面，也就是说就可见和不可见世界二者来说，灵魂（soul）与不可见者更相似。扬布里柯关于《斐多》的评论很少受到人们的注意，唯一的例外是在 Ol. 10 § 7，其他地方提到他则往往是他关于柏拉图教义的一般观点，与《斐多》没有什么特殊关联。

波菲利的学生雅辛的泰奥多罗（Theodorus of Asine），是扬布里柯的同时代人，不过稍微年轻些，二人在许多问题上都意见相左。普洛克罗斯多次征引他的《蒂迈欧》义疏；关于《斐多》，目前所知的征引只有一处，这就是 Dam. I § 503 = test. 42/42A Deuse，该处提到他解释《斐多》中 108c5-8 的"大地"，不过单凭这个并不能断定他对《斐多》全篇做过完整的义疏。

毫无疑问，帕特里乌（Paterius）对《斐多》做过义疏，可能也对《王制》的神话做过义疏。Dam. I.§ 2 关于 62b4"监护"，I § 100 关于 66b2 的"真哲人"，I § 137 关于快乐追求者的爱与不爱（68c1-3），达玛斯基乌斯在这些地方都引用过他的观点。在 I § 100 中他的名字和普鲁塔克（雅典的那个？）一起出现，在 I § 177 处则只有后者。帕特里乌本人并没有留下什么独具特色的教义或词语，不过，从普洛克罗斯提到并使用的论证通式（formula）（τοὺς ἀμφὶ Πατέριον ἐξηγητάς, ἄνδρας ἡμῖν αἰδοίους）[1]来说，该"通式"的提出者不是别人，应该就是帕特里乌，因为从普洛

1　参考Pl., *Theaet.* 183e5 (Parmenides); Pr., *Rep.* II 110.17-18 (Theodorus of Asine); *theol.* I 8, p. 33.19-20 S.-W. (从波菲利到普鲁塔克的新柏拉图主义者们)。关于 Paterius, 可参见R. Beutler, *RE* 19,2, 1949, 2562-2563。

克罗斯的用语判断,他说的不可能是一个不知名的中期柏拉图主义者,而定然是与他同时代人或相近时代之人。

还必须提到雅典的普鲁塔克(Plutarch of Athens),尽管他的三个义疏都有相当部分保存下来,但还是可以看出,柏拉图著作义疏传统的传递多么不完全。马里诺(Marinus)在《普洛克罗斯行传》(*Vita Procli*, ed. J. F. Boissonade, Leipzig 1814, 12)中提到,那时老年普鲁塔克在年轻的普洛克罗斯到达雅典后,曾经用两年时间与他一起阅读《论灵魂》和《斐多》,并鼓励后者多加思考,多记笔记,以便最后他能够独立讲解《斐多》,写一个"普洛克罗斯论《斐多》"的书。无疑普洛克罗斯记了笔记,不过马里诺并没有提到普鲁塔克另外的建议是否实现,如果实现,又是如何进行的。普鲁塔克对《论灵魂》的解释具有很大的影响,菲洛波诺和斯特法诺(Stephanus)的著作都表明这一点。他也对《斐多》做了义疏,普洛克罗斯引述了该义疏三个片段,不过现在只有两或三个在达玛斯基乌斯的书中保留下来,如 I§100中关于66b2"真哲人",I§503中关于108c5及以后数页的大地的一些讨论;还有 I§177中的教条注释,不过后者也可能来自其他的著作。前两个材料讨论的是细节,都太过简短,借助它们很难对普鲁塔克的解释方法和内容形成一个大致的了解。

基于这些细微线索,我们可以认为,叙里安诺是关键人物,正是他开创了一条新的解释之路,普洛克罗斯的讨论基本上就沿袭之,得益于此甚多,他自己也承认这一点。它的主要特征可以这样来表述,雅典学派一方面继承扬布里柯的直觉解释法,寻求结构、形式和类比,同时也提出一个观点,那就是把讨论就当作一个讨论来阅读。柏拉图主义者在和论敌进行辩论时,从对立面进行论证之法也不再是利器,而不过是权宜之举,是苏格拉底面对刻比斯(Cebes)的质疑时根据刻比斯的假定做出的一种回答而已。刻比斯有自己的信念，他在把灵魂比做"空气或烟"（70a5）时，他在脑子里所想的是什么呢？他是在用一个隐喻，或者是在想到某些类似于这两种物质的事物？叙里安诺相信后者（Dam. I § 222），达玛斯基乌斯则注意到荷马的习惯用语，在荷马那里，灵魂有时被描述成类似于烟，有时则描述成像一种"梦或影子"的东西，总之是无形体的事物（Dam I§222）。在达玛斯基乌斯书（Dam1§182）中有一个对苏格拉底所说"可能（likely = εἰκός， 77b7）"的很具说服力的评论，其中说到，中期柏拉图主义者唯一关心的是要表明，"可能"这个词并非表明柏拉图怀疑自己的观点，或者是盖然的，而雅典学派则不同，他们感到还有责任避免把柏拉图的论证分析成绝对的证明（参考 Dam.I207.12-13；§208.4；§216）。这表明学者们越来越关注柏拉图的推理过程。普洛克罗斯和达玛斯基乌斯对灵魂和谐论做了颇费心机的分析（Dam. I§§361-370；§§405-406；II§§45-53），这与波菲利（前文 14-15 页）简化处理之法有天壤之别。至于叙里安诺本人，按照前文我们已经找到的证据，如达玛斯基乌斯（I§207-208）和奥林匹奥多罗（9§2），他对从对立面进行的论证做过研究，并写过一个专论，对普洛克罗斯产生很大影响。在 Dam. I §§183-206，对此就有一个相当深入和相当精确的考察。在此范围之外，叙里安诺很少被提到，唯一一次就是他对永恒惩罚的看法（Dam. II § 147）。他把 113e6 的"永不再"（nevermore）解释为"在一个完整时期内不"（not during a whole period），当然，仅仅根据这个说法就假定一个完整的义疏，是有疑问的。普洛克罗斯也许根据的是他对叙里安诺所做关于《高尔吉亚》、《王制》或者《斐多》的讲疏（在这些讲疏谈到该观点的地方）的回忆，也就是他的私人笔记。就此而言，在私人笔记和"义疏"之间不存在什么严格的区别。在马里诺的《普洛克罗斯行传》中曾记载到叙里安诺花了两年时间与普洛克罗斯一起深入研究《亚里士多德全集》（*Corpus Aristotelicum*），然后才"按照适当的顺序毫无遗漏地"考察柏拉图（13）。所谓"按照适当的顺序毫无遗漏地"，大概是指扬布里柯的原则，因为在第 14 章，马里诺提到关于《法义》和《王制》的一个独立课程。在那个时候，通常有很多讲座（我们现在就知道赫尔米亚［Hermias］和普洛克罗斯一起听过一个关于《斐德若》的课程，后来前者还在没有获得授权的情况下，以他自己的名义予以发表），普雷希特在《古代科学经典百科全书》（Pauly-Wissowa-Kroll, *RE*）中的"叙里安诺篇"[1]列出的讲座资料，普洛克罗斯自己能够得到其中的大部分（或者，如普雷希特所认为的那样，这些资料属于学派所有，其结果也一样），并且通过他进而传给阿莫尼乌斯、达玛斯基乌斯和辛普里丘（Simplicius），这种情况也并非不可能。普洛克罗斯所著义疏也许包括叙里安诺所写的其他相似的专论，如何对二者进行区分，基本上是不可能的事。当然，无论情况会是怎样，毫无疑问当时的柏拉图义疏者中，有很多人接受了叙里安诺的观点，普洛克罗斯的全部著作更是充满着他的影子，这个事实普洛克罗斯从来没有隐瞒。

　　Dam.II 中的两个《斐多》义疏，实质上是达玛斯基乌斯对普洛克罗斯的《斐多》义疏的总结，其中辅以大量考订性脚注。除此之外，就像本人将在注释中做出细致说明那样，奥林匹奥多罗也基本上以普洛克罗斯的义疏为唯一资料，部分是直接引用，部分是通过阿莫尼乌斯和达玛斯基乌斯的转述。最后还有一定数量的间接资料来源，主要是普洛克罗斯引用自己的文本，如 *Rep.* I 12.,25-136（"在别处"，参见 Ol. 8§ 3.8-10; Dam. I

1　　*RE* art. Syrianos (1), 4A, 1932, 1728-1775 (1731.18-58).

§152.1-3），*Rep.* II 178.,15-28；179.9-24；183.16-25（"关于《斐多》的神话"；[1] 参考 Dam. I § 547.4-8 和 §§537-541），不过，在 Elias, *isag.*2.10-25 有一个相当长的记载，关于这个，可参见 Ol.11 §4.16-18 的注释。伊本 • 祖拉（Ibn Zur[c]a）（来自 Syriac）有一个阿拉伯文译本，显然已经失佚。[2] 我们还有一些摘录性资料，比如 Priscianus, *solut.* 47-49 和 Miskawayh 的 *Fawz al-asghar*, 都与柏拉图在《斐多》、《王制》和《斐德若》中灵魂不朽的三个论证有关。[3]

　　众多学者对《斐多》做过义疏，不过，我们能够形成融贯且相当完整理解的，普洛克罗斯属第一人，其他的学者大多资料残缺，难窥全豹。不过，普洛克罗斯的《斐多》义疏成分比较驳杂，包括叙里安诺对对立面论证所做的讨论，也涉及到普洛克罗斯自己关于神话的理解，可以与《王制》的义疏相比，不同之处在于它涵盖了整篇对话；也有这样的可能，也许它本来就是一个连续的义疏，只是间以叙里安诺的专论。普洛克罗斯的《斐多》义疏有丰富的教条辑录材料，它与其早期所做《蒂迈欧》义疏（约 440 年完成，后来可能做过修改）非常相似，与《帕默尼德》和《阿尔喀比亚德》的义疏则不同，在后面这两个作品中，他或是出于形式原因，或是出于哲学原因，总用一个神秘的"某人"或"某"来指其资料来源或论敌。显然有这样的可能，它实质上就是普鲁塔克所期望的《普洛克罗斯论斐多》一书，基于他自己的解释而成，在以后的日子里又根据叙里安诺的讲疏加以修

1　　也就是说，（很可能是）在义疏的那个部分中，而非在对神话所做的专门讨论中。在 Rep. II 309.20-21；371.14-16；中都有相同形式的引述，另外还可以参照 *Tim.* I 308.19-20 和 Ol., *Alc.* 2.4-5。

2　　*Fihrist* 252,22-23=译本608。

3　　L. G. Westrink, *Proclus on Plato's Three Proofs of Immortality*, Zetesis, aangebodenaan Prof. Dr. Emile de Strycker, Antwerpen-Utrecht 1973, 296-306.

改,不过这至多是一个假设而已。

　　在下文 28-29 页,将讨论该义疏的结构。上文已经讨论了雅典学派的阐释实践的一般特征,该学派一直保持普洛克罗斯的著名观点,普洛克罗斯这个人很有特点,他颇为偏爱三一体(triad)论证,有时与别的三一体并列,有时在一个三一体下又分出新的三一体,有时则是以自身倍增。他假定对话都有一个框架,在这框架中首先就能够看到这些三一体论证,并且在整个义疏中都有大量的三一体(例如,Ol. 4§2-3=Dam. I§74; Ol. 5§3;Ol. 8§3=Dam. I §152; Dam. I§41; §397; II § 131)。更有趣的是普洛克罗斯还假定柏拉图有时候在同一个对话中也会不自觉地改变特定词项的意义。在《柏拉图学派的神学》23 卷(参考 Dam. *Phil.* § 130)中他解释道,《斐勒布》30c2-d4 所讨论的是 30c11 的内在的世界精神(immanent world mind),31d1-4 的宙斯则必定就是《蒂迈欧》中的超验创世者;类似地,《王制》第六卷中的善也分为(1)内在的善,(2)善的理念,(3)绝对的善(Dam. I 417.3-4 中的注释)。这种技术在《斐多》68d2-69d2 中达到极致,在那里普洛克罗斯讨论的不是苏格拉底直接区分的虚伪的德性与真正的(也就是净化的)德性二者,而是至少把德性细分为六类:虚假德性、自然的、道德的、市民的、净化的和沉思的德性(Ol. 8§ 4.5-6.17=Dam. I§§145-148)。普洛克罗斯这种分析实际上是一种歪曲(distortions),原因也在于新柏拉图主义形成一个复杂的结构,按照这个结构解读柏拉图对话,歪曲也就自然形成了。普洛克罗斯的义疏方式产生极大影响,不过,雅典学派的解释成果中更有价值的那部分也并没有被遗忘。

　　阿莫尼乌斯到雅典师从普洛克罗斯学习,他的母亲爱德西亚(Aedesia)以及兄弟贺里奥多若(Heliodorus)也一同前往,这个时间必定在 470 年之前。后来他学成返回埃及继其父亲赫尔

米亚而成为亚历山大里亚学派的首领,直到 520 年去世。除了
《解释篇》的义疏(也许以论文的形式),人们不知道阿莫尼乌斯
还写过其他篇幅更大的著作。不过他的讲疏倒是广为人知,部
分以他的名义,部分则以阿斯克勒皮乌斯(Asclepius)和菲洛波
诺之名,人们也常常引用他的 *monobibla*,这些材料中有一处就
讨论《斐多》69d5-6 的内容,并(反驳中期学园派的观点)主张
柏拉图并不是一个怀疑主义者(Ol. 8§17)。奥林匹奥多罗以注
释的形式保留了一些来自阿莫尼乌斯《斐多》的讲座内容,其中
有 68c1-2(Ol. 7§5)和 70d7-e2(10 § 7)的内容。奥林匹奥多
罗的书中 6§3 中曾有"我们自己的教授"这样的字眼,具体所指
可能是阿莫尼乌斯,也可能是奥林匹奥多罗自己。我们可以假
定他还有更深远的影响,在奥林匹奥多罗不是复述普洛克罗斯/达
玛斯基乌斯的话语的地方,尤其可能如此,或者在他强烈同意菲
洛波诺的地方(参见 4§7; 6§2; 11§4.16-18; 13§2 的注释)。

　　本书第二卷导言将专门讨论达玛斯基乌斯的讲疏,在这
里,我简要地把它们看作是对普洛克罗斯的义疏所做的批判性
讨论。这些讲疏以两个版本的形式保存下来,一个就是 Dam. I,
它比较完整,只少了了开端部分(57a1- 62b2),但包括一个关于
从对立面论证的(§§207-252)独立短文;另一个是 Dam.II,它从
69e6 开始。不过,奥林匹奥多罗在自己的著作里曾两次(4§10
和 8§9)提到的版本与这两个都不同。

　　辛普里丘在《论天》(*cael.* 369.3-5)(第二册)曾引述过一
个《斐多》的义疏,具体作者是谁已经很难确定,可能就是他本
人,也可能是达玛斯基乌斯,其中说,"如我们已经在柏拉图的
《斐多》里所看到的那样",不过按照其内容来看,不会是指柏拉
图,因为柏拉图并没有说过此处辛普里丘所提到的内容:灵魂
不朽意味着生命的连续,是(being)的恒久连续。无论如何,在

义疏里,这些内容是与记忆作为知识的连续一起讨论的(Ol. 11 § 3, Dam. I § 256)。至于是否应该在辛普里丘(佚失)作品中增加一篇《斐多》的义疏,这还取决于达玛斯基乌斯到底吸收了多少《论天》的思想,至少就 Dam. I 来说,辛普里丘对达玛斯基乌斯的影响似乎相当大。[1]

二、奥林匹奥多罗其人其学

奥林匹奥多罗(Olympiodorus)这个人,我们找不到太多可信的生平材料。在当时显然有太多的人取奥林匹奥多罗这样的名字,阿纳斯塔修·西耐塔(Anastasius Sinaita)在说到他时,就把几个同名的人给混淆了。同名的一位教会执事,写过一系列圣经的义疏,其残存篇章还保存在 *PG* 93,被他称为"伟大的哲人"。[2]该同名者早在 510 年就成为执事了(教龄有 25 年),其时同名的哲人应该还处于幼年。在一些炼金术的文献中,奥林匹奥多罗被称作 *oikoumenikos didaskalos*,这个头衔最初是授予斯特法诺的,那时正值斯特法诺被任命为君士坦丁堡主教,而奥林匹奥多罗去世已经半个世纪。基于这种情况,讨论奥林匹奥多罗,我们就很难依靠其他资料,而只能借助他自己的著作。我在《柏拉图哲学导论》(*Prolegomena philosophiae Platonicae*)导言(XIII-XIV)中曾做过讨论,他大致出生在 495/505 年,去世时间约在 565 年之后不久的某个时间。

1　Simpl., *cael.*, praef. VIII-LX; app. crit. at 1.1.

2　*PG*, 89, 936C9-11；1189A12-14。关于解经(exegete),可参考O. Bardenhewer, *Geschichte der alikirchlichen Literatur* V, Freiburg i. B. 1932 (Darmstadt 1962); Ehrhard in Krumbacher, *Geschichte der byzantinischen Literatur*, 2 München 1897, 127-128; H. G. Beck, *Kirche und theologische Literatur im byzantinischen Reich*, München 1959, 416。

　　奥林匹奥多罗的著作多已佚失,现存部分多赖其弟子们的
笔录,有关于《高尔吉亚》、《阿尔喀比亚德》和《斐多》的义疏
(见 Marc.*gr*.196,1-241 也有相关内容);关于亚里士多德《范畴
篇》(包括亚里士多德哲学绪论)和《天象学》的义疏,以及得
到 J. Warnon 合理证明的关于亚历山大里亚的保罗斯(Paulus)
(即所谓贺里奥多若)著作的义疏。《高尔吉亚》义疏写作时间
大致在 525 年(*Proleg*. introd. XV),《阿尔喀比亚德》义疏则在
560 年之后,《天象学》的义疏在 565 年 3/4 月之后,在 564 年
5 月到 7 月之间做了关于保罗斯的讲疏。

　　奥林匹奥多罗所写亚里士多德和柏拉图的义疏本是一个
更为全面课程的一部分:有证据表明他还对波菲利《亚里士多
德范畴篇导论》(*Isagoge*)做过义疏,不过该义疏现已佚失,
他也对《解释篇》做过义疏,在 Vatic. Urb.gr.35 还保存有一些片
段,Paris.gr.2064, ff.1-35 中有一些未发表的关于《解释篇》的义
疏,布色(Busse)认为是奥林匹奥多罗所做,不过其中并不包

1　　博伊特勒的*RE* art. Olympiodoros (13), 18, 2 1949, 207-228中, C. B.
Schmitt的*Catalogus translationum et commentariorum* (ed. P. O. Kristeller, vol. II,
Washington 1971, 199-204) 中, 都列出其作品清单。

2　　*In Paulum Alexandrium commentarium*, ed. Ae. Boer, Leipzig 1962. –J. Warnon,
Le commentaire attribute a heliosore sur les ΕΙΣΑΓΩΓΙΚΑ *de Paul d' Alexandrie*,
Recherches de Philologie de Linguistique, Travaux de la Faculte de Philosophie et
Lettres de l' Universite Catholique de louvain II,section de philology classique I,
Louvain 1967, 197-217; L. G. Westrink, *Ein astrologisches Kolleg aus dem Jahre* 564,
Byz, Zeitschr. 64, 1971, 6-21.

3　　诺伊格格鲍尔(O. Neugebauer)教授向我指出,根据埃及日历,以及 *CAG* XII 2,
52.31 提到的彗星,这是一个正确的日期(8-9 月是亚历山大里亚的日历)。关于《阿
尔喀比亚德》的义疏,可参见 A. Cameron 的《雅典柏拉图学园最后的岁月》(*The
Last Days of the Academy at Athens*, Proc. of the Cambredge Philol. Society No. 195 (N.
S. No.15) 1969, 7-29(12))。

4　　*CAG* IV 1, Praef. XLII-XLIV.

5　　*CAG* IV 5, Praef. XXIII-XXVI.

括这些片段,也没有显示出奥林匹奥多罗义疏的风格的一般特征。它也许是生活于阿莫尼乌斯和斯特法诺年代之间的另一个讲疏者的手笔。[1] 在耶路撒冷手稿Taphos150中有关《前分析篇》的义疏表现出强烈的怀疑主义倾向,17、18世纪间一个学者根据义理—词汇(theoria-lexis)之区分确定为奥林匹奥多罗所为,下文第25页将做讨论;不过,我们发现在众多抄件(MSS.)中都有这种类型的《分析篇》义疏,[2]但在方法论上并未得到仔细的考察。至少有三个已知其名的义疏者(第一个就是斯特法诺)也应该像奥林匹奥多罗那样加以研究,还有许多佚名者留下类似的义疏,也不应忽视。阿拉伯文献的一些资料引述了亚里士多德的《论生成和衰朽》、《论灵魂》的义疏。[3]有一组手稿认为 *CAG* XIX 2关于《尼各马可伦理学》的部分为奥林匹奥多罗的手笔,这种看法显然是错的。至于有关柏拉图的课程方面,奥林匹奥多罗曾自己提到过有关《智术师》的讲疏(*Alc.* 110.8-9),阿拉伯文的文献中也提到过他所做的一个义疏,[4]不过,找遍了东方的图书馆,也没能觅到这个义疏的踪迹,看来希望渺茫。另外,许多资料都一再提到奥林匹奥多罗写过《柏拉图哲学导论》(*Prolegomena philosophiae Platonicae*),只是一直找不到很有说服力的证据,甚至有很多负面证据(参见导言 XLI-L)。

1　L. Taran编辑了这个佚名的义疏(还有奥林匹奥多罗的义疏残篇)。

2　在C. A. Brandis的《亚里士多德训诂》(*Scholia in Aristotlem*, Berlin 1836,139ff.)有一些节录。

3　*Fihrist* 251.5= 译本 604: (*De gener. et corr.*) "奥林匹奥多罗对奥伊塔提乌(Eustathius)的译本做了说明";(*De anima*) "奥林匹奥多罗写过一个义疏,我在亚赫亚・伊本・阿迪(Yahya ib^cAdi)的叙利亚文手迹中读到过。"(604= Fihrist 251.13-14)

4　*Fihrist* 246.11-12= 译本 593:"我读过亚赫亚・伊本・阿迪手迹中所提到的,伊沙克(Ishaq)(伊本・侯那因 [ibn Hunayn])翻译了《智术师》,也翻译了奥林匹奥多罗的义疏。"

　　另外一些文献所述的情况使问题更复杂。比如贝特洛（Berthelot）的《古希腊炼金术》全书[1]也有奥林匹奥多罗的踪迹，在这里这位"亚历山大里亚的哲人"，以 the kat's enegeian of zosimus 的义疏者身份出现（III 69-104，法语译本 II 75-113）；还有很多文献偶尔提到他。[2]熟悉炼金术文献的人们似乎都倾向于相信奥林匹奥多罗和斯特法诺写过这样的东西，而那些关心哲学思想的人们对此则漠不关心，博伊特勒甚至根本没有提到炼金术。

　　炼金术在 6 世纪很盛行，因而很难说这个时期的哲人就只关心哲学，不管炼金术。就以奥林匹奥多罗来说，这个人就常常处于对立之中，需要处理并调和两种搭不上铆的哲学思想，或者两个截然对立的宗教。从这一点来说，设想他既致力于犹太—基督思想方面的研究，也会在炼金术哲学方面投入一定精力，这也有其道理。我不是很了解炼金术，无法考察其著作中这方面的思想，不过有不少证据对其真实性提出质疑。首先，由于《古希腊炼金术》全书包括（或引述）了一些被认为是柏拉图、亚里士多德、德莫克利特、泰奥弗拉斯托（Theophrastus）、克诺克拉底（Xenocrates）、波菲利、扬布里柯、叙涅修（Synesius）等人的文章片段，但作者到底是谁很难断定，读者就得自己下

1　M. Berthelot, Ch. M. Ruelle, *Collection des anciens alchimistes grecs*, 3vols., Paris 1887-88,重印London 1963.也可参见P. Tannery, *Un fragment d' Anaximene dans Olympiodore le chimiste*, Archiv fur Geschichte der Philos. 1, 1888, 314-321。

2　III 26.3-4 οὗτοί εἰσιν οἱ πανεύφημοι καὶ οἰκουμενικοὶ διδάσκαλοι καὶ νέοι ἐξηγηταὶ τοῦ Πλάτωνος καὶ Ἀριστοτέλους, 这是注释 25.8-9 ὁ μέγας Ὀλυμπιόδωρος, Στέφανος ὁ φιλόσοφος. 同样 425.4-9οὗτοι οἰκουμενικοὶ πανεύφημοι φιλόσοφοι καὶ ἐξηγηταὶ τοῦ Πλάτωνος καὶ Ἀριστοτέλους, διὰ διαλεκτικῶν δὲ θεωρημάτων Ὀλυμπιόδωρος καὶ Στέφανος, οἵτινες ἔτι σκεφάμενοι τὰ περὶ χρυσοποιΐας μεγάλα ὑπομνήματα μετὰ μεγίστων ἐγκωμίων συνεγράψαντο, πιστωσάμενοι τοῦ μυστηρίου τὴν ποίησιν, 这里的 οὗτοι -Ἀριστοτέλους 必定又是指奥林匹奥多罗和斯特法诺，而非之前的名字（赫尔姆斯、约翰、德莫克利特、佐西莫斯）。

判断。从时间上来说,奥林匹奥多罗和斯特法诺处于一个分水岭阶段,在他们之前著作往往伪托,之后才兴真实署名,例如普塞洛(Psellus)。甚至就在这两个人之间也有一道明显的分界线,奥林匹奥多罗个人几乎没有什么可靠的资料,而斯特法诺则不同。甚至就是在前文提到的《古希腊炼金术》中,奥林匹奥多罗之得到记述也藉斯特法诺之力。斯特法诺被任命为康斯坦丁堡的主教,之后赫拉克留(Heraclius)即以 *oikoumenikos didaskalos* 称之,[1]因而这个头衔并非称呼奥林匹奥多罗。斯特法诺被称为“新义疏者”,而非奥林匹奥多罗。[2]再者,奥林匹奥多罗对古典诗韵学颇有造诣,但似乎对于 95.2-15 中“神谕”之拙劣视而不见,殊难理解。他作为一个大学问家,应该有大学者的做派,但是即便在应该有表现的地方,我们也根本找不到奥林匹奥多罗式的特有词汇、风格和方法这样的东西,这令人疑惑。还有最困难的问题,那就是奥林匹奥多罗一生精研柏拉图著作,但所写义疏怎么却空洞无物呢? 有两段专门讨论哲学问题的文字,不过,看起来都不可能出自奥林匹奥多罗手笔。第一段(70.4-16)提到,像炼金术士一样,哲人常常用莫名其妙的术语来隐藏他们的想法:比如亚里士多德说实体(substance)并不在基质(substratum)中,偶性(accident)才在基质中;柏拉图则说那不在基质中的东西才是实体,在基质中的则属于偶性(一个手稿做了纠正:实体是在基质中,偶性则不在)。这些说法都来源于亚里士多德的《范畴篇》5, 2a11-19,是对个体和共相何为第一实体的争论的回应。第二段是 80.19-83.14,基于亚里士多

1　关于斯特法诺, 可参见H. Usener, *De Stephano Alexandrino*, Bonn 1879; Anon. Proleg., introd. XXIV-XXV。

2　Steph., *progn.* 118　et al. (假定该医学著作的作者就是哲人, 当然这假设有大疑问)。

德《自然学》（*phys.* I 2, 184b15-22）和《天象学》（A 3，983b20-
984a8），主要讨论前苏格拉底诸哲的观点，不过对他们的有关第
一本原（principle）的意见的分类都面目全非。如果它们最终都
来自奥林匹奥多罗，那么必定遭到篡改；这个篡改者是个彻头
彻尾的外行，但却竭力想成为一个哲人。尽管有关文献中频繁
出现他的名字，但是肯定不存在一个不同于哲人奥林匹奥多罗
的炼金术师奥林匹奥多罗。

　　这个人为什么要把这样一篇文字冠以著名哲人之名？其原
因也许与奥林匹奥多罗的学说比较模糊，具有很大的可塑性有
关，这种可塑性到了如此极端的程度，以至于我们把它说成是一
种教学方法而非一种哲学可能更正确些。与雅典顽固的正统派
相对应，亚历山大里亚学派具有浓厚的折衷色彩，这是 5、6 世
纪哲学的一个基本特征。如劳埃德在《剑桥晚期希腊和中世纪
早期哲学史》所指出的那样，实际上两个城市的学者交流相当频
繁，雅典学派的大多数学者（叙里安诺、普洛克罗斯、伊西多若
[Isidorus]、达玛斯基乌斯）来自亚历山大里亚，或取道那里；亚
历山大里亚学派的大多数学者（希耶罗克勒 [Syrianus]、赫尔米
亚、阿莫尼乌斯）在受教育的关键阶段都是在雅典。不过，两个
学派各自的学说早已成型，并不是由个人思辨而导致，而是由本
学派的传统和周围的社会环境所塑造。在雅典，这意味着严格
的反基督教的柏拉图主义，辅以亚里士多德逻辑。在亚历山大
里亚，则是调和柏拉图主义和亚里士多德主义，并以此作为（独
立于异教信仰的）一神论哲学的基础。

　　亚历山大里亚学派的传统非常深厚，这有事实根据，赫尔米
亚去世后，该派一度没有首领，但依然保持下来；城市当局很有

1　Lloyd, *The Cambridge History of Later Greek and Early Medical Philosophy*,
Cambridge 1967，316.

信心地拨给其遗孀一笔（数目惊人的）资金作为赫尔米亚的薪水，如我们必已理解的那样，不仅使她可以携两个儿子去雅典接受教育顺利完成其学术训练，也作为深入的教条灌输时期的费用支持。

阿莫尼乌斯的教导在拜占庭具有非常深远的影响，无论基督教世界还是穆斯林世界都一样，不过从来没有得到细致研究。他关于《解释篇》的义疏，受普洛克罗斯的直接影响而得以成篇，另一方面，有关他的讲疏的记录则不能完全采信，因为他的基督徒学生和抄写者在其中加了自己的观点，使得文本中常常出现自相矛盾的地方。至于他的形而上学，我们目前所知也甚少，不过有一个关键点很清楚：[1] 根据辛普里丘（*cael.* 271.13-21; *phys.* 1363.8-12）、阿 斯 克 勒 皮 乌 斯（*met.* 103.-4; 151.15-32）和斯特法诺（*an.* 571.1-5）的记录，我们了解到，亚里士多德的理智（Intelligence）最终并最有效地触发了阿莫尼乌斯的思想，[2] 这个理智相当于《蒂迈欧》中的创造精神（Creative Mind），因而造物主也就是神圣的上帝。相应地，亚历山大里亚学派一直特征性地把上帝称为"德穆革"（the Demiurge），基督徒化的奥林匹奥多罗派后学继承了这种做法。之所以如此，毫无疑问部分是因为要把柏拉图与亚里士多德进行调和，不过，最终的动因（正如在希耶罗克勒那里）就是要把两者融于基督教一神论教义。其结果就是，雅典柏拉图主义复杂的形而上学的上层结构基本上被放弃，或者至少失去其旨趣，因而就使得奥林匹奥多罗（*Gorg.* 244.12-15）放任自己的学生各因所好，把神圣"秩序"解释为本质（hypostases），或者解释为属性（attributes）（如希耶罗克勒之所做）。这样剧烈的变化影响了有关柏拉图的

1　同上书，317页。

2　*Proleg.*9.24-34 中的"柏拉图派的"教义，可参照 Dam., *Phil.* § 114。

课程布局,虽然奥林匹奥多罗在教学方面(全部或部分地)循扬布里柯之规,但是在放弃《帕默尼德》篇的神学解释后,这个课程也就不再像以前那样了。阿莫尼乌斯依然遵循雅典学派的解释(*int.* 133.18-20),但他用自己的一套神学取代了它(*isag.* 45.10-12)。奥林匹奥多罗派学人似乎根本不了解柏拉图的对话,比如在奥林匹奥多罗的《范畴篇》义疏(Ol., *cat.* 14.22-27)中把《帕默尼德》135d 的内容说成是《斐多》的,爱里亚斯 (Elias, *cat.* 119.4-8)(在同一语境中)则说是来自《智术师》,只是在《论〈前分析篇〉》(Elias,*anal. pr.* 136.5-10)才说对出处。就在这三个义疏中,作者甚至都认为柏拉图讨论过形式逻辑!无独有偶, Philop., *anal. pr.* 9.18-19, 以及 Anon., *CAG* XII 1, p. X,也都有这种看法。在后面一个具有基督教色彩的义疏中,[1]基本假定部分都拒绝任何形而上学成分。

亚历山大里亚学派哲学的折中色彩也许与行政当局的压力甚至迫害有关,达玛斯基乌斯(*vit. Isid.* 83.5-11)记录了希耶罗克勒与君士坦丁堡当局之间发生的流血冲突以及后来被驱逐的事情,在第 250-255 页也提到伊西多若及其学派受到某个国王迫害的事情,其时阿莫尼乌斯正与大主教(阿塔那西乌斯二世?)达成协议。相对于此,奥林匹奥多罗享有比较宽松的自由,这与其一贯主张基督一性论有关,当然其时统治当局已经衰微。另外,如奥林匹奥多罗自己所承认的那样(*Alc.* 22.14-23.1),他接受苏格拉底的前车之鉴,对于某个容易引起非议的文本,他往往以不承担责任的方式进行解释。

无论具体的生活细节如何,奥林匹奥多罗的世俗生活比较成功,他甚至还获得了"至人"(The Great)的尊称。其学说在

1　　Pr., *Parm.* 1257-1314. 参照M. Roueche, *Notes on a Commentary on Plato's Parmenides*, Greek, Roman and Byzantine Studies, 12, 1971, 553-556。

其基督徒后继者手里多有修改，不过他所规定的教学方法和摘录（note-taking）技术原样延续了数代，其方法大致如此：每个讲座（praxis）标记为如此如此，进而被细分为一个义理（theoria）部分（对所讨论的章节进行综合考察）和一个词汇（lexis）部分（即对文本进行专门讨论）。已经有很多文章讨论过整个讲学过程以及各种标准的通行公式，在此不多赘述。[1] 不过，在我们尝试重新构建该学派的课程全貌方面，有以下几点值得注意。

　　首先必须注意义疏的长度（也就是课程的课时数）。就奥林匹奥多罗本人而言，其讲疏数为：《阿尔喀比亚德》28 讲，《高尔吉亚》50 讲，《斐多》约 50 讲（现存 13 讲，涵盖范围略多于文本的四分之一），《范畴篇》34 讲，《天象学》51 讲；爱里亚斯方面，《亚里士多德哲学导论》（*Isagoge* 即《导论》）40 讲，《范畴篇》35/40 讲；戴维（David），有《导论》39 或 40 讲；伪爱里亚斯（Ps.-Elias），有《导论》51 讲；斯特法诺，《解释篇》21 讲，《论灵魂卷3》20 讲（整本书约 60 讲）。从这里可以看出，无论文本长短如何，对目标文本所设的课时一般为 40-50 讲左右，很少例外。有关文献中频繁提到"昨天的讨论会"，由此可以推断基本上每天都有课，另外考虑到圣日（Holy-day）和其他节日的情况，[2] 这样推算，每门课程每年大约能够完成五个文本的讲授工作。由于按照扬布里柯的教学计划，柏拉图哲学的一门课程要学 12 个对话，亚里士多德哲学的一门课程文本的数量也差不多，包括《工具论》、《论天》、《论生成与衰朽》、《天象学》、《论灵魂》、《形而上学》等，涵盖了逻辑、自然学和神学等方面。这样算下来，就意

1　　Beutler, *RE* art. Olympiodoros 221-227; M. Richard, Ἀπὸ φωνῆς, Byzantion 20. 1950, 191-222; A. J. Festugiere, *Modes de Composition des Commentaires de Proclus*, Museum Helveticum 20, 1963, 77-100 (77-80); Westrink, *Ein astrologisches Kolleg*, 7-8.

2　　同上书，16-17。

味着一门课程要 2 到 3 年才能完成。按照现存的义疏来看,阿莫尼乌斯学派就大致以这些课程为实际教学的主要部分,其顺序是逻辑学、伦理学、自然学、数学、神学,[1]不过,在实际教学过程中,亚里士多德的伦理学并没有受到与其他课程同样的待遇,一种可能性就是在教学课程开始时,用一些小的实践性行为规范读物,比如毕达哥拉斯派的《金言》(Golden Verse),或者爱皮克泰德(Epictetus)的《手册》(Manual)作为精神预备课,来代替理论伦理学课程。数学方面,由于《亚里士多德全集》中没有数学方面的内容,因而所教必定为柏拉图的理论化数学理论。至于课程教授的持续情况,马里诺在《普洛克罗斯行传》(vit. Pr. 13)提到过,叙里安诺在不到两年的时间里,指导普洛克罗斯学习了亚里士多德的全部著作(逻辑学、伦理学、政治学、自然学、形而上学),当然这只是个特殊事实。不过,如果抛掉伦理学和政治学不算,那么两年的学习时间应属正常。

马里诺在《普洛克罗斯行传》23 章还说到,普洛克罗斯一天里曾讲授过 5 节课之多,还不算晚上的讨论课。当然这应该不是常态,不过一定程度上也表明普洛克罗斯的勤勉。由此我们可以推断,奥林匹奥多罗所教肯定不限于亚里士多德和柏拉图。我们可以考虑几种可能:(1)数学,也就是算术、几何、音乐和天文学四学科,(2)医学,(3)修辞术,(4)有些神秘的“循环解经”(enkyklioi exegeseis),这门课他自己曾两次提起(1 § 11,4 § 8)。不过这些课程的准确情况,我们还找不到太多证据。

无疑,数学自然是亚历山大里亚学派所设课程的一个部分,奥林匹奥多罗殁后半个多世纪,伪爱里亚斯就记录了四科所学的标准内容(19,30):代数要学尼各马可(Nicomachus)和刁

---

1   Amm., *cat.* 5.31-6.20; Philop., *cat.* 5.15-6.16; Ol., *cat.* 8.29-10.2; El., *cat.* 117.15-121.19.

番图（Diophantus），几何则学欧几里德（虽然只是猜测，但应该如此，Elias, *cat.* 251.18 称之为 ὁ στοιχειωτής）、贺罗（Hero），音乐学则学亚里士多克诺（Aristoxenus），天文学则是保罗（Paulus）和泰奥多修（Theodosius）。不过，戴维提到（64.32-65.3）奥林匹奥多罗曾说过，在他的时代，音乐已经成为一种遗产，尽管别的支流方面还保有一些"残余"；他补充说有一些音乐书籍还可以得到，但是显然奥林匹奥多罗指的是教学方案。应该就在这个时候，哲学教师们开始重视数学课程，阿莫尼乌斯讲过尼各马可的《导论》（阿斯克勒皮乌斯和菲洛波诺的现存著作都有记载），[1] 正如前面提到过的那样，看起来奥林匹奥多罗本人做了关于亚历山大里亚的保罗的占星术著作的讲座，在那个时代，占星术本身已经成为托勒密天文学的一个实用部分。

　　随着哲学课程重要性的减低，医学受到了较大重视。[2] 爱里亚斯在其《导论》（*isag.* 6.7-9）中就提到他自己关于盖伦（Galen）的《论解剖》（*De sectis*）课程，讲疏没有什么独创性，相当于其老师的忠实复制品。奥林匹奥多罗本人没有任何这样的陈述，不过他必定很熟悉希波克拉底（Hippocrates），在许多地方频繁引用，因而进行初步入门的讲授并不很难。[3]

　　至于修辞学方面，我们只知道奥林匹奥多罗熟悉荷马、欧里庇得斯（Euripides）、德莫斯蒂尼（Demosthenes）等经典作家，也偶尔提到文学创作的规则，[4] 除此之外就没有更多信息。当然叙里安诺和达玛斯基乌斯在其生涯中有一段时间也讲授过修辞

1　　参见人名著作参考。

2　　参见Westrink, *Philosophy and Medicine in Late Antiquity*, Janus 51, 1964, 169-177。

3　　参见*indices locorum* Ol., *Gorg., Alc.* (add 55.3-4=*aphor.* II 38), *Ph., cat., mete.*；也可参考下文2 § 15.2-3 （以及注释）和4 § 7.7-8。

4　　Ol., *Alc.* 104.3-6；*Ph.*2 § 7.7.

学,并且我们也发现亚历山大里亚学派的修辞学吸收了教学实
践中形成的一些东西。[1]

即便把 1 § 11.6 注解中的表述理解为是指针对一大群听众
讲授的普通教育课程,问题还是存在,我们也不清楚奥林匹奥多
罗的所谓"循环解经"(enkyklioi exegeseis)课程是否包括上面
提到的这些种类繁多的主题。菲洛波诺在其《后分析篇》的义
疏(Philoponus, *anal. post.*157.2-6)中,说到 enkyklioi exegeseis
是一种向所有人开放的公开课,与医学和修辞学这样的专业课
不同,但是这样的说法也并不必然意味着医学和修辞学就一定
不能成为入门阶段的课程。无论如何,正如我们很确切地知道
的那样,哲学就有一个导论课。在 1§11.6 中这个词第一次出现
的地方,看起来奥林匹奥多罗是在说他自己的一门课;在 4§8
又不太可能,而在 Elias, *isag.* 27.1-8 又实际上根本谈不上。总
之是难以弄清。

大多数新柏拉图主义者都偶尔会做做诗,波菲利在《普
罗提诺行传》15 章就提到一首他曾在柏拉图日那天吟诵过的
关于"神圣婚姻"的诗歌。扬布里柯创作过圣歌(Dam.,*Phil.* §
19.5),普洛克罗斯、阿斯克勒皮奥多图(Asclepiodotus, Dam.
vit. Isid. 179.6-7)、伊西多若(Dam. *vit. Isid.* 90.1-3)和赫莱斯柯
(Heraiscus,Dam. *vit. Isid.*138.27-139.1)也都写过。我们现在还
能找到叙里安诺(*Anthol. Pal.* 9,358)、普洛克罗斯(Vogt 编辑,
34 页)、达玛斯基乌斯(*Anthol. Pal.* 7,553)、辛普里丘(Pr., *Tim.* I
468.14-16)等人的诙谐短诗。达玛斯基乌斯在年轻的时候在爱
德西亚(Aedesia)的葬礼上朗诵过他写的六步格体的颂词(*vit.
Isid.* 107.20-22)。奥林匹奥多罗继承了这个传统,现存两首奥

---

1   *Prolegomenon sylloge*, ed. H. Rabe, Leipzig 1931, Nos. 1, 2, 5.

林匹奥多罗的六步格对句（hexameter couplet），其一因卡里马柯（Callimachus）讽刺克里翁布罗特（Cleombrotus）的短诗有感而发（Dav.31.34-32.2，参照 El., *isag.* 14.8-10），另一个则模仿叙里安诺关于《斐多》的诗句，旨在捍卫《范畴篇》的可信性（El., *cat.* 133.24-26）。即便这些诗句没有什么其他价值，它们至少表明奥林匹奥多罗的诗才。

三、奥林匹奥多罗的《斐多》讲疏

在威尼斯抄件中，奥林匹奥多罗关于《斐多》的义疏只保存了四分之一多：50 个讲疏中只保存了 13 讲，涵盖 62 个斯特法诺标准页中的 16 个段落。在开始部分，总体介绍以及关于57a1-61c9 的义疏都佚失了。正常情况下，这些内容相当于 4 到5 个讲疏，或者 10 到 12 页。不过也许损失没有那么多，如果按照手稿页边空白处的说明，损失也许只有 6 页，也就是 2 或 3 个讲疏的样子，但如果真是这样，那范例的格式就会更大些。另外，12 和 13 之间的两个多讲疏（按照另一个页边空白处的说明有 5页）讨论 75c7-78b4 的内容也都佚失了，讲疏 13 之后的其他范例也都不见了（80a10-118a17）。

奥林匹奥多罗和达玛斯基乌斯都承续普洛克罗斯的学脉，根据普洛克罗斯对柏拉图对话的区分，我们大致可以重新描绘他们的讲疏轮廓。

奥林匹奥多罗做讲疏有一个八步法，也就是从主题（*skopos*, or central theme）、有用性（usefulness）、处理顺序（order of treatment）、题目（title）、真实性（authenticity）、内容划分（division）、表达形式（form of presentation）、所属哲学派别（branch of philosophy）这八个方面对对象进行讨论，他在讲亚

里士多德时就按这个步骤。讲《高尔吉亚》和《阿尔喀比亚德》的导论课时,没有这样按部就班。《斐多》似乎也一样,奥林匹奥多罗可能满足于选择几个比较重要的部分进行讨论。

自从扬布里柯以来,主题就是导论的重要组成部分,按照《柏拉图哲学导论》(*Prolegomena philosophiae Platonicae*)的说法,一个对话里主题必须只有一个(27),这样,主张《斐多》有不朽、哲人之死和哲学生活三个主题,就不正确。现在我们已经很难了解当时对于《斐多》的主题是如何确定,也许是净化的生活 (περὶ καθαρτικοῦ βίου)。这实际上也与《斐多》在整个课程安排的位置相适应 (τάξις):首先是导论性的《阿尔喀比亚德》讲疏,然后是《高尔吉亚》,着眼于社会中的生活,然后就是《斐多》了;接下来是其他十个与"沉思的"生活有关的对话(*Proleg.* 26.25-27)。关于《斐多》的布局,与它的主要区分问题一样,奥林匹奥多罗(8§7;9 标题)称之为"章节"(sections, τμήματα),达玛斯基乌斯称(I§466; II § 81)为"部分"(μέρη),它们都与主题关联:第一个部分讨论死亡,也就是灵魂从肉体那里脱离,第二个讨论灵魂的不朽,第三个脱离肉体之后灵魂的状态。

在上述这些内容之前,还有个开场白,类似于舞台搭建和演员出场。当然,关于这种做法的理论,普洛克罗斯在《阿尔喀比亚德》义疏(*Alc.* 18.13-19.10)(和 *Proleg.* 16)中根据它与 skopos 的关系做了概述。对话中的每个角色都按照其完善程度被给予一个形而上学或认识论解释。惜乎这个部分在奥林匹奥多罗和达玛斯基乌斯那里都已经佚失了,跟所有其他导入性材料一样,现存的就只有狱卒出场打断对话那个场景(Ol. 2§8; Dam. I §§ 46-47)。

第一个部分("论死亡")总的标题是什么没有确切资料。该部分又分为两个问题:"论自杀"和"论愿意赴死"(on the

will to die）。第二个问题又继续细分，包含三个 καθαρτικοί λόγοι，也就是"脱离（肉体）的理由"：（1）灵魂和肉体，（2）灵魂自身，（3）灵魂和形式（Dam. I§66）。

　　第二部分是对话的核心，由灵魂不朽的五个论证构成（Ol. 2§7；8§7；*mete.*144.14-15）：（1）从对立面相互转化进行的论证（Ol. 10§5；§16；Dam. I§66；§107；II§1 标题）；（2）从回忆角度的论证（Ol. 11§1 标题；13§4；Dam. I§66；§242）；（3）从与可知者的类似进行的论证（Ol. 13§1；§4；Dam. I§66；§215；§220；Pr., *theol.* I26, p.113.18-19 S.-W.）；（4）关于和谐的论证（Dam. I §183；§361 标题）；（5）关于灵魂的本质的最终论证（Ol. 11§2；13§4；Dam. I§183；II§66 标题）。

　　第三部分是神话，也就是 νέκυια（Dam. I§466；II§81），并一样分为三个部分：（1）转变，（2）大地的描述，（3）灵魂归处。结尾部分没有专门提到苏格拉底之死。

　　内容安排大致如下：

	Ol.	Dam. I	Dam. II
导论	——	——	——
开场白	——	——	——
第一部分：论死亡			
第一个问题：自杀（61c9-62c8）	1	1-25	——
第二个问题：论愿意赴死（62c9-69e5）	2-8	26-175	——
第二部分：论不朽			
I.对立面（69e6-72e2）	9-10	176-252	1-3
II.回忆说（72e3-78b3）	11-12	253-310	4-28
III.相似性（78b4-85b9）	13	311-360	29-44

IV.和谐说（85b10-95e6）	——	361-406	45-65
V.灵魂的本质（95e7-107b10）	——	407-465	66-80
第三部分：神话			
i.转变（107c1-108c5）	——	466-502	81-113
ii.大地（108c5-113c8）	——	503-542	114-145
iii.归宿（113d1-114c8）	——	542-551	146-148
结束语（114d1-118a17）	——	552-562	149-157

四、文本考订

　　奥林匹奥多罗就柏拉图的对话所做的三个（也许更多？）义疏，与大多数新柏拉图主义著作一样，它们之所以能够保存至今，还得多亏第一次拜占庭文艺复兴时期人们又对柏拉图主义产生兴趣，尽管并不完整，也没有受到太大重视。[1] 这些文献究竟是以文献丛书形式，还是以数个较小的集子和单本形式流传至今，我们已经很难弄清楚了。如果是前一种情况，那么传播路线就应该是通过亚历山大里亚到达君士坦丁堡（很可能是在赫拉克留时代，由斯特法诺所为），雅典学派得到奥林匹奥多罗的著作复本，应该不会有什么难处。

　　无论情况是哪一种，大约公元 900 年间，一个学者对柏拉图主义产生了浓厚的兴趣，具体是谁我们已经不知道，他掌握了一批上等牛皮纸手抄本，其中至少有 9 篇保存下来（全部或者部分），[2] 它们包括：（1）Paris. gr. 1807, Plato A；（2）Marc.

1　　具体情况可参见Pr., *theol*. I introd. CLV；还有Pr., *Crat*.（结尾部分已佚失）Hermias, *Phaedr*.（108.3有大的脱漏）。

2　　T. W. Allen, *A Group of Ninth-century Greek Manusripts*, Journ. Of （ 转下页 ）

gr. 246, Dam., *princ.* and *Parm.*;（3）Paris. gr. 1962, Maximus
Tyrius and Alcinous;（4）Paris. suppl. gr. 921, Pr., *Tim.* 复本残篇；
（5）Laur. 80,9+Vat., gr. 2197, Pr., *Rep.*;（6）Palat. Heid. gr. 398,
Paradoxographi;（7）Marc. gr. 196, Ol., *Gorg., Alc., Ph.,*+Dam.,
Ph.,Phil.;（8）Marc. gr. 226, Alexander Aphr.;（9）Marc. gr. 258,
Simpl., *phys.* V-VIII。

　　还有另外三个文本可能与上面这组文献有关联,不过在这
个早期时期已经没有复本,现在都已佚失了,它们是(1)普罗
提诺,(2)阿莫尼乌斯关于《解释篇》的义疏(两者都有同样类
型的页面空白);¹ (3)赫尔米亚关于《斐德若》的义疏(13.3-44
的文献注释引述了 Ol., *Alc.* 2.64-65,不过可参考 schol. Pl. TW
Phaedr. 227a,另外还有一些抑扬格韵文,可见下文)。

　　根据一些证据,有人认为这个学者可能是哲人利奥(Leo),
也就是利奥·考罗斯法克特(Leo Choerosphactes),² 除阿雷塔
(Arethas)之外,他应该说是已知的当时唯一一个全心致力于
柏拉图研究的人。有一点联系值得注意,训诂学者偶尔使用考
罗斯法克特常用的抑扬格体格式来写作(拜占庭三音步诗,在
dichrona 的使用上比较随意),当然两者是不是同一个,我还没
有找到他们之间特别突出的对应关系,该事实本身也很难说就
是一个证据(特别是在文献所有者、训诂学者和修订者这三者之
间的关系还没有明白确定下来的情况下,尤其如此),现在暂且
列出它们在文献中出现的地方。

　　Ol., *Gorg.* 1.1 Ὀλύμπιον δώρημα πεμφθεὶς τῷ βίῳ / χρυσῆν

（接上页）Philol. 21, 1893, 48-55. J. Whittaker, *Parisinus Graecus 1962 and the Writings of Albinus,* Phoenix 28, 1974.

1　　H. Arts, *De scholien op vijf Griekse filosofen. Plato, Plotinus, Olympiodorus, Ammonius en Proclus* (diss. Lic. Louvain 1962; not publ.).

2　　参照Beck, 前引书, 594-595。

Ἀλεξάνδρειαν ἔσχες πατρίδα.- Alc 94.12 Βίαντος υἱοῦ Τευτάμου Πριηνέως. Alc160.9 Εἰ καὶ μάλιστα δριμὺς εὐνοῦχος τύχοι / Ἡφαιστόπους τε μιξοβάρβαρος γένος. （还有一次对阉人的怒骂，以散文形式出现，见 schol. Pr., *Tim.* I 460.20-21）-Vatopedi MS. 655 f. 2^r（Palat. gr. 398 的一个复本，其中这个部分丢失了）Ὁ τῶν γραφέντων ὧδε βιβλίων πίναξ. -Paris. Gr. 1962 f. 146^v Ἡ βίβλος ἥδε ταῦτ᾽ ἔχει γεγραμμένα. -schol. Dam. *princ.* 51.22 的结尾部分 ⋯ αὕτη δὲτούτων οὐδὲν ὡς ἀνείδεος （很可能是偶然的；重音在倒数第三音节）-Hermias 108.3（文本中的空白处）Τί δὴ τὸν εἱρμὸν ἐξέκοψας τοῦ λόγου / ἄφνω στερήσας ἡδονῆς ἀθανάτου; - Hermias 266 （文本末尾；参考 94.21 和 168.24）Ὁ πρῶτος Ἑρμῆς μνημονεύσας ἐν βίῳ / τρίτον γενέσθαι καὶ σοφὸν τοσαυτάκις / ἐπωνομάσθη τρισμέγιστος εἰκότως· / ὁ δεύτερος δὲ πανσόφως σαφηνίσας / τὸν τοῦ Πλάτωνος Φαῖδρον ἐν τρισὶν βίβλοις / τρισόλβιος καλοῖτ᾽ ἂν οὐκ ἀπὸ τρόπου.

有的时候这可以帮助我们辨认诗歌的作者，比如该组文献中的关于奥林匹奥多罗和赫尔米亚的诗行，有关他们名字都有一个双关语，这表明其作者也许会是同一个人。

Marc. gr. 196 的修订者到底是谁我们暂且不管，他在页边补充了旁注，并根据（奥林匹奥多罗和达玛斯基乌斯的）两个原本对抄本做了校勘，补充了抄本中的省略部分（例如 Ol.2 §16.2；8§6.1；9§4.4；11§6.8-9；13§3.2-3），把脱漏之处的文字也增补完全（例如 Ol. 13§8.6；§15.8；Dam. I§23.3；§232.9；§505.2-3），有些增补还值得商榷，例如 Ol. 13§3.2-3；§ 15.8；Dam. I § 232.9。他根据柏拉图古抄本还仔细纠正了语词的拼写，对一些说法做了校订，这些古抄本包括阅读资料 65b3（Ol. 4§13.1）和 73c6（11 §15.1）处的 BW、65e1-2（5§8.1）的 BTW、71a12（10§10）的 BTY、9§9.1 的 BT^{2}Y、10§6.1 和 §11.1 的 TY、66b4（5§14.1）的

W、62d6（2§9.1）的 Y。TY 方面的阅读资料很少见，这有点蹊跷，目前的理论认为这个现象值得注意，[1]因为也许 T 就来自 A（也就是 Paris. gr. 1807，从各种现象判断，它一度为马奇亚努斯〔Marcianus〕所有）已佚失的第一卷。Mc Pl.Y 中的变体 τε，而不是 62d6 的 γε，这没有太大意义，不足以影响对 Y 的评价。[2]

就在这项工作完成不久，这个不知名的柏拉图主义者拥有的这两卷珍本就从人们的视野中完全消失，时间超过 500 年之久，贯穿中世纪都不见奥林匹奥多罗和达玛斯基乌斯关于柏拉图的义疏，也不见达玛斯基乌斯的《论原理》和《〈帕默尼德〉义疏》。人们也不知道有任何抄本，也许更具说服力的是普塞洛（Michael Psellus）收集了他所能找到的每一个柏拉图主义者的著作，但是看起来他似乎根本不知道还有这些文本的存在。这个事实如何解释？我们只能设想，这些抄本在一个比较早的时间就已经传到西方世界，萨弗瑞（H.D.Saffrey）就认为有这种可能性，因为一些页边注是用拉丁文写的（*Aristoteles* 出现多少次，这样的页边注也出现多少次）。还可以考虑另一种可能性，这就是它们那时被保存在宫廷、教廷，或者一个大的修道院，一个宗教社团中，出于某种原因，人们有意把它们从课程中撤下来，搁在书橱，慢慢被遗忘，在那里度过了漫长的岁月。

在中世纪，奥林匹奥多罗之所以广为人知，是因为他的亚里士多德著作的义疏，尤其关于《天象学》的义疏。在贝萨里奥（Bessarion）书库偶然发现了奥林匹奥多罗的柏拉图著作义疏之后，15、16 世纪年间，人们开始慢慢对他的著作产生兴趣，抄录的人也逐渐增加。[3]达玛斯基乌斯的两个义疏则作为教程的一

1　Carlini, 前引书, 页160。

2　同上书, 页161-163。

3　Listed Ol., *Ph.* (ed. Norvin), praef. VII-X; Dam., *Phil.*, introd. XII-XIV.

部分,不具作者之名而附于奥林匹奥多罗的著作之后。这五篇义疏直到 19 世纪才正式印行。

《斐多》讲疏笺证

奥林匹奥多罗

讲疏一

论自杀：秘传论证和爱智论证[1]

[**笺注按**] 为什么我们不能自由处置自己的生命，苏格拉底给出的理由有二，其一，按照一个神圣的传统，我们处于一种"监护"（custody）之中，不能自行脱离这种监护，这就是秘传论证；其二，诸神是我们的主人，他照管我们，此为爱智之论证。奥林匹奥多罗在§1中列出这两个论证，进而又讨论了反对自杀的另外三个论证（§2），接着讨论秘传的论证（§§3-6），以及爱智的论证（§7）。接着根据柏拉图、普罗提诺和廊下派的正统观点，陈述了允许自杀的情况（§8）。最后得出他自己的结论结束了本节讨论，认为自杀在某些条件下也是允许的（§9）。这些观点都有着普洛克罗斯的印记，但由于Dam.I不够完全，所记载的内容只从秘传论证有关讨论的中间开始，前面的已经佚失，我们就没有办法弄清楚奥林匹奥多罗的观点中有多少来自普洛克罗斯，有多少来自达玛斯基乌斯。在奥林匹奥多罗的后继者那

1　[中译按]原文本无标题，现按韦氏笺证而拟。philosophical、philosophy，按不同语境将译为哲学或爱智。

里,如爱里亚斯(El., *isag*.12.3-16.8)、戴维(Dav., 29.12-34.12)、伪爱里亚斯(Ps. El., 12-13),§§1-2 和 §8 的主题属于哲学导论的标准内容,在这之后才开始对波菲利的《导论》进行注解,其语境是哲学的第三个定义,即"为死亡做的训练"(preparation for death)。阿莫尼乌斯的《〈导论〉义疏》(4.15-5.27)对此没有做任何讨论,因而显然是奥林匹奥多罗引入这个讨论的(从《斐多》的义疏流转而来),不过他本人就 Isag. 所做的义疏已经佚失,参见 Westerink, *Elias und Plotin*, Byz. Zeischr. 57, 1964, 26-32。[1]

1. Yet he will not, I suppose, do violence to himself, for they say it is unlawful[61c9 - 62c9]

   不过,我估计他不会对自己下手,因为他们都说这不合法。

   只是他并不会对自己下手,因为据说不容许这样做。[2]

   苏格拉底提到欧维诺[3],说如果欧维诺是个哲人,那他就会心甘情愿去死。为了避免听者形成错误印象,似乎他是在鼓励人自愿寻死,苏格拉底补充道,"不过,我估计他将不会对自己下手,因为自杀就是在做一件不虔诚的事情"。[5]在文本中苏格拉底做了两个论证,一个从神秘角度,属于俄耳甫斯教式的,另一个则从辩证角度,属爱智式的。[4]

1　[中译按]奥林匹奥多罗的《斐多》讲疏先引柏拉图《斐多》原文(韦斯特润克加了编号,在脚注形式的笺释中以 §1 与之对应),然后讲疏,奥氏义疏希腊原文的行数用方括号如 [5]、[10] 标明(韦斯特润克在脚注形式的笺释中的 §1 后面的数字如 5-7,即指奥氏义疏希腊文原文的行数)。

2　第二行译文参见王太庆,《柏拉图对话集》,北京:商务印书馆,2004,下同。

3　[中译按]Euenus,当时的诗人,演说家,《申辩》,20B,《斐德若》, 267A 都提到该人。

4　§1. 5-7,参考schol. Pl. 10.9-13。

2. 进入文本之前，我们还是先来讨论一下不允许自杀这个话题，说说我们的观点。[1]

（1）假定神有两种力量，即提升（elevative）力和眷顾（providential）力，假定神把他的眷顾关怀延及次级存在物时有所凭藉，并且这些凭藉不会阻碍他的提升力和转换力作用于他自身，而是他会同时实施这二者，如果是这样，那么就没有什么理由怀疑，爱智者 [5] 作为神的模仿者（爱智慧就是融于神 [philosophy being assimilation to God]），可以创造性和眷顾性地主动行动，同时过一种净化生活（a life of purification）。显然当一个人在死后与肉体分离时，要达成这种脱离并不难，但是，只要我们依然受肉体束缚，[10] 追求净化就是高贵的事情。

（2）神（Deity）总是以同样的方式显现于所有事物中，每一个事物都分有神，程度不同而已，这个程度依赖于该事物自身

1　§2. 普洛克罗斯阐述了支持论证（1）和（2）的基本原理，见 *elem*.122, *Πᾶν τὸ θεῖον καὶ προνοεῖ τῶν δευτέρων καὶ ἐξῄρηται τῶν προνοουμένων, μήτε τῆς προνοίας χαλώσης τὴν ἄμικτον αὐτοῦ καὶ ἑνιαίαν ὑπεροχὴν μήτε τῆς χωριστῆς ἑνώσεως τὴν πρόνοιαν ἀφανιζούσης*。换言之，（1）神圣天意（divine providence）并不阻止超越；（2）凡间事物接受天佑赐予，其程度依赖于受者的适合性。奥林匹奥多罗的术语（尤其在 3-5 和 7-8 行）明显是普洛克罗斯式的（Procline），毫无疑问他参考了普洛克罗斯的义疏，并将其吸收进亚历山大里亚神学，在这种神学中有一个最高神，不同的神圣等级的属性是这个神的功能（参考 Pr., *elem*.151-159 以及多德 [Dodd] 在 278 页做的注释；Ol., *Gorg*. 243.16-244.15）。从现存奥林匹奥多罗的文本来看，文本有一些含混不清之处，比如提到《泰阿泰德》（14-16 行），这必定与第一个论证有关，而非第二个；在 EL.（*isag*.15.23），Dav.（30.8-21）以及 Ps.-El.（12.10-12）只保留了第二个论证，但却被误认为是引述自普罗提诺（I.9）。论证（3）的内容不限于《斐多》，因为它还讨论了"自然"（natural）死亡和"自愿"（voluntary）死亡之间的术语的差异，这在阿莫尼乌斯的（Amm. *isag*. 5.7-27; 可参见 El. 12.22-13.12; Dav. 31.7-19; Ps.-El. 12.21-29）中已经出现，Macrob.（*somn. Scip*. I13,5-8）也有相应内容。显然，它们都来自波菲利（参见 *sent*. 8-9）。

　　6.*ὁμοίωσις γὰρ θεῷ ἡ φιλοσοφία*（爱智慧就是成为像神那样）：爱智慧（或哲学）的六个标准定义之一（Amm., *isag*. 3.8-9; El. 16.10; Dav. 34.16;Ps.-El. 10,11），来自柏拉图的《泰阿泰德》176b1-2。

的适合与不适合性,因此灵魂应当以同样的方式显现于肉体,并且不应从肉体中抽离,这种显现程度取决于肉体的适合性与不适合,看肉体是否可以分享灵魂生活。因而在《泰阿泰德》[173c6-174a2] 中,柏拉图认为,完美的爱智者 [15] 甚至不知道自己是什么样的人,不仅如此,他甚至根本意识不到自己不知道,虽然他靠肉体生存。

(3)既然自愿接受束缚,那么解除这种束缚也应该自愿;束缚是非自愿的,则解除束缚也应是非自愿的;反过来则不行。这就是说,我们应该以非自愿的方式,通过自然死亡从自然生活(这是非自愿的)中解放出来,同时,我们根据自己的自由意志选择过一种感受(affective)生活,[20] 那么我们就应该以自愿的方式通过净化从这种感受生活中解放自己。

3. 进入柏拉图文本之前我们就补充这么多。现在来看文本自身:如我们已经说过的那样,柏拉图从两个方面论证不允许自杀。[1]

---

1   §§3-6. 秘传(俄耳甫斯教)论证:四代圣王,以及狄奥尼索斯和提坦的神话(§3);圣王系列的伦理解释:四种圣王统治也就是德性的四种层次(§4-§5.9);狄奥尼索斯神话的神学解释:他掌管着创生(genesis),掌管着生和死(§5.9-§6)。达玛斯基乌斯书(Dam. I§§1-13)的相应文字中(这部分内容实质上是普洛克罗斯的,奥林匹奥多罗对其做了概括,见 Ol. §3.10-14,他还参考了达玛斯基乌斯在细节上所做的一些改正),缺少了有关俄耳甫斯教诸王的介绍性段落,不过,既然奥林匹奥多罗特别提到"义疏者们"(§4),下一句话又非常接近于普洛克罗斯书中的话,普洛克罗斯很可能就是这个段落的原作者。在 §6 中奥林匹奥多罗根据自己的记忆增加了一些例证性的老生常谈。

§3. 当然,在柏拉图的神话图景中(《斐勒布》66c8-9)有六个神圣君王,而非四个,这就是:法尼斯(Phanes)、耐特(Night)、乌拉诺斯(Uranus)、克罗诺斯(Kronos)、宙斯、狄奥尼索斯。参见 Orphica 残篇 107(尤其是 Pr.,Tim. III 168.15-169.9),也可参考 Pr. Crat. 54.12-5.22。为什么会忽略掉法尼斯和耐特,笔者找不到一个满意的解释,这两位本可以与典范性德性(exemplary virtue)和神圣德性(hieratic virtue)相类比(Dam. I§§143-144)。这些段落不大可能直接来自波菲利(尽管波菲(转下页)

首先是秘传论证。我们知道俄耳甫斯教传统（残篇 220）有四种统治（reign）。第一个是乌拉诺斯统治，然后是其子克罗诺斯，他弑父之后取而代之；克罗诺斯的儿子宙斯又将父亲抛入塔尔塔若（Tartarus），之后登上宝座；以后宙斯又被狄奥尼索斯取代。据说狄奥尼索斯的随从，也就是提坦，落入赫拉的陷阱，他们把狄奥尼索斯撕成碎片，吃掉他的肉。暴怒的宙斯用雷电击打他们，由此产生并升腾起的烟尘的灰烬，就成为创造人的物质。因而之所以禁止自杀，[10] 是因为我们的肉体属于狄奥尼索斯，事实上我们的确是他的一部分，因为我们是从食其肉的提坦的灰烬中所产生；而不是因为我们包裹着肉体，肉体一种桎梏，文本似乎有这样的意思，因为这个再显然不过了，苏格拉底定然不会把这称为深奥的教义。

4. 苏格拉底虽然论证了这个神话的隐秘特性，不过，他似乎对此有所保留，未补充任何东西，只是说了一句："我们就处于一种监护之中"[62b3-4]；不过，《斐多》义疏者们费心考察了这个神话的多个来源。这个神话的寓意是这样：正如恩培多克勒（残篇 B17）所说，可知（intelligible）世界和可感（sensible）世界交替进入存在状态，其如此，[5] 不是因为可感世界此一时刻开始，可知世界在彼一时刻开始（实际上两个总是存在着），而是

（接上页）利确实也使用过 *Orphica*），因而它们表现的是扬布里柯之前德性层次的观念（Porph., *sent*.32）；奥林匹奥多罗似乎并没有直接读读过波菲利的义疏，与普洛克罗斯则有一种明显的联系（见 §4 中的注释），我们找不到任何证据表明波菲利曾经在他的德性层次表的底部增加了伦理德性。可以想象，或许是阿莫尼乌斯去掉了两者，以便消除俄耳甫斯教和新柏拉图主义秘法（theurgy）的痕迹；从现存文献来看，他的德性层次说也认为沉思德性最高（*int*.135.19-32; Philop., *cat*. 141.25-142.3）。

6-14. 参考 Dam. I §§ 2-12。

11-12. 参见 Dam. I § 1.3-5。

因为我们的灵魂有时依据可知实在（intelligible reality）生活，有
时则依据可感事物；前者情况下我们就说可知世界开始，后者
则是可感世界的开始。这样俄耳甫斯教的四种统治（残篇 107）
并非时而存在，时而不存在，相反，它们总在那里，并且以秘传
的语言形式再现于我们的灵魂能够践行的不同的德性层次，灵
魂自身具有全部德性的征象，即沉思的（contemplative）、净化的
（purificatory）、市民的（civic）和伦理的（ethical）。[1]

---

1   §4.2. οἱ δὲ ἐξηγηταί[引导者们]：这里所以用复数，是因为有时指奥林匹奥多罗
     自己（*Alc*. 9.22-23，也许还有 *Gorg*. 252.14；类似的还有 Steph., *aphor*. IV28, f.88ᵛ；
     61, f.120ᵛ），有时指一般意义上他的前辈们：8 §4（"有些"），8 §9（提到普洛克罗斯
     和达玛斯基乌斯），13 §4（扬布里柯之外的"其他所有人"）。这里特别指的是叙里
     安诺和普洛克罗斯，试参照普洛克罗斯（*Tim*. II 69.23-27）有关恩培多克勒的讨论，
     τὰ δὲ αὐτὰ καὶ Ἐμπεδοχλῆς· διττὸν γὰρ ποιεῖ τὸν Σφαῖρον καὶ ἐχεῖνος, τὸν μὲν αἰσθητόν, ἐν ᾧ
     τὸ νεῖκος γυναστεύει, τὸν δὲ νοητόν, ὑπι᾽ τῆς Ἀφροδίτης συνεχόμενον, καὶ θατέρον τὸν ἕτερον
     εἰκόνα καλεῖ, δῆλον δὲ ποτέρον πότερον.
         3-11. Pr., *Hes*. 50.7-17：克罗诺斯和宙斯的"统治"并不表征神圣层次有什么变
     化，而不过表明人的灵魂的不同倾向（disposition）。——用时间来表达永恒地、同时
     地存在着的东西，这是神话的特征，这种观念自普罗提诺之后就开始流行，见 Plot.
     III 5,9.24-26（δεῖ δὲ τοὺς μύθους, εἴπερ τοῦτο ἔσονται, καὶ μερίζειν χρόνοις ἃ λέγουσι, καὶ
     διαιρεῖν ἀπ᾽ ἀλλήλων πολλὰ τῶν ὄντων ὁμοῦ μὲν ὄντα, τάξει δὲ ἢ δυνάμεσι διεστῶα），参照萨
     鲁斯提乌斯，《论神》（Salustius, *de diis* 4.9（ταῦτα δὲ ἐγένετο μὲν οὐδέποτε, ἔστι δὲ ἀεί· καὶ ὁ
     μὲν νοῦς ἅμα πάντα ὁρᾷ, ὁ δὲ λόγος τὰ μὲν πρῶτα τὰ δὲ δεύτερα λέγει），朱利安（Julian, *or*.
     8（5），171C-D）（καὶ οὐδέποτε γέγονεν ὅτε μὴ ταῦτα τοῦτον ἔχει τὸν τρόπον ὅπερ νῦν ἔχει,
     ἀλλ᾽ ἀεὶ μὲν Ἄττις ἐστιν ὑπουργὸς τῇ Μητρὶ καὶ ἡνίοχος, ἀεὶ δὲ ὀργᾷ εἰς τὴν γένεσιν, ἀεὶ
     δὲ ἀποτέμνεται τὴν ἀπειρόαν διὰ τῆς ὡρισμένης τῶν εἰδῶν αἰτίας），Pr., *Rep*. I 135. 8 -13；
     17-30；Ol., *Gorg*. 227.22-228.7；229.3-13，J. Pepin, *Le temps et le mythe*, Les Etudes
     Philosophiques，1962,55-68。
         10. σύμβολα ἔχουσα πασῶν τῶν ἀρετῶν：《迦勒底圣言》以及后来的新柏拉图主义
     者著作中有关"象征"（symbol）的内容，参见 Kroll p.50；Dodds pp. 222 - 223；O.
     Geudtner, *Die Seelenlehre der chaidaischen Oracle*, Meisenheim1971, 48-50；Ro-
     san 104-105, n. 22；Lewy 190-192（在秘法的和圣事的意义上，参照 Iambl., *myst*.
     96.19;184.11；Pr., *de arte hier*. 150.17; 151.1; 21）；Beierwaltes 328, n.70；Theiler 296；
     Des Places p.178, n.3；Pr., *theol*. II p.56, n. 5 S.-W。它们表征灵魂和自然中的神圣事
     物，就像 λόγοι 表征可知者一样。Pr., *theol*. II 8, 56.16-25 πᾶσι γὰρ ἐνέσπειρεν ὁ
     τῶν ὅλων αἴτιος τῆς ἑαυτοῦ παντελοῦς ὑπεροχῆς συνθήματα, καὶ διὰ τούτων περὶ ἑαυτὸν （转下页）

5. 灵魂可以过不同的生活,可以践行沉思性德性,乌拉诺斯的统治(在最高处开始)就是这种德性的原型;因此有乌拉诺斯之名,其意就来自于"仰视"(seeing things above);灵魂也可以过净化生活,其原型就是克罗诺斯的统治,克罗诺斯意为"饱满了的理智"(sated intelligence),[5]其所以得名,是因为他看自己;人们为什么说他吞食自己的子嗣呢,就是因为这个原因,因为理智(intelligence)总会转回到自身。灵魂也可以践行一种市民德性,这属于宙斯的统治,宙斯是造物主,他的活动直接指向次级存在物。最后,灵魂可以过伦理的实际的德性生活,此为狄奥尼索斯的统治的体现;这些德性也不彼此蕴涵,[10]因为提坦把狄奥尼索斯撕成碎片,并嚼食他的肉身,细嚼慢咽,把他的肉体撕分至极,再消化,因为狄奥尼索斯是这个世界的庇护者,世界就因"我的"和"你的"而极度区隔开了。在提坦把他撕成碎片的过程中,这个"某物"(ti)指的就是殊相,共相则在

(接上页) ἵδρυσε τὰ πάντα, καὶ πάρεστιν ἀρρήτως πᾶσιν ἀφ᾽ ὅλων ἐξηρημένος. ἕκαστον οὖν εἰς τὸ τῆς ἑαυτοῦ φύσεως ἄρρητον εἰσδυόμενον, εὑρίσκει τὸ σύμβολον τοῦ πάντων πατρός· καὶ σέβεται πάντα κατὰ φύσιν ἐκεῖνο, καὶ διὰ τοῦ προσήκοντος αὐτῷ μυστικοῦ συνθήματος ἑνίζεται τὴν οἰκείαν φύσιν ἀποδυόμενα, καὶ μόνον εἶναι τὸ ἐκείνου σύνθημα σπεύδοντα. *Tim.* I 4.31-33 καὶ ἡ ψυχὴ παράγεταί τε ἀπὸ τοῦ δημιουργοῦ καὶ πληροῦται λόγων ἁρμονικῶν καὶ συμβόλων θείων καὶ δημιουργικῶν. I 144.12-18 αἱ δὲ Ἀθηναϊκαὶ ψυχαὶ μάλιστα κατὰ ταύτην τοῦ Ἡφαίστου τὴν ἐνέργειαν δέχονται τὰ ὀχήματα παρ᾽ αὐτοῦ καὶ εἰσοικίζονται ἐν σώμασιν ἐκ τῶν Ἡφαίστου λόγων καὶ τῆς γῆς ὑποστᾶσιν, τῶν λόγων Ἀθηναϊκὰ συνθήματα λαβόντων· οὗτος γάρ ἐστιν ὁ πρὸ τῆς φύσεως τελεστὴς τῶν σωμάτων ἄλλοις ἄλλα σύμβολα τῶν θείων ἐπιτιθείς. I 161.5-9 ἡ τοῦ παντὸς ψυχὴ λόγους ἔχουσα τῶν θείων ἁπάντων καὶ ἐξηρτημένη τῶν πρὸ αὐτῆς ἄλλοις τοῦ διαστήματος μορίοις πρὸς ἄλλας δυνάμεις ἐντίθησιν οἰκειότητα καὶ σύμβολα ἄττα τῶν διαφόρων ἐν θεοῖς τάξεων.。I 211.1-2 (祈祷有助于复归) συμβόλοις ἀρρήτοις τῶν θεῶν, ἃ τῶν ψυχῶν ὁ πατὴρ ἐνέσπειρεν αὐταῖς. 所有这些文字中最基本的就是《迦勒底圣言》,残篇 108 σύμβολα γὰρ πατρικὸς νόος ἔσπειρεν κατὰ κόσμον, ὃς τὰ νοητὰ νοεῖ καὶ ἄφραστα κάλλη.. εἶται (Kroll p. 50. Lewy 191. n. 55; E. R. Dodds, *New Light on the Chaldaean Oracles*, Harvard Theol. Rev. 54, 1961, 273. n.34) 参考 Psellus, *orac. Chald.* 1141a12-b9。

起源处就是破碎的,狄奥尼索斯就是提坦的单子。人们说他在
创始时就是撕碎的,"创始"(genesis)代表其起因,[15] 正如
我们把德米特尔(Demeter)称为麦子,把狄奥尼索斯称为酒一
样。普洛克罗斯就这样说过:

> 无论他们在儿童身上看到了什么,都以父母之名来表
> 说。[*Hymns*, frag. I]

赫拉设计了陷阱,她是运动和列队行进的主神,因此在
《伊利亚特》中,正是她不断挑动宙斯,刺激他给次级存在物
(secondary existents)以神之眷顾。[1]

---

1 §5. 1-9. 参考下文 8§§ 2-3; Dam. I § 119; §§ 138-144。

2-5. 柏拉图在《克拉底鲁》396b3-c1 中讨论了乌拉诺斯和克罗诺斯二者的词源。

5-6. 参考 . Dam,. *Parm*.134.17-19 καὶ γὰρ ὁ παρ᾽ Ὀρφεῖ Κρόνος... καταπίνει τὰ οἰκεῖα γεννήματα。 (*Orphica* 残篇 146)

9. ἀντακολουϑοῦσιν ἀλλήλαις αἱ ἀρεταί: 一个苏格拉底式概念,其根据就是德性即洞察(insight)这个论题,因此对自然德性并不成立(亚里士多德,《尼各马可伦理学》(*eth. Nic.*) VI 13,1144b32 -1145a2)。新柏拉图主义者用的是廊下派的术语(*SVF* III 残篇 275: 285; 299): Plot. I 2,7.1= Porph., *sent*. 32 (p. 28.4-5); Pr., *Alc*. 319.9; Ol., *Alc*. 214.10(被误认为是廊下派的残篇, *SVF* III 残篇 302); Dam. I § 140。

11. διὰ τὸ ἐμὸν καὶ σόν: 参照下文 8§ 7.7; 柏拉图《王制》V 462c4-8。

12-13. Dam. I§4; §9。

12.τοῦ 'τί μερικὸν δηλοῦντος: Pr., Crat. 56.13-19καὶ τάχ᾽ ἂν ὁ Πλάτων ἐν τούτοις τοῦ τῶν Τιτάνων ὀνόματος διττὰς ἐξηγήσεις ἡμῖν ἀρχοειδεῖς παραδίδωσιν, ἃς Ἰάμβλιχός τε καὶ Ἀμέλιος ἀνεγράψαν· Τιτᾶνας γὰρ ὁ μὲν παρὰ τὸ διατείνειν ἐπὶ πάντα τὰς ἑαυτῶν δυνάμεις, ὁ δὲ παρὰ τό τι ἄτομον κεκλῆσϑαί φησιν, ὡς τοῦ μεριστοῦ(μερισμοῦ Kroll) καὶ τῆς διακρίσεως τῶν ὅλων εἰς τὰ μέρη τὴν ἀρχὴν ἐκ τούτων λαμβανούσης. (最后一次提到 ὁ δὲ, 参照《王制》I 90.9-13) Dam., *princ*.57.20-23 ὁ Πλάτων ἐν Ἐπιστολαῖς (II 313a3-4) ... τοῦτο τῶν κακῶν αἰτιᾶται πάντων, τὸν τοῦ ἰδίου μερισμὸν κατὰ τὸ ποιὸν καὶ τὸ τί· τῷ γὰρ ὄντι τοῦτο Τιτανικὸν πάσχομεν。

13. Dam. I §§ 2-3. 奥林匹奥多罗所述来自普洛克罗斯(§3),而非达玛斯基乌斯(§4)。

13-17. Dam. I § 8.4-7.

(转下页)

（接上页）14. ⟨ γενέσεως ⟩ τῶν αἰτίων ταύτης ἀκουόντων: 奥林匹奥多罗这里想说的只能是提坦，提坦在创造性神祇中层次最低，现实过程世界是他们自己创造性的象征，与他们最为接近；世俗理智在产生时就是分裂的。Pr., Tim. I 390.27-391.4 ἄξιον δὲ μηδὲ ἐκεῖνο παραλιπεῖν, ὅτι μιμεῖται τοὺς θεολόγους πρὸ τῆς κοσμοποιΐας τὸ πλημμελὲς καὶ ἄτακτον ὑφιστάς· ὡς γὰρ ἐκεῖνοι πολέμους καὶ στάσεις εἰσάγουσι τῶν Τιτάνων πρὸς τοὺς Ὀλυμπίους, οὕτω δὴ καὶ ὁ Πλάτων δύο ταῦτα προϋποτίθεται, τό τε ἄκοσμον καὶ τὸ κοσμοποιόν, ἵνα θάτερον κοσμηθῇ καὶ μετάσχῃ τῆς τάξεως. ἀλλ' ἐκεῖνοι μὲν θεολογικῶς· αὐτοὺς γὰρ τοὺς προστάτας τῶν σωμάτων ἀντιτάττουσι τοῖς Ὀλυμπίοις· ὁ δὲ Πλάτων φιλοσόφως ἀπὸ τῶν θεῶν ἐπὶ τὰ διοικούμενα τὴν τάξιν μετήγαγε. 双重 γενέσεως, 似乎是明显的改正，就基于这个解释。这个地方，奥林匹奥多罗说的是通常的那种转喻："itaque tum illud quod erat a deo natum nomine ipsius dei nuncupabant, ut cum fruges Cecerem appellamus, vinum autem Liberum" (Cic., nat. deor. II 23,60)。这样，接下来的必定是 οὕτω γὰρ καὶ τοὺς πυροὺς Δήμητραν καλοῦμεν καὶ τὸν οἶνον Διόνυσον, 参照 Ol., Alc.2.59-62 εἰώθεισαν δὲ οἱ ἀρχαῖοι τὰ αἰτιατὰ ὀνομάζειν τοῖς τῶν αἰτίων ὀνόμασι, καθάπερ καὶ τὸν οἶνον Διόνυσον καλοῦσιν（Pr., Crat.41.14-15, τὰ δὲ [scil. λέγεται] ἀπὸ τῶν εὑρόντων, ὡς ὁ οἶνος Διόνυσος）。显然奥林匹奥多罗有误，把神的称呼和神之赐予物的名称给搞混淆了，参照 Pr., Crat. 108.13-20（也就是 Ophica 残篇 216a-c）τὸν δεσπότην ἡμῶν Διόνυσον οἱ θεολόγοι πολλάκις καὶ ἀπὸ τῶν τελευταίων αὐτοῦ δώρων Οἶνον καλοῦσιν, οἷον Ὀρφεύς.（参考 Pr., Crat.41.15-16τὰ δὲ ἀπὸ τῶν εὑρημάτων, ὡς ὁ Ἥφαιστος πῦρ）；不过，尽管狄奥尼索斯与酒之间的关系问题还有待讨论，但是德米特尔与麦子之间的关系则很确定。奥林匹奥多罗在这个地方引述过普洛克罗斯的诗句，在 Alc.2.60-62 也有（不过只有 εἶδον 代替了 ἴδον ἐν），普洛克罗斯的诗句很可能描述的是前文的后者，因为 ἐφημίξαντο 的与格用法很奇怪，最好的解释就是假定 φημίζομαι 代表的是 ἐπιφημίζω (v. LSJ s.v. ἐπιφημίζω II 2 和 III 3)，这样，就可以这样解释这一行：(οἱ ἀρχαῖοι) ὅσα εἶδον ἐν τοῖς γεννήμασιν ἐπεφήμισαν τοῖς αἰτίοις.（路德维希 [Ludwich] 和福格特 [Vogt] 认为改为 τοκῆες 很有道理，不过这个词的意思与上下文并没有明显的联系）。

15. Δήμητραν: 普洛克罗斯用了这个宾格，Tim. I 153.11; III 140.9; 11（引述了 Plot. IV 4,27.16）; 15; Crat. 90.28 v.l.（同上书，80.11; 90.11; 91.5; 94.17; 103.26-τρα）; thol. 267.31-32。他偏爱这个形式，这意味着他在柏拉图的《克拉底鲁》404b5 以及诸多手稿中就是这样理解它的。

18-19. 关于赫拉，可对照 Pr., Crat. 79.9-15; 20-22; Tim. III 191.10-19; 194.8-9。在荷马那里，赫拉的方略当然就是阻止宙斯牵涉到战争中，支持奥林匹奥多罗观点的唯一可引用的文本就是《伊利亚特》5.748-763，这样的话，συνεχῶς 当然就不合适；不过这里提到它确实是指在伊达山（《伊利亚特》14.292-353）的爱的场景，正如 Pr., Rep.I132.13-136.14: ··· (134.12-15) τοῦ μὲν Διὸς τὴν πατρικὴν ἀξίαν λαχόντος, τῆς δὲ Ἥρας μητρὸς οὔσης τῶν πάντων ὧν ὁ Ζεὺς πατήρ, καὶ τοῦ μὲν ἐν μονάδος τάξει τὰ ὅλα παράγοντος, τῆς δὲ κατὰ τὴν γόνιμον δυάδα τῷ Διὶ τὰ δεύτερα συνυφιστάνς （转下页）

6. 狄奥尼索斯则以不同的方式成为创生的主神，因为他也是生和死的主神。作为创生之主神，他是生的主神；他掌管死，因为酒带来出神（ecstasy），再者当死亡接近时，对于出神我们也变得更加敏锐，就像我们在荷马史诗《伊利亚特》16.851-854 中看到的那样，帕特罗克洛正是在他生命的最后一刻收到预言的礼物。[5] 悲喜剧据说也是献给狄奥尼索斯的，因为喜剧是生活的滑稽模仿，悲剧是因为激情和死亡。喜剧家有时批评悲剧诗人，说他们不是狄奥尼索斯式，"这不是狄奥尼索斯的方式"，这时，显然他们错了。在宙斯用雷电击打他们的故事里，雷电意味着反转（reversion），因为雷电是火，有一种向上的运动；[10] 因而意思就是宙斯转化（convert）它们于自身。[1]

（接上页）...(135.6-13) καὶ γὰρ ὁ Ζεύς ἐπί ταύτην ἀνάγει τὴν κοινωνίαν（τὴν ἐπιστρεπτικήν），τῆς Ἥρας αὐτῷπροτεινούσης τὴν καταδεεστέραν καὶ ἐγκόσμιον, ἀεὶ μὲν καθ᾽ ἑκατέραν τῶν θεῶν ἡνωμένων, τοῦ δὲ μύθου μερίζοντος καὶ τὰ ἀιδίως ἀλλήλοις συνυφεστηκότα χωρίζοντος, καί τὴν μὲν χωριστὴν τοῦ παντὸς μῖξιν εἰς τὴν τοῦ Διὸς βοίλησιν ἀναπέμποντος, τὴν δὲ εἰς τὸν κόσμον προϊοῦσαν αὐτῶν κοινὴν συνεργίαν ἐπί τὴν τῆς Ἥρας πρόνοιαν。

1 §6. 狄奥尼索斯作为世界精神（world-mind）统御着所有个体的创造（§5; Pr., *Crat.* 109.5-21; *Tim.* II 145.11-146.18），也是 παλιγγενεσία 的保护神（Dam. I § 11; II§ 8;Ol. 6§ 13;7 §10.14-15; Pr.,*Tim.* II 241.5-18），也就是说，掌管着生死轮回和一般的生成和消逝。奥林匹奥多罗以很不条理的方式论述了这一点：基本线条形成一个循环：创生（genesis）—生命—创生，在狄奥尼索斯和死亡之间，死去（dying）的预言似乎构成了二者纯粹的联结。后一点如果联系其文脉就变得更清楚，亚里士多德考察过宗教的双重起源（残篇 10, R³）… ἀπὸ μὲν τῶν περὶ τὴν ψυχήν συμβαινόντων διὰ τοὺς ἐν τοῖς ὕπνοις γινομένους ἐνθουσιασούς καὶ τὰς μαντείας, ὅταν γάρ, φησίν, ἐν τῷ ὑπνοῦν καθ᾽ ἑαυτήν γένηται ἡ ψυχή, τότε τὴν ἴδιον ἀπολαβοῦσα φύσιν προμαντεύεταί τε καὶ προαγορεύει τὰ μέλλοντα. τοιαύτη δὲ ἐστι καὶ ἐν τῷ κατὰ τὸν θάνατον χωρίξεσθαι τῶν σωμάτων. ἀποδέχεται γοῦν καὶ τὸν ποιητὴν Ὅμηρον ὡς τοῦτο παρατηρήσαντα· πεποίηκε γὰρ μὲν Πάτροκλον ἐν τῷ ἀναιρεῖσθαι προαγορεύοντα περὶ τῆς Ἕκτορος ἀναιρέσεως, τὸν δ᾽ Ἕκτορα περὶ τῆς Ἀχιλλέως τελευτῆς. 换言之，狄奥尼索斯式出神（rapture）、预言性灵感和死亡，都不过是灵魂从可见世界中分离的方式，因而它们都在狄奥尼索斯·吕索斯（Dionysus Lyseus）的掌管之下。悲剧和喜剧都是狄奥尼索斯崇拜的合法形式，这种观点某种程度上必定与柏拉图对该主题的反思（*Symp.* 223d2 -6; *Rep.* III 395a3-7; 普洛克罗斯也讨论过（*Rep.* I 51.26-54.2)，不过是从完全不同的角度）相关。

（转下页）

7. 此为秘传论证。辩证的和爱智的论证如下：如果正是诸神是我们的保护者（guardian），我们是他们的所有物，那么我们就不应自行了断自己的生命，而是把处置权交给诸神。如果这二者之中只有一个为真，并且我们是诸神的所有物，但他们并不照管我们，或者反过来，那么就至少有一个允许自杀的合理理由成立；[5] 如情况所表现的那样，两个理由都禁止我们挣脱枷锁。[1]

8. 为什么我们不应为对立的观点设想一种情况，并表明自杀是允许的呢？[2]

（接上页）3-5. A. S. Pease 在关于西塞罗（*divin*. I 30,63）（重印 Darmstad 1963, p. 206）的研究中收集了许多材料，可参见之；也可参见 Pr., *Rep.* II 186.19-20。

8. *CPG* I 137（Zenob. 5,40 以及注释）。

8-10. 参考 Dam. I § 7.5-6。闪电是一种提升力：Jul., *or.* 7,220Aεἶτ᾽ ἐπανήγαγε διὰ τοῦ κεραυνίου πυρὸς πρὸς ἑαυτόν, ὑπὸ τῷ θείῳ συνδήματι τῆς αἰθερίας αὐγῆς ἥκειν παρ᾽ ἑαυτὸν τῷ παιδὶ κελεύσα. Dam., *Phil*. §61. Lewy 218，注释 167。

1　§7. 3-6. Dam. I § 18：同样的陈述，不过也没有进一步做解释。

2　§§8-9. 关于自杀，一般可参见 Th. Thalheim, *RE* art. Selbstmord, 2A,1921, 1134-35，以及 J. M. Rist, *Stoic Philosophy*, Cambridge 1969, 233-255。柏拉图主义者对于自杀的态度，完全由《斐多》中的"它不合法"一锤定音（例如 Hierocl., *carm. aur.* 462b10-15）；不过，在理论上，该问题还依然未得到完全解决，部分来说无疑是根据柏拉图自己的说法（§8 中引用过），部分则受到廊下派的影响。参照 Plot. I 4,7.31-32; 43; Porph., *vit. Plot.* 11; abst. 4,18; Macrob., *somn. Scip.* I 13。奥林匹奥多罗依然对此问题持一种开放态度，表明迟至 6 世纪中叶异教伦理学在亚历山大里亚学派中的影响。作为基督徒，奥林匹奥多罗派的爱里亚斯（*isag*.14. 15-16.8）和戴维（32.11-34.12），以及伪爱里亚斯（13）都毫不迟疑地反对自杀。有人赞同自杀，其根据都完全来自权威，包括：(1) 柏拉图本人在《斐多》中的表达；(2) 柏拉图其他作品中的说法；(3) 普罗提诺的观点；(4) 廊下派的观点。

§8.9-16. 廊下派 [*SVF* III 残篇 519] 区分了几种不同的人：σπουδαῖος, μέσος, φαῦλος，这使得论证(ii)变得很复杂，诺文（Norvin）（1915, p.48）甚至认为这种区分不过是晚期廊下派人士（波塞多尼乌斯 [Posidonius]？）重新表述柏拉图教义而已。还有另外的证据，这就是戴维和伪爱里亚斯的著作的一个片段，其源头也许与目前讨论的片段一样。它由论证(iv)而来，讨论的是五种廊下派 πρόποι（生活方式），在 Dav.33.27-33 中是这样的：Ἰστέον δὲ ὅτι ἕτεροί τινες τρεῖς μόνους τρόπους παραδιδόασι, καθ᾽ οὓς εὐλόγως τις ἀναιρεῖ ἑαυτόν· φασὶ γὰρ ὅτι φύσει ἡ ζωὴ τριττή ἐστιν· ἢ γὰρ　（转下页）

（i）从我们所讨论的全部文字中可以知道,柏拉图并不主张人应自我了断生命,不过也暗示了反面的可能性,[5]一开始他让苏格拉底说"我假定他不会对自己下手"[61c9],所谓"我假

（接上页）ἀρίστη ἐστὶν ἢ μέση ἢ χειρίστη. ἡνίκα οὖν ἐστί τις ἐν τῇ ἀρίστῃ ζωῇ ἢ ἐν τῇ μέσῃ καὶ ὁρᾷ ἑαυτὸν μᾶλλον ἐπὶ τὸ χεῖρον ἐκκλίνοντα, εὐλόγως ἀναιρεῖ ἑαυτόν. πάλιν ἡνίκα τις ἐν τῇ χειρίστῃ ζωῇ ἐστι καὶ ὁρᾷ ἑαυτὸν ἀεὶ ἐν τοῖς αὐτοῖς ὄντα καὶ μηδέποτε ἐπὶ τὴν ἀρίστην μετερχόμενον, εὐλόγως ἀναιρεῖ ἑαυτόν. 在 Ps.-El.13,18-19 则这样：ἕτεροι δὲ ἄλλους φασὶ τρόπους ἐξάγοντας εὐλόγως· λέγουσι γὰρ τρία εἴδη εἶναι τῆς ζωῆς, καλὴν ζωήν, κακὴν ζωήν, καὶ μέσην. ἐὰν οὖν, φασίν, ἐν τῇ καλῇ, ωῇ ὤν τις ἐπὶ τῇ χείρονι προκόπτῃ, δεῖ ἐξάγειν ἑαυτόν · πάλιν ἐὰν ἐν τῇ κακῇ ζωῇ ὤν τις μὴ προκόπτει πρὸς τὴν κρείττω ἀλλὰ μένει ἐν τῇ αὐτῇ, δεῖ οὕτως ἐξάγειν ἑαυτόν· πάλιν ἐάν τις ὢν ἐν τῇ μέσῃ ζωῇ ἐπὶ τὴν χείρω προκόπτῃ, δεῖ δή, φασίν, ἐξάγειν καὶ τοῦτον ἑαυτόν. 尽管实际内容有相当大的不同(戴维和伪爱里亚斯著作中的有关文本讨论一般意义上的道德发展,奥林匹奥多罗的则讨论更为具体的情境),但他们著作中具有的共同因素很难说只是一种巧合。认识到这一点,那么就可以说存在两种可能：一种是将柏拉图讨论自杀或看起来做此讨论的那些片段(《王制》中的文字确实是针对医生说的,而非针对病人)收集起来,然后按照廊下派的分类方法(这在 1 世纪时大行于世)进行归类;一种是戴维和伪爱里亚斯表述了一种晚期廊下派观点,在奥林匹奥多罗那里,这种观点实质上被当成属于柏拉图本人。早期廊下派主张自杀是一种道德决断,智慧之人可以正确地做出这种决断,这只有一个原因,即只有他掌握了正确的规范(standard);当然,对智慧之人而言,这种决断绝不是由于他自己的失败,而只能由于外在环境的原因。另一方面,在塞涅卡著作(*ep.* 77,5-10)中,一个廊下派人士给图利乌 · 马切林诺(Tullius Marcellinus)提出建议([中译按]原文为:我们有一个廊下派朋友非常杰出,充满了勇气和活力,在我看来他以最好的方式做了劝诫,他这样说:"亲爱的马切林诺,不要再折磨自己了,你面临的问题确实与重要性有关。活着并不是一件重要的事情,你的奴隶、你的牲畜不都活着吗?尊严地、明智地、勇敢地去死才是重要的。想一想你一直以来做的事情,吃饭、睡觉、贪欲等等,一天到晚不都是这些吗?那些明智的人、勇敢的人或不快乐的人会感到死的欲望,那些饱食餍足的人不也一样吗?"77. On Taking One's Own Life , Seneca, *Ad Lucilium Epistulae Morales*. Trans. Richard M. Gummere. London: William Heinemann, 1918),所说与戴维和伪爱里亚斯陈述的理论非常吻合。尽管如此,本人还是倾向于第一种可能,因为奥林匹奥多罗往往比他的后继者更忠实于原始文本(爱里亚斯只参考了柏拉图的《王制》,我们在下文中就可以看到这一点。)

.17-18. 奥林匹奥多罗只提到普罗提诺[I9],而不引述更多,表明他只知道篇名,对于具体内容就没有什么清晰了解。普罗提诺[I 9]这篇文字全部内容都与反对自杀的论证有关,对自杀的态度也并不宽容,这与他后来的 Περὶ εὐδαιμονίας(《论幸福》I 4,7)截然不同。

定"暗示了存在一些情况在其中一个人应该那么做。接着才补充说一个人不应该结束自己的生命，"除非神赋予我们一个强大的必要性，就像现在已经赋予我的那样"。[62c7-8]

（ii）柏拉图自己用大量篇幅论述允许 [10] 智慧者、中等人士、普通人和无用的人考虑自杀。目前的文字讨论了智慧者；对于中等人士，《王制》[III407d4-e2] 有所言及：一个人如果长期遭受痼疾之苦，他就应该自我了断，因为他对于国家不再有用，在柏拉图的观念里，公民活着就要有利于共同体的利益，而非因个人之利。《法义》[IX854a5-c5] 中则讨论了普通大众的情况，[15] 他说如果一个人为一种不可治愈的激情所制，比如乱伦或渎神的冲动，或者类似的事情，如果他不能克制自己，那就应该实施自杀。

（iii）普罗提诺 [I 9] 曾经就"正当的（justified）自杀"做过讨论；相应地，自我了断在有些时候就属正确选择。

（iv）按照廊下派 [SVF III 768] 的观点，在五种情况下自杀属正当选择。[20] 他们把生命比作集会，而中断一个集会总是有很多原因，同样这些原因对于结束一个人的生命也成立。一个集会可以因这些原因而中断，（1）突然出现一个必须中断的重大情况，例如一个朋友不期而至，或者（2）一个不速之客粗言浪语，或者（3）开始酩酊大醉，或者（4）食物被毁坏了，或者最后（5）食物供应已经告罄。[25] 同样，生命也可以在五种情况下截断：（1）因为一个集会可以因一种必要性而中断，生命也可以这样做，比如底比斯国王克雷昂的儿子美诺寇（Menoeceus），为了拯救祖国遵照神谕而献生；（2）因为不敬之言。如果一个暴君试图强迫我们背叛誓言泄露秘密，我们就应该结束我们的生命。就像毕达哥拉斯派的妇女被逼问为什么她不吃豆子时她的选择那样，她说"我宁可吃豆子也不会说"，然后在他们逼她吃时，她说"我宁可说也不愿吃它们"，接着她就咬断自己的舌头而死，舌头既是说话，又是品尝食物的器官；（3）一个集会可以因酩酊大醉而中断，类似地，一个人由于肉体的自然进程导致的衰老而结束自己的生命，[35] 衰老，实际上就是一种由自然引起的宿醉；（4）另一个理由是食物的腐败，一个人因肉体受到痼疾之苦，不能与灵魂的统御相协调，他就可以结束自己的生命；（5）最后，集会可以因为供应告罄而中断，同样在补给不足的情况下，也就是再没有机会从善那里获得支持，自杀也是允许的，因为我们不应该从邪恶的一边接受支持，因为不洁的礼物本身就不洁，我们不能因其而自污己手。[1]

---

1   19-39. El., *isag*. 14.15-15.22; Dav. 32.11-33.26; Ps. –El. 13.1-17. ——廊下派把生命和集会做类比，具有克里西浦决疑论（Chrysippean casuistry）的特征，以及他典型的绘画般说明的风格。冯·阿尼姆（von Arnim）将其置于早期廊下派残篇（III 残篇 768=El., *isag*. 14. 15-15.22，那时依然无法确定其作者，接着提到 Ol. *h. l.*），想来这就是其原因。诺文（1915,p. 47）对此有所质疑，他的根据是克里西浦并不认为贫穷就是自杀的有效理由，按照残篇（III frag.167），克里西浦提到的就是泰奥格尼（Theognis）（15-176）的论证，爱里亚斯、戴维和伪爱里亚斯对此都有所引述，我们编辑的奥林匹奥多罗著述缺少了这部分内容，不过这纯属偶然。克里西浦说，我们应该读作 Χρὴ κακίαν φεύγοντα καὶ ἐς βαθυκήτεα πόντον ῥιπτεῖν καὶ πετρῶν, Κύρνε, κατ' ἠλιβάτων，而非 Χρὴ πενίην φεύγοντα...,。普鲁塔克指出其矛盾：一方面，克里西浦一向主张道德成败不能成为生或死的决定性原因（*Stoic. Repugn.* 14），而这里他自相抵触；另一方面，廊下派中人对于贫穷持一种高尚的轻蔑态度，而这里则强调类似于疾病和痛苦这样的外部原因，认为它们可以作为自杀的充分根据（*commom. Not.* 22），这二者很难协调。在第二段文字中有一些内容支持诺文的意见，因为至少在这个时候，普鲁塔克（或其来源）不会把一篇描述贫穷的文字看作是自愿死亡的根据。不过，从卷帙浩繁的《克里西浦全集》（*corpus Chrysippeum*）看，这个理由并非决定性的。在毫无疑问属于早期廊下派的一些证据中，斯托拜欧（Stobaeus）整理了大量的 τρόποι（生活方式）（*SVF* III 残篇 758）；第欧根尼·拉尔修（*SVF* III 残篇 757）也提到为国家或朋友而死，因剧烈疼痛以及器官毁伤或痼疾而选择死亡的情况，因此唯一真正有问题的就是因贫穷而选择死。在奥林匹奥多罗的记载中（38-39 行），我们找不到什么理由能够表明，在使用同样的路线来支持一个不同情况下完全不同的意图的同时，克里西浦为什么不能持有这种观点，为什么他不能引述泰奥格尼来支持其观点。在我们手头的文本中，除了上述所列第三种情况，爱里亚斯和奥林匹奥多罗二人所记基本上一样，戴维和伪爱里亚斯的记录则相（转下页）

9. 既然论证得出了相反的结论,那么我们自己的意见又是什么? 当然,自杀很难在同一时刻既是不合法的,又是正当的(justified)。我们的观点是这样:从肉体的角度来说,需要禁止自杀,因为它造成伤害,但是因为灵魂由此获得了一种更大的善,自杀又是正当的,例如肉体妨碍灵魂之时。任何一个不得不做出决定的人,[5] 在这种情况下都会权衡利弊,选择善更多而恶更少的那种。就比如一个朋友遭到了攻击,如果不施以援手那就是背信弃义,但如果揍他的人是他父亲,介入其中就不正当;对于自杀来说也一样,从肉体方面来说需要禁止,但从灵魂方面着眼则属正当,因为有时候自杀对灵魂有益。关于这个我们就说这么多。

10. While saying this he lowered his legs [61c10-d1]
在说这番话时,他放下他的脚

(接上页)当混乱,戴维有六条而非五条:(1)缺少食物 = 贫穷;(2)腐败的食物;(3) *διὰ περίστασίν τινα ἰδικήν* (主人生病,或坏消息) = 生活中的 *περίστασις ἰδική* (毕达哥拉斯派妇女);(4)酩酊大醉 = 衰老(在伪爱里亚斯那里,来宾的宿醉,以及出口粗陋);(5) *διὰ κοινὴν περίστασιν* (火或入侵) = 敌人入侵,以及实施不道德法律(在戴维那里,(5)打斗或不良行为 = 敌人实施的不道德法律,(6) *διὰ κοινὴν περίστασιν*,例如火或入侵 = 敌人占领)。令人疑惑的是戴维所述是否确实保留了真正的古代传统的东西;*ἰδική* 和 *κοινὴ περίστασις* 看起来是真的,不过它们与奥林匹奥多罗和爱里亚斯的图式(scheme)并不一致,只有 *κοινή περίστασις* 适合于奥林匹奥多罗的情况(2)(那些不速之客)。

27-28. Eurip., *Phoen.* 1009-1014.

29-32. 毕达哥拉斯派妇女的故事可见:Iambl., *vit. Pyth.* 31, 193-194,多伊布纳(Deubner)也有同样的记载。

34. *φυσικὴ γὰρ ἐστι μέθη ὁ λῆρος*: 试比照 *SVF* III 残篇 643-644;712(p.179.14-20);Plot. I 9.11。

39. *μιαρὰ γὰρ ἀπὸ μιαρῶν δῶρα*: 参照 *SVF* III 660 (*τοὺς φαύλους*) *ἀνοσίους εἶναι καὶ ἀκαθάρους* (*sic* Stobaeus, ed. Wachsmuth,以及 *SVF*:确实是一个印刷错误?)*καὶ ἀνάγνους καὶ μιαρούς καὶ ἀνεορτάστους*。柏拉图,《法义》 IV 716e3-717a1 *παρὰ δὲ μιαροῦ δῶρα οὔτε ἄνδρ᾽ ἀγαθὸν οὔτε θεὸν ἔστι ποτὲ τό γε ὀρθὸν δέχεσθαι*。

他边说边把脚伸到地上

苏格拉底采取了一个更主动、更为尊严的姿势，因为他要讨论一个更严肃的主题。[1]

11．Cebes asked him: 'what do you mean by that, Socrates?' [61d3-4]

刻比斯问他："苏格拉底，您这番话是什么意思？"

然后刻比斯问他[2]："苏格拉底啊，你这话是什么意思呢？"

对刻比斯来说，这是一个问题：如果死亡对哲人有益，他又不能等别人做，而只能自己动手，这样当哲人准备去死时，自杀怎么能是不合法的？对苏格拉底来说，[5]这根本不成其为问题，因为他意识里的死亡是在不同的意义上的，就如我们通过一般课程已经了解的那样，一个论题（即禁止自杀）与肉体的死亡有关，另一个论题（即哲人愿意去死）与"自愿"死亡有关。[3]

1　§10. Schol. Pl. 8.20-22 ——赫尔米亚在其著作的 17.22-25 讨论了《斐多》60b1-2，在 33.7-9 讨论《斐多》61.61d1 的内容，都涉及到苏格拉底的姿势问题 ὡς καὶ ἐν Φαίδῳ 'ὁ δὲ Σωκράτης ἀνακαθιζόμενος ἐκ τῆς κλίνης,' ὅτε ἔμελλε τοὺς περὶ τοῦ φιλοσόφου λόγους διατιθέναι. 这表明对话的引子部分结束，对话正式开始（"第一个问题"）。

2　[中译按] 王太庆将 Cebes 译为格贝，在此译为刻比斯。

3　§11. 参考上文 §2.17-20。

6. ἐκ τῶν ἐγκυκλίων ἐξηγήσεων: 这个词在下文 4§8 中也有: οὐ πεισόμεθα τῷ Περιπάτῳ λέγοντι ἀρχὴν ἐπιστήμης τὴν αἴσθησιν... εἰ δὲ δεῖ καὶ ταῖς ἐγκυκλίοις ἐξηγήσεσι πείθεσθαι καὶ ἀρχὴν εἰπεῖν τὴν αἴσθησιν τῆς ἐπιστήμης, λέξομεν αὐτὴν ἀρχὴν οὐχ ὡς ποιητικήν, ἀλλ' ὡς ἐρεθίζουσαν τὴν ἡμετέραν ψυχὴν εἰς ἀνάμνησιν τῶν καθόλου. 在 El., isag.27.1-8 中 εἰς δύο δὲ διαιρεῖται ἡ φιλοσοφία, οὐχ ὥς φασιν αἱ ἐγκύκλιοι ἐξηγήσεις, ὅτι ἐπειδὴ ἡ φιλοσοφία γνῶσις θείων καὶ ἀνθρωπίνων ἐστί, διὰ μὲν τὰ θεῖα τὸ θεωρητικὸν προεβάλλετο..., διὰ δὲ τὰ ἀνθρώπινα προεβάλλετο τὸ πρακτικόν· παραλογίζονται γὰρ ἐκ τῆς ὁμωνυμίας τοῦ ἀνθρωπείου... φέρε οὖν εἴπωμεν ἡμεῖς...Dav.1,13-15 δοκεῖ δέ μοι μικρὸν ἀναβάλλεσθαι τὴν ἐγκύκλιον ἐξήγησιν Ἀριστοτελικοῖς πειθομένῳ θεσμοῖς, ὡς δεῖ ἐν ἑκάστῳ σχεδὸν πράγματι τὰ τέσσαρα ταῦτα ζητεῖν κεφάλαια· εἰ ἔστι, τί ἔστι, ὁποῖόν τί ἐστι καὶ διὰ τί ἔστι. 先说最后一个：对戴维来说，这个词组指的是有关波菲利著作所草就的义疏，它与介绍性的材料不同，戴维是按照亚里士多德的四要点来整理的。（转下页）

12. What do you mean by that, Socrates, That it is unlawful to do violence to oneself, but that the philosopher would be willing to follow a man who dies? [61d3-5]

苏格拉底,您这番话是什么意思? 说对自己动手不合法,但哲人却愿意追随一个死去的人?

苏格拉底啊,你说不容许对自己下手,又说一个哲人会愿意追随死去的朋友,这话是什么意思呢?

这里涉及到两点,一是不允许自杀,一是哲人愿意去死。苏格拉底先谈愿意去死这个论题,然后谈禁止自杀 [61c8-10]。[5]

(接上页) 在其他的例子中,讨论的都是通常哲学入门导论的主题(关于 Isagoge 的义疏):知识的原理(Ol. 4§8, 参考 Dav.5.1-6.21)、作为神圣事物知识和人类知识的哲学、作为死亡训练的哲学(Ol. *h. l.*)。不过,尽管这段文字看起来是奥林匹奥多罗在引述自己的教程内容,但是 Ol. 4§8 和爱里亚斯的相关记述都与 ἐγκύκλιος ἐξηγήσεις 中表述的意见相对立,爱里亚斯实际上是在讲授他自己的 *Isagoge* 教程。因而诺文 在 其 著 作(*Olympiodoria fra Alexandria og hans commentar til Platons Phaidon.* Copenhagen 1915)第 62 页解释 "一般的义疏者",尤其在第 280 页把较早期的义疏者与新柏拉图主义者对立起来。不过,这与奥林匹奥多罗同时代学者解释亚里士多德 ἐγκύκλιος 的用法的方式不相协调:Simpl., *cael.* 288.31-289.2(关于 I 9,279a30 内容的讨论)ἐγκύκλια δὲ καλεῖ φιλοσοφήματα τὰ κατὰ τάξιν ἐξ ἀρχῆς τοῖς πολλοῖς προτιθέμενα, ἅπερ καὶ ἐξωτερικὰ καλεῖν εἰώθαμεν, ὥσπερ καὶ ἀκροαματικὰ καὶ συνταγματικὰ τὰ σπουδαιότερα· λέγει δὲ περὶ τούτου ἐν τοῖς Περὶ φιλοσοφίας. Philop., *anal. Post.* 157.2-6(关 于 III 12, 77b33κύκλος 的讨论)ἢ κύκλον λέγει τὰ ἐγκύκλια λεγόμενα μαθήματα, οὕτω καλούμενα ἢ ὡς πᾶσαν ἱστορίαν περιέχοντά πως ἢ ὡς πάντων περὶ αὐτὰ εἰλουμένων(περὶ μὲν γὰρ τὰ ἄλλα τῶν μαθημάτων οὐ πάντες στρέφονται, οἷον περὶ ἰατρικὴν ἢ ῥητορικὴν ἢ ἄλλην τινα· περὶ ταῦτα μέντοι σχεδὸν πάντες καὶ οἱ περὶ τὰς ἄλλας λογικὰς ἐπιστήμας ἔχοντες)。这个文本更为重要,因为菲洛波诺(也许他的观点来自阿莫尼乌斯)把 ἐγκύκλια μαθήματα 理解成面向大量听众的一种全面的通识教育;很可能就是 Courcelle 著作(*Les lettres grecques en occident*, Paris 1943)第 325 页所描述的课程,其根据就是 Amm., *isag.* 1.10-17δεῖ τοίνυν ὁρισμὸν τῆς φιλοσοφίας εἰπεῖν, ὥσπερ καὶ τῆς γραμματικῆς ἀρχόμενοι τὸν ὁρισμὸν ἐμανθάνομεν... ὁμοίως καὶ ῥητορικῆς ἀρχόμενοι τὸν ὁρισμὸν ἐμάθομεν. ἐγκύκλια μαθήματα 和 ἐγκύκλιοι ἐξηγήσεις 之间基本上没有什么差异,因为这个时期所有的教程都按照标准教科书而采取义疏的形式。奥林匹奥多罗和爱里亚斯都对这些教程中的某些观点提出反对意见,这些反对意见也许来自他人;不过,也可能他们有这样的考虑,即只有以爱智慧为业的学生才会对批判性地讨论亚里士多德观点感兴趣。

刻比斯则不同,他先说自杀的不合法,然后才接着说愿意去死。为捍卫自己的观点,反驳刻比斯的说法,苏格拉底并没有固着于自己的论证路线,而是顺着刻比斯的思路,首先回答刻比斯的第一个问题[62a1-c8]。我们必须试着对此加以说明。[10] 苏格拉底先说愿意去死,后说反对自杀的律令,原因在于他的主要论点是愿意去死,不应该自我了断生命则属次要,一提而过。刻比斯则不同,由于他饱受哲学训练,知道要拒绝自杀,但是他确实不明白哲人怎么能够愿意去死,因此他就把令他感到疑难的问题放在了后面。这样,苏格拉底一开始就先谈反对自杀的禁令,认为该禁令可以更普遍和更一般地应用,[15] 它的确对我们所有人都成立,不是仅限于哲人,而是对每一个人都这样,谁都不应该杀死自己,即便寻死是爱智者唯一的任务,也不能如此。因为不很全面,故而他最后才谈这一点。[1]

13. Have you not heard, you and Simmias, when you studied with Philolaus? [61d6-7]

你和西米阿斯,在你们与菲罗劳斯共学时,就没有听说过吗?

怎么,刻比斯?你和西米阿斯都是丕罗劳[2]的故人,就没有听到过这种话么?

苏格拉底问他们是否根本没有从菲罗劳斯听到任何东西。菲罗劳斯属于毕达哥拉斯派,该派习惯以隐晦的方式表达自己的观点,其中的典型做法就是肃静,用肃静来表达神的神秘,而哲人就是要模仿神。[5] 菲罗劳斯已经用谜样的形式给出反对

---

1   §12.4-5. Schol. Pl. 10.1-4.

7. Schol. Pl.9.1-2.

2   [中译按] Philolaus,王太庆译为丕罗劳,本书统一译为菲罗劳斯。

自杀的教导,他说:

> 去寺庙的路上莫回头张望(On your way to a temple do not turn about)
>
> 羁旅之客勿伐木(Do not chop wood on a journey)

后一箴言并不是要截断人自己的生命,因为生命就是一个旅程;另一个箴言所讲的则与预备死亡有关,也就是在去寺庙的路上不要回头张望,寺庙在来世中就意味着生命,那里"是我们的圣父和我们的父邦"[Plot.I6, 8.21]。[10] 因此其意思就是在过一种净化的生活时一个人不应该回头张望盘桓,换句话说,不要打断它。他进而以另一种方式来表述反对自杀的律令,也就是根据毕达哥拉斯派的一个戒条,即不要转移负担,而是要继续增加,它的意思是说,用生命工作,而不是反对它。刻比斯在特拜的博伊蒂亚(Boeotia)地方与菲罗劳斯一起研究过。既然这样,菲罗劳斯又是怎样离开侯马柯(homakoion),[15] 即毕达哥拉斯派在意大利的学校的呢,事情的发生也许是这样:因为毕达哥拉斯派的实践是要过一种团体生活,所有的财物都要共享;如果人们发现一个人不适合于哲学,他们就开除他,像他死去一样为他建一个纪念碑,表示哀悼。有这样一个人,叫做居隆(Gylon),他在成为团体一员后,碰巧发生了这档子事,结果他怒不可遏,放火烧了学校,摧毁了其中的一切,[20] 只有菲罗劳斯和希帕克斯(Hipparchus)两个人侥幸逃生。菲罗劳斯的老师吕西斯(Lysis)死在特拜,就埋在那里,当时菲罗劳斯没有在坟前祭酒,他一直记挂在心,这次他就跑到特拜,专门完成这个心愿。那个吕西斯就是柏拉图的对话《吕西斯或论友谊》的主角。关于这个我们就说这么多。[1]

1　§ 13. Schol. Pl.9.1-2.

4. 参照. Strabo X 3,9 (C.467); Porph., *de antro* 27; Iambl., *myst*. 263.4-6; Pr., *theol.* II 9, p. 58. 21-24 (note 4 S.-W.); II 11, p.65.13。

5-13. 文中提到毕达哥拉斯派的箴言（symbols），并把它们与菲罗劳斯联系起来，进而试图解释为针对自杀的警言，都不过是因为柏拉图提到菲罗劳斯禁止自杀，向上追溯到毕达哥拉斯的传统教义，从中为柏拉图的说法寻找支持。有趣的是，这也表明，在古代晚期带有这种意思的文本就已经找不到了；最早关注二者联系的人不大可能是奥林匹奥多罗，很可能是普洛克罗斯。第一个箴言记载于 Simpl., *Epict*. 133.49-54 中，εἰς τὸ ἱερὸν ἀπερχόμενος μὴ ἐπιστρέφου（解释 ὅτι τὸν εἰς θεὸν ὁρμηθέντα οὐ χρὴ δίγνωμόν τι ἔχειν καὶ τῶν ἀνθρωπίνων ἀντεχόμενον）。它把两个不同箴言合并起来，也就是说，（1）Iambl., *protr*. 21. p. 107.14-15 ἀποδημῶν τῆς οἰκίας μὴ ἐπιστρέφου, Ἐρινύες γὰρ μετέρχονται（可参照 Hippol., *refut*. 6.25,1-2, Porph., *vit. Pyth*. 42 and Diog. Laert. 8,17），（2）Iambl., *protr*.21, p. 106.19-20 εἰς ἱερὸν ἀπιὼν προσκυνῆσαι μηδὲν ἄλλο μεταξὺ βιωτικὸν μήτε λέγε μήτε πρᾶττε（可参照 Plut., *Numa* 14）。扬布里柯（Iambl., p.114.29-115.18）把第一个解释为 μελέτη θανάτου（关注死亡）的一种规劝，而希波吕图（Hippolytus）、波菲利和第欧根尼则将其应用于肉体死亡（physical death）。扬布里柯（p.107.22 和 118.4）把第二个，即 ἐν ὁδῷ μὴ σχίζειν ξύλα 引述为 ἐν ὁδῷ μὴ σχίζε，看来他手头一定有相关资料，虽然得把 ξύλα（也见 *CPG* 401, Apostolius7,24a）这个词理解为或者说给出了该箴言的具体的意义特性。扬布里柯的解释（p.118.4-119.3）是"并没有背离不可分的真理和精神（incorporeal）的统一体"，阿波斯托流（Apostolius）解释 προχώρει καὶ μὴ αἰτίαν δὸς πρὸ καιροῦ τελευτῆσαι, 仅仅提到一项未完成的任务。第三个，φορτίον μὴ συγκαθαιρεῖν, συνεπιτιθέναι δέ（Diog. Laert. 8,17; Plit., *quaest. conv*. 8,7,4, 728C-D; Iambl., p.107.8-9; 113.19-114.5），这句话显然解释的是 μηδενὶ πρὸς ῥαστώνην, ἀλλὰ πρὸς ἀρετὴν συμπράττειν。

10. Plot. I 6,8.21πατρὶς δὴ ἡμῖν, ὅθεν παρήλθομεν, καὶ πατὴρ ἐκεῖ.。同样的引述见下文 §16; 7§1; *Alc*.94.21-22。

13-23. 关于纪念碑、居隆和毕达哥拉斯派流亡的主要文本是 Diod. Sic. 10,11; Plut., *gen. Socr*. 13-15; Origen, *c. Cels*. 2,12(p. 141.16-17);Diog. Laert. 2,46; 8,39; 49; Porph., *vit. Pyth*. 55; Iambl., *vit. Pyth*. 17,73-74; 35,248-250; Themist., *or*. 23, 285b; Ol. *Alc*. 142.11-14; El, 126.5-9。奥林匹奥多罗的记载与标准的版本有五点不同：（1）名字是 Gylon 而非 Cylon（在 Themist. 中也一样，不过在 Downey-Norman 那里不幸地被改掉了）；（2）菲罗劳斯是幸存者，而非吕西斯（在普鲁塔克那里也如此）；（3）另一个人是希帕克斯而非阿基普斯（Archippus）（不过确实有一个毕达哥拉斯派人士叫做希帕克斯，吕西斯就是写信给他的，见于 *Pythagoreorum ep*. 3=Iambl., *vit. Pyth*. 17,75-78,据说他还是 Περὶ εὐθυμίας 一文的作者，Stob.IV 44,81）；（4）菲罗劳斯作为吕西斯的学生，他来特拜为他的老师扫墓；（5）吕西斯就是柏拉图对话中的那个男孩。（1）和（2）肯定不是奥林匹奥多罗所为，（3）可能也不是，而第四个（转下页）

14. Well, I speak about these things from hearsay myself [61d9]

好吧，我来谈一下我自己从道听途说得知的这些事情。

我听到这种话也是得自传闻。

苏格拉底用"从道听途说"（from hearsay）这个词表明，这些事情对他并不构成吸引。"道听途说"这个词可以说就是一个袋子，里面装了一些谈资，引出话题而已。[1]

15. What I happen to have heard, I shall not begrudge you [61d9-10]

这些是我碰巧听到的话，不过我并不妒忌你们（而不讲出）。

不过我还是不反对把所听到的话告诉你。

妒忌（envy）是最低层次的激情，它适用于物质，它们只能接受，而不会给予。这就是妒忌的意思，只接受而不与别人分享。[2]

（接上页）应该是他之前的学人所为；因为柏拉图曾经隐秘地说菲罗劳斯 5 世纪末在特拜待了一段时间（不过这一点并未得到其他材料的支持），普鲁塔克曾提到那个吕西斯坟墓的神秘祭拜者特阿诺（Theanor），结合这两点就大致可以设想得到这些材料的来源。第五点是一个显著错误，必定是奥林匹奥多罗所为，或者是记述的人。

16. ἐν κοινῷ βίῳ: Iambl., *vit. Pyth.* 6,29 τὸ λεγόμενον κοινοβίους... γενομένους.

22-23. ταῦτα ἔχει ἡ θεωρία: 通式（formula）是把讲疏的理论（θεωρία）与词汇（λέξις）区分开来，但这理论也可以作为整个讲疏的结尾部分。芬克（Finckh）和博伊特勒（art. Ol. 225.53-226.4）去掉了这个部分，因为它没有起到 θεωρία 或 λέξις 的作用，也因为在 §9.9 中已经出现过。不过，这个讲疏篇幅非常长，为什么没有一个实际行动（πρᾶξις）的标题，这比较容易解释，但是要说清楚为什么无缘无故插入目前的这个通式，就有点难。因而很可能有两个讲疏，1§§1-12 和 §§13-23：在对自杀进行烦琐的讨论后，下课时间已到，奥林匹奥多罗于是把 λέξις 的主要部分留到下节课。记述者没有意识到这一点，就把本次讲疏看作是离题讨论毕达哥拉斯派，当然它也讨论了 61d6-7 的内容，以此来替代通常的 θεωρία（义理）部分。

1   §14. 2-3. 参照 Pl., *Theaet.* 161a8。
2   §15. 关于 φθόνος, 参照 Pr., *Tim.* I 362.31-365.3。

16. Perhaps it is even especially appropriate now that I am setting out on my journey to the other world [61d10-e]

我就要开始前往另一个世界的旅程，因而也许谈论这些事情尤其合适。

我认为对于一个行将辞世的人来说，最合适的事情无过于谈谈来世的情况。

用"也许"（perhaps）这个词是因其秘传的论证，用"尤其"（especially）则因爱智的论证。有人会问"开始前往"（setting out）这个词选择得是否正确：他更应该说"回家"（going home），因为"我们的圣父和我们.的父邦在那边"[Plot. I 6, 8.21]。[5]我们必须得出这样的结论，或者苏格拉底故意蔑视当时流行的用法，或者从肉体的角度来说用了"开始前往"。因为就这个世界是由自己所成而言，灵魂与肉体的分离就是一种"开始前往"。

17. During the time till sunset [61e3-4]

从现在到日落这段时间。

雅典有这样的惯例，白天不执行死刑，与此对照，毕达哥拉斯派也有类似的戒条：中午不能睡觉，大概是因为中午时分，正是太阳力量最盛之时。

1　§16. 2-3. Schol. Pl. 9.11-13.

　　3-4. 参照下文7§ 2.1-4。

　　4. 参照上文§13.9。

2　§17 Schol. Pl. 9.14-17.

　　1-2. 雅典规定处决犯人必须在太阳落山之前（《斐多》116e1-6）。诺文引述了希罗多德（IV 146,2）的记载，其中提到斯巴达执法时间定在晚上，其原因也许就如奥林匹奥多罗所说。

　　2-3. μηδένα καθεύδειν ἐν μεσημβοία（不能在正午睡觉）：至于这个提到的毕达哥拉斯派戒条，可以结合两个材料推导出来，一个是阿里斯托丰（Aristophon），（转下页）

18. For you may hear something still. Perhaps ... [62a1-2]

可能你们还会听到一些事情。也许······

也许会有一天有人告诉你。

"也许"用来形容秘传的论证比较恰当,表明这个论证与其说揭示了什么,不如说使要说的更晦暗不明。的确在一个神话中,不存在"良好"(well)或糟糕"表达"事情的问题,因为它根本就没有表达任何东西。[1]

19. If, unlike all other things, this is uncomplictaed [62a2-3]

如果这个事不像别的事情那样复杂的话。

大概你觉得很奇怪,有那么一件独一无二的怪事,出乎人们的意料,就是有时候有些人认为死优于生。

苏格拉底说,看起来你们确实会感到奇怪,为什么所有别的事情都具有双重性,既可以好又可以坏(比如财富,比如杀戮),而唯独死亡只有好处,没有坏处。[2]

20. And Cebes, laughing softly, said 'Yes by Zeus', in his own dialect [62a8-9]

刻比斯微笑着用他的方言说:"宙斯在上,是这样。"

(接上页)残篇,10.6-7 Kock(来自其剧本《毕达哥拉斯派中人》(*The Pythagorean*):πνῖγος ὑπομεῖναο καὶ μεσημ ιναι λαλεῖν τέττιξ),一个是柏拉图的《斐德若》259a1-6,后者的情况可能来自《斐德若》的一个义疏(不过,并非赫尔米亚;参照 213.11-14)。

1　§18. 该注释与这里的 τάχα 和 62b6 的 ἴσως 有关,因为奥林匹奥多罗继续讨论 b6-7 的 εὖ λέγεσθαι。

2　§19. Schol. Pl. 9.18-20. ——关于奥林匹奥多罗和辛普里丘(Epict. 28.33-40)相关文本的解释,可参见 L. Taran, *Plato, Phaedo* 62A, Am. Journ. Philol. 87,1966, 326-336(328 n. 1)。

刻比斯微笑着用土话说："天知道嘛。"

刻比斯所以笑，是因为苏格拉底把自杀称为他自己的恩主。*Itto* 是 *isto* 的博伊蒂亚方言形式。为什么刻比斯会用方言来说呢？原因就在于他对苏格拉底有一种自然、淳朴的敬慕。[5] 还有一个原因可以说明他为什么说"宙斯在上，是这样"的话，因为讨论主题是生命，宙斯就是"那个一，借助于它"（the one through whom）生命（*zen*）才得以生成的事物（*di' hou*），《克拉底鲁》[396a2-b3]¹ 中就有类似的论证。一个词的词源确实可由多个语词形成。²

21. To be illogical this way [62b1-2]

这样做似乎不合常理。

那样做表面上似乎不可理解。

这就是说不能解释，因为 logos 指的就是原因，我们在《高尔吉亚》[Ol., *Gorg.* 70.16-21] 已经见过。

22. And not easy to see its meaning [62b5-6]

不大容易看出它的意思。

我觉得此说深奥，不易理解。

也就是说，只要一个人活动在感性知觉水平上，那就不容易

1　[中译按] 原文为：这是因为"宙斯"这个名字极像一个我们分成两部分的词，即"宙那"和"狄亚"。有些人用前者，有些人则习惯于用后者。但是这两个名字，结合为一后，就表达了神的本性——这正是我们提到一个名字时应该起到的作用。译文来自 Edited by J. M. Cooper, *Plato complete works*, Hackett Publishing Company 1997。

2　§ 20. 2-5. Schol. Pl. 10.5-8; 394.4-7.

　　5-6. 关于誓言的恰当性，在 Pr., *Alc.* 233.4-234.5(=Ol., *Alc.* 87.3-10); 241.3-9 以及上文 5§6, 有类似讨论。

看到它的意义。这也是苏格拉底提到"视觉"（sight）的原因，视觉在感觉中最具活性。一个人要沉思它的意义，就必须闭上眼睛。

23. That it is the Gods who are our guardians [62b7]
神才是我们的守护者
我认为最好是说神灵是我们的守护者。

第二个论证（[中译按] 即爱智或哲学论证）。结束第一个问题即自杀问题的讨论。开始讨论第二个问题，即哲人愿意赴死。[1]

1　　§23. 参照Schol. Pl. 10.9-16。

讲疏二

刻比斯和西米阿斯提出的问题，苏格拉底的回答。狱卒的干扰

[笺注按] 对于刻比斯（62c9-e7）和西米阿斯（63a4-9）的反对意见，以及苏格拉底的回答（63b4-c7），奥林匹奥多罗所做的处理基本上与达玛斯基乌斯相同，在 Dam. II §§ 46-47 也有对狱卒的话做讽喻式解释的部分。整个讲疏显然完全来源于普洛克罗斯。

1. As regards what you said already, that philosophers will easily...[62c9-63e8]

至于您刚才说到的，哲人将容易地……

不过，苏格拉底呀，你刚才说哲人应当作好死的准备，不是显得很奇怪吗？

苏格拉底论证了实施自杀之不合法（就灵魂对肉体使用暴力而言，它就不合法），虽然他认为自杀在有些时候也属正当。[5] 进而他又表明哲人愿意赴死。刻比斯对苏格拉底所说的第一点不以为然，自然就提出了一些反对意见。不过他没有质疑第二点，因为他做过菲罗劳斯的弟子，很了解后

者的哲人愿意赴死的观点。正因为他认为这些属于理所当然，他就采用归谬法处理苏格拉底的观点："哲人愿意赴死，一个愿意赴死的人就相当于逃离好的主人，[10]而逃离好的主人的人是蠢货，因此哲人是蠢货。"还有什么矛盾能比这个更荒唐么？一个号称通彻万物，因而是世界上最智慧的人，就应该被称证明为是个蠢货吗？接着刻比斯又用不同的方式论证第二点，根据亚里士多德的所谓三段论的路线从对立的前提进行推理（*Anal. Pr.* II15），"哲人逃避善；[15]没有一个哲人逃避善，因为没有任何人会做这种事，所有的存在者都追求善；因而，哲人就不是一个哲人"。一个事物居然不是其所是，还可能有比这更大的矛盾吗？[1]

2. 西米阿斯从苏格拉底个人角度也提出同样的反对意见，他这样说："这样苏格拉底就愿意离开他的朋友和他的主人，愿意赴死。"从西米阿斯这番话里我们能看出，他的说法并没有超过刻比斯，而且实际上就来自刻比斯。[5]刻比斯显然更高明，因为他抓住了苏格拉底言语中的漏洞，演绎出他自己的观点。

1　§1.3-4. 参照上文 1§9。

11. 参照：*SVF* II 残篇 548，以及 Amm., *isag.* 2.23-3.1 中对爱智慧的定义，即 γνῶσις τῶν ὄντων ᾗ ὄντα ἐστί（认识存在之为存在）（来自有亚里士多德《形而上学》Γ3，1005b-11）；El. 10.11-11.16；Dav.27.1-28.21；　Ps.-El. 11,1-19. Dav.（27.8-10）以及 Ps.-El.（11,8-14）讨论了 τῶν ὄντων= πάντων τῶν ὄντων。

12-17. Dam. I § 26. *LSJ* 中并没有 παρασυλλογισμός 这个词；在同样的语境下，亚里士多德这样说（*anal. pr.* II 15,63b13-15）：δῆλον δὲ καὶ ὅτι ἐν τοῖς παραλογισμοῖς οὐδὲν κωλύει γίνεσθαι τῆς ὑποθέσεως ἀντίφασιν, οἷον εἰ ἔστι περιττόν, μὴ εἶναι περιττόν. 在 Ol., *cat.* 121.26-28 中也如此。Dam. I§26 称其为 τὸν ἐξ ἀντικειμένων συλλογισμόν, Philop., *anal. pr.* 444.27-28 也如此（不过在 445.22 则是 ἵνα μὴ παραλογιζώμεθα）。虽然可以很容易地这样来说明 παρασυλλογισμός，即它产生于一个 *lectio duplex*（参照 v. l. *Etym. magn.*35.28 以及 schol. Aristoph., *Nub.*317 中的 παρασυλλογιστικός），不过，§10.2 表明这个词本身就有其意义。

两个论证都表述得很好：刻比斯用普遍的词语进行推理，只批评哲学；而西米阿斯，这个把苏格拉底带进对话中来的人，则不提大前提（"这样一个人是蠢货"）以避免语涉苏格拉底。[1]

3．比较一下，两个论证都各有长短：刻比斯的论证更为科学些（scientific），[2]因为他用的是普遍词项，不涉及个体，对于科学来说非常合适。西米阿斯则对他的老师苏格拉底充满同情和诚挚，他说："不要离开我们，苏格拉底，好好盘算一下刻比斯说的话吧。"［5］这也就是为什么西米阿斯也提到刻比斯的原因。苏格拉底在对话中提到过"神"与"诸神"，这两者把有关主人的话分成两类，它们既指"神"也指"诸神"。[3]

4．这样就有两个问题，一个从朋友们与诸神出发，一个则从神和诸神出发，对这两个问题，苏格拉底的回答都一样。他用两种方式，也就是假言三段论的第一式和第二式表达他的观点。他首先以第二式开始，"如果我不相信我就要前往更好的主人和朋友们那里，那么我这样毫无憾意去死就不对。但是恰恰我相信这一点，所以我不伤心就没什么错"。苏格拉底将要投奔的更好的主人是超俗世的诸神，他们要高于俗世内的诸神。不过，苏格拉底他本来应该否定结论，但是他却否定前提（"但是

---

1   §2. 4-8. Dam. I § 35.

2   [中译按] 这里所提到的"科学"或"科学的"这个词，是广义上的成体系的"知识"或"知识的"，多有严谨、合理、深层之意，与现代流行的含义不同。英文的 science来自拉丁文 scientia，动词为 scio，"知道"、"认识"的意思，scientia 的希腊文对应词是 ἐπιστήμη。

3   §3. 2-3. Ar., *met.* K 1, 1059b26 παρα ἐπιστήμη τῶν καϑόλον.

     5-7. Dam. I §28；§38.——苏格拉底提到过诸神（62b7-8）和神（62c7），刻比斯也说过（62d2 和 6），西米阿斯说的则是朋友们（ἡμᾶς 63a8），说到神也是用复数形式。参照下文 §4.1-2，以及 Dam。

我相信这一点"），对此我们该如何说明呢。可以这样解释：当两个词项外延相同，那我们就可以不加区别地使用任何一个，这里的情况就是如此。[10] 接着，苏格拉底以假言三段论的第一式表达他的解决办法，"如果我将要去更好的朋友和主人那里，那我毫无憾意去死就是对的；前者真，所以后者也真"。假言三段论的第一式的规则是这样的，如果前提得到肯定，结论就也真。这样在第一个论证中，苏格拉底说"我毫无憾意去死就不对"，[15] 而这里则是"那我毫无憾意去死，就对了"。[1]

5. 为什么苏格拉底在这两个论证的第一个论证中把主人放在朋友的前面，而在第二个论证则把朋友放在前面？原因就在于两者都是名副其实的（*a fortiori*）推理，在前者中他把主人放在朋友之前，是要表明：如果没有好的诸神，那就更自然而然地没有好人。在后者中他那么说，则是要表明：如果存在好的朋友，那么存在好的诸神，自然就更真，因为无论什么样的善都来自神，就像所有的光都来自太阳一样，神就是善的单子

1　§§4-5. Dam. I § 43.

　　§4. 3-4. Philop., *anal. pr.* 242.14-246.14 概述了假言三段论的理论；参照诺文 1915, 269。第一式是"如果 A 为真，则 B 为真；A 为真；因而 B 为真"；第二式是"如果 A 为真，则 B 为真；B 为假；因而 A 为假"（"如果现在是白天，那么就有光；没有光；因而现在不是白天"）。在词项外延相同时，按照 9-10 行（"如果现在是白天，那么有阳光；现在不是白天；因而现在没有阳光"），"……A 为假；因而 B 也为假"这个形式也是合法的。在 Philop., *anal.* 46.10-18 中有关 Ar., *an.* I 1403a10 内容的讨论中，也质疑同样的逻辑问题并给予了回答。Dam. I § 27——在对话中只有三段论第二式（大前提, b5-9, 小前提 b9-c4, 结论 c4-5），没有其他式。不过 Dam. I § 43 表明普洛克罗斯（达玛斯基乌斯和奥林匹奥多罗的共同来源）从 b9-c5 的内容构建了一个假言三段论第二式。

　　12. ἀλλὰ μὴν τὸ πρῶτον· καὶ τὸ δεύτερον ἄρα：关于这种表达通式可见于 *SVF* III Crinis frag.5, p.269.18-19。

（monad）。[1]

6. 人们也许会奇怪，为什么苏格拉底如此肯定地谈论诸神，"我将去往更好的诸神那儿，对此我毫不怀疑；至于我是不是也到更好的人那儿，这一点我不是很拿得准"。为什么说到好人的情况，他就拿不准呢？原因何在？在有些人看来，显然可以这样解释：苏格拉底提到的是"（男）人"（men），而不是"人们"（people）；[5] 由于很难确定我们在另一个世界遇到的一些正直灵魂是否就不是那些女人的，而都是男人的，因而他在说番话的时候就不能够很确定：的确，为什么在那个世界就不应该有好女人的灵魂？不过，这个回答微不足道，配不上柏拉图概念的伟大特性。应该说，是一种谦恭态度使得苏格拉底说他不很确定，因为如果他说到自己时毫不含蓄，夸夸其谈，给人的印象不免会很差。如果另一个人这样说这些事，就会使他倍感羞愧。在 [69d5-6] 他用同样的方式进一步说，"当我到达那一片土地，我就将很确切地知道了"。[10] 并不是说他对这一点有什么怀疑，只是因为不想明目张胆自吹自擂。[2]

---

1   § 5.7. *μονὰς ἀγαθότητος ὁ θεός*: 此为亚历山大里亚通式，4 § 3.10-11 中的 *μονὰς ἀπλήθυντος* 也如此。参照 Ol., *Alc*.44.9 *τὸ θεῖον δέ ἑνάς ἐστιν ὑπερούσιος*, 51.16-17 *ἑνὰς γὰρ ὁ θεὸς καὶ ἑνοειδής*, 18-19 *πολλὰ γὰρ τὰ μετὰ τὸ θεῖον καὶ τὴν μονάδα τὰ ἐξ αὐτῆς παραγόμενα*。普洛克罗斯并没有把大一（the One）称为一个单子，可比较 *elem*.100 *πᾶσαι δὲ αὖ αἱ ἀμέθεκτοι μονάδες εἰς τὸ ἓν ἀνάγονται*。并参照 *theol*. II 5, p.38.3-7。

2   § 6.7-11. Dam. I § 45. 柏拉图对话中频繁用到 "也许"、"很可能" 这样的词，中期学园派认为柏拉图是在表达一种对于判断的悬疑（suspension of judgment），新柏拉图主义义疏者对此有不同看法，他们试图寻找一种方式，以便在其相应语境中更圆满地说明这些修饰词。参照 El. 110.12-16; *Proleg*. 10.6-9 以及注释（另外还可参见 Ol., *Gorg*. 188.15-16）；下文 6§14；Dam.I § 182.1。

9. Demosth., *or*.18,128 *οὐδ᾽ ἂν εἷς εἶπεν περὶ αὑτοῦ τοιοῦτον οὐδέν, ἀλλὰ κἂν ἑτέρου λέγοντος ἠρυθρίασεν*.

7. 从苏格拉底的回答来看,他有两个预设:一是灵魂不朽(这很必要,如果灵魂有一个最终目的的话),另一是存在一个赏善罚恶的天意(providence)。在这两个预设中,刻比斯及其朋友也承认这后一点,[5]但对灵魂不朽则表示质疑,而灵魂不朽是灵魂具有这样或这样一个归宿的必要条件。现在接下来自然就是灵魂不朽的五个论证,不过转变过程也"如油脂流一般悄无声息",因为在一篇上佳的散文中不会出现第一、第二这样煞风景的划分。

8. 接着克里托(Crito)对苏格拉底说:"您最好讲话别太多,这也是那制毒药的人给的提醒。否则您在吞咽并消化毒芹时会感到热,不利于毒性的发挥,这样就可能得喝两次甚至三次。"苏格拉底说:"不管它了,他愿意怎样就怎样做吧,如果必要,我可以喝两次,甚或三次。"[5]克里托说他早就知道苏格拉底会这样说。这里,苏格拉底代表的是理智的和净化的生活方式,克里托则代表了基于前者的次级生活方式,制毒酒的人代表的是破坏性起因,它直接控制物质,也负责物质的丧失。这就是为什么这个制毒酒的人不直接与苏格拉底对话的原因,它暗示最高的和最低的存在(existence)层次之间不存在直接的接触。[10]克里托会说他知道这将是苏格拉底的回答,因为在以克里托本人的名字为名的对话中,他领略了苏格拉底是一个蔑视死亡的人,在那里他曾提出用钱的办法来使苏格拉底逃离监禁,不过苏格拉底拒绝了他,其根据就是一旦做了承诺要遵守法律,那他就

---

1   § 7. Dam. I § 469 把这两个假设看作是神话的预备部分,也可参见 Ol.9 §1。

6. οἱ περὶ ἀθανασίας πέντε λόγοι: 参照导言 p.29。

6-7. 参照柏拉图《泰阿泰德》144b5 οἷον ἐλαίου ῥεῦμα ἀφοφητὶ ῥέοντος。

不会违反。关于这个我们就说这么多。[1]

9.For surely he does not think that he will take better care of himself when he has become free [62d6-7]

他当然并不认为在他获得了自由时，他就将更好地照顾他自己。

因为他当然不会认为自己获得自由就更能保护自己。

获得神的照顾，比自己照顾自己更好。在这种情况下，受到不运动者的推动就优越于自我运动。所有这些就构成了第一个三段论。[2]

10.That nobody runs away from a good master [62e1-2]

没有人从一个好的主人那里逃跑。

他不会意识到自己不应该背离好的主人。

第二个三段论，它采取了类三段论（parasyllogism）的形式，从矛盾的前提出发。[3]

11.It seems to me that he was pleased by Cebes' statememt

———————————

1   § 8.5-10. Dam. I §§46-47. 对话中角色的解释的理论：*Proleg*.16.7-34（以及上文导言 p.XXXV）；对该理论的应用：Pr., *Rep*. I 6.7-12; *Tim*. I9.13-22; *Parm*. 628-630; 659-665; *Crat*. 5.11-22; Dam., *Phil*. §8; Ol., *Gorg*. 6.21 -7.21。

2   § 9. Dam. I § 23. 以同样方式表达的同样的观念：Ol., *Alc*. 123.3-5καὶ κρεῖττον τὸ τοιοῦτον ἑτεροκίνητον τοῦ αὐτοκινήτου· κρεῖττον γὰρ τὸ θεόθεν ἄγεσθαι ἢ ὑφ' ἑαυτῶν. 同上书 231.14-15。Dam. I § 169（解释 Chald. Or., frag. 130.2 中的 ἐν θεῷ κεῖνται）ἢ τοῦτο μεῖζον καὶ παντὸς αὐτοκινήτου τελειότερον, οἷον ὑπερφυὲς αὐτοκίνητον。

    4. 参照上文 §1.7-12。

3   § 10. 参照上文 § 1.12-17。

    1. M[1]（scriba in scribendo aut corrigendo）中相应的文字是 οὐδείς γε... φεύγει，这可能是一个变体。参照 § 1.14-15。

of the facts [62e8-63a1]

我感到刻比斯对有关事实的陈述打动了苏格拉底。

苏格拉底听了这话,看来他对刻比斯的固执很欣赏。

柏拉图这里用"事实的陈述"来代表一个事实性的反对意见;上文中,西米阿斯问他问题时,他只简单地称之为一个"反对"(objection)。[1]

12.And looking at us [63a1]

并且注视着我们。

不是看刻比斯,而是看我们,似乎是在说:"你们应该仿效刻比斯,他总是刨根问底。"

13.'You are right', he said [63b1]

"你是对的",他说。

你们有权这样说。

"你是对的",因为提出这个问题是正确的,即如何能够从真的前提中得到一个错误的结论。在一个争论中,只有在从真的数据中得到非真的推论时才会犯"错误"。

14.As in a court of justice [63b2]

就像在一个正义的法庭上一样。

(你的意思我想是说我必须)正式(提出申辩)。

---

1   § 11.2. *πραγματειώδη ἀπορίαν*:参照 Dam. I § 34.1-2; Simpl., *cat.* 1.22; *phys.* 1299.4。

2-3. 既没有西米阿斯的反对意见,*ἀπορία*(难题)这个词也没有出现。这个混乱也许与奥林匹奥多罗在解释《斐多》85b10-c1(*Καλῶς, ἔφη, λέγεις, ὁ Σιμμίας καὶ ἐγώ τέ σοι ἐρῶ ὁ ἀπορῶ, καὶ αὖ ὅδε, ἢ οὐκ ἀποδέχεται τὰ λεγόμενα*)的内容时引用了普洛克罗斯或阿莫尼乌斯的观点有关,《斐多》中的这一段本来就是用来例证刻比斯的观点胜过西米阿斯的。

拿 法 庭 做 比 较 很 合 适，因 为 对 话 的 主 题 是 净 化（purification），正义就表现在灵魂的各个部分各行其职。[1]

15.'Well', he said, 'let me try' [63b4]

"好吧"，他说，"我就来试试吧。"

很好，我要提出一项申辩。

苏格拉底并没有说"我当然将捍卫我自己的观点"，而是说"我就来试试吧"，这比较适应当时的场合。确实，人们不断重复这样的谈论，说许多正在到来的危机总是被一阵突如其来的霜的魔力（spell of frost）所遏止。[2]

16.To be more plausible in my defense before than the judges [63b4-5]

（我要提出一项申辩）比我在法庭上提出的更有说服力。

当然，苏格拉底现在提出的申辩要比在法庭上提出的更有说服力，他在法庭上面对的是群氓（mob），要说服他们，只能靠劝说，而不是教导；现在他面对的是他的弟子们，他们对于他的教导心悦诚服。或者还因为另一种情况，这就是在法庭上，他所

1　§ 14. Dam. I § 36.

　　2-3. 柏拉图用的词是 *οἰκειοπραγία*（城邦中的三个阶层的，见《王制》IV 434c7-10；公民个人的，见 443c9-444a2）；参照 Plot. I 2,1.19-21=Porph., *sent*.32(p. 23.11); *ἰδιοπραγία* 同上书，40（p. 52.3）。

2　§ 15. 2-3. 雅典的斯特法诺记录了类似的文字，证明要从医学意义上理解 *κρίσις*: *aphor*. I 20-23, f. 25ᵛ（关于坏的消息）*πολλάκις γὰρ οὗτοι παρεμπεσόντες γινομένην κρίσιν ἀνέκοφαν*. 同上书，II 13, f.34ᵗ*κρίσεώς τινος μελετωμένης*。同上书，I 1, f. 5ᵗ：外部环境也得是有利的；因此，由于冷天气预兆的提示，使危机没有发生。奥林匹奥多罗把这个观察说成是"经常形成"（often made），并且他觉得没有必要给予进一步的说明，这个事实似乎表明，他也许已经就这个主题进行了考察，并做了讲疏；参照导言，第 27 页。

谈论的主要是个人生活,而一些特殊观点只能靠探询的方式得到证明;与此相对,在这里,讨论的是一般意义上的生活。[5]由于谈者与听者都富于理智(mass mentality),或者,因为所谈主题(按其是普遍还是特殊),它就"更有说服力"。[1]

1　§ 16 参考 . Ol. 8§ 18。

　　1-4. Dam. I § 37.

　　2-4. Pl., *Gorg.* 454e3-455a7.

　　4-6. 参考 Ol., *gorg.* 47.8-19; *Alc.* 165. 1-8。

讲疏三

苏格拉底论哲人之愿意赴死：（灵魂）脱离（肉体）的第一个原因

[笺注按] 义理部分（*theoria*）把苏格拉底关于哲人愿意赴死的言论归结为一个假言三段论："如果哲人自我训练死亡，他就将不怕面对死"（If the philosopher trains himself for death, he will not be afraid to face it）（§2-§3.6）。小前提，"哲人在训练死亡"，这可以为一个直言三段论所证明，该直言三段论有一个死亡的定义为其大前提："灵魂从肉体那里分离就是死亡；哲学就是追求灵魂从肉体那里的分离；哲学就是追求死亡"（§3，7-§4）。Dam. I. §65 中记述了苏格拉底从三个 καθαρτικοί λόγοι 角度对小前提进行的论证：（i）哲人对于物质快乐漠不关心（64c10-65a8）；（ii）肉体干扰知识的获得（65a9-d3）；（iii）真知识的目标——形式（[中译按]forms，也就是理念，或者相），只能被灵魂自身所把握（65d4-66a10）。§5 将讨论第一部分，讲疏 4 和 5 讨论其他两部分。

1.But to you, my judges, I will now [63e8-65a8]
但是对于你们，我的判定者们，我现在将。

我现在希望跟你们列位法官说清楚。

这里关键有两个要点：其一，哲人并不了断他自己的生命，其二，哲人准备赴死。第一个要点，也就是哲人并不了断他自己的生命，苏格拉底已经用两个论证对此做了证明，[5] 一个为神话的，具有俄耳甫斯教色彩的和秘传的（esoteric），另一个为证明性的（demonstrative）和爱智的。他现在证明第二个要点，即哲人也将毫无畏惧地面对死亡，并且准备赴死。追求死亡和准备赴死，这是两个不同的事情：说到"自愿"赴死，也就是说从情欲感受（affects）中脱离，哲人既追求死，也准备赴死；而说到肉体死亡，则只有准备赴死，并没有追求。[1]

2. 苏格拉底之赴死意愿，在文本中以一个假言三段论表示如下："如果哲人自己进行死亡训练，那么接下来自然就是：当死亡来临，他就不害怕，不愤怒，不畏缩；前者为真；故后者亦为真。"苏格拉底以几句话证明其大前提，他说，[5] 如果一个人一生致力于一件事情，并努力追求它（也就是赴死和进入死亡状态），而当死亡来临时却感到恐惧，这无疑是愚蠢的。下面这个反对意见站不住脚："如果每一个本身就完整的活动，在这整个的完整的意义上有它的目的，并且不需要一个另外的目的（如，当我们要祈祷，只是为了祈祷本身），并且进一步来说，如果死亡之追求是一个本身就完整的活动，那哲人就将不需要另一个目的（死本身），他的整个存在就将是对死的一种连续追求。"[2]

3. 对此，回答就应该是："准备赴死本身不是一个目的，这与所举的祈祷例子并不一样：真正的目的是处于死的状态

1 　§ 1. 2-5. Schol. Pl. 10.9-16. Cf. ol. 1§ 1.

2 　§2. 1-6. Dam. I §49.

（being dead）。出于同样的原因，'去死'（dying）不同于'处于死的状态'（being dead）；一个追求净化（purification）的人，他自己练习死亡，'去死'，[5] 就是把自己从情欲感受中脱离出来，沉思则已经是处于'死亡状态'（dead），因为他已经了无情欲，因此他就将不把去死当作自己的目标。"

他以直言三段论的形式证明了小前提，由于整个论证都用了定义，主词和述词都如此（因而在《斐德若》[245c5-246a2] 中，[10] 苏格拉底通过定义谓述词项 [即中词，自我运动的] 来证明灵魂不朽。在《斐勒布》[20d1-11]，他又通过定义善来表明快乐是一种善：如果善是万物都向往的，那么快乐也是一种善，因为每一个动物都寻求快乐），这样，苏格拉底现在就把死亡定义为肉体从灵魂中分离，以及灵魂从肉体中分离。[1]

4. 他提到这两种分离，并非平白无故。因为在灵魂粘着于肉体的情况下，是肉体从灵魂那里切离，而不是灵魂从肉体中切离，肉体在情感上还是与灵魂联系着，用词项表达就是"半—关联"（half-relation）。也正是从这种状态中，产生了徘徊于坟墓之间的那种模糊幻象 [81d1]，在《伊利亚特》[16.857] 中荷马

1　6-§3.6. Dam. I § 51.

7.ἐν τέλει οὖσα：参照 Ar., mete. I 2, 339a24-26 πρὸς δὲ τούτοις ἡ μὲν ἀίδιος καὶ τέλος οὐκ ἔξουσα τῷ τόπῳ τῆς κινήσεως, ἀλλ' ἀεὶ ἐν τέλει(Philop., mete. 12.7τουτέστι τὸ τέλειον ἔχει τῆς κινήσεως)。

§ 3.7-15. Dam. I §§ 57-58. 达玛斯乌斯对这个混乱的段落进行了订正：柏拉图在《斐德若》（245c5）通过对主题进行定义（灵魂是自运动的，self-moved），证明灵魂不朽，在《斐勒布》中通过定义谓词（善）证明快乐不是善。但是在《斐勒布》中找不到善的正式定义，第12行给出的词源学与柏拉图在《克拉底鲁》中给出的（*Crat.* 412c1-5：……τοῦ θοοῦ……τῷ ἀγαστῷ）稍有不同。可参照 Ol., *Alc.* 122.12 ὡς ἄγαν θεῖν ἐπὶ αὐτὸ ποιοῦν πάντας 以及 *Etym.magn.*παρὰ τὸ ἄγαν θέειν ἡμᾶς ἀπ' αὐτό. 显然奥林匹奥多罗发现手头的参考资料中明确提到《斐勒布》的不多，于是他自己即兴重新做了构建。

在说到帕特罗克洛的灵魂时，[5] 有这样的说法：

悲叹它的命运，抛却刚勇的壮年，青春的年华。

并不是所有灵魂都没有例外地具有这样的死亡分离，非理性的灵魂就不是这样，因为它与肉体一起消亡，只有理性的灵魂才能如此。我们提到分离，只涉及这样的事物，即它们不能只被分离出，[10] 而且也能够独立地存在。¹

5. 根据这个假设（assumption）做了铺垫之后，苏格拉底这样证明他的观点："除非绝对必要的情况，哲人不关心肉体的满足，"据此他就建立起这个小前提。有三种活动，（1）那些自然

1　§4.3. κατὰ τὴν ἡμίσχετον σχέσιν：雅辛的泰奥多罗创造的一个词，参照 Pr., *Tim.* II142.24-27(=Theod., test. 20) καὶ εἰ βούλει τὰ τοῦ γενναίου Θεοδώρου παραλαβάνειν ἐν τούτοις,ὁ μὲν νοῦς ἄσχετός ἐστιν, ἡ δὲ περὶ τὸ σῶμα ζωὴ ἐν σχέσει, μέση δὲ ἡ ψυχή,ἡμίσχετός τις οὖσα. III 276.30-277.1(=id., test. 34) καὶ πλεονάζει μὲν τῆς ὑπερκοσμίου ζωῆς ἡ τοῦ ὀχήματος συνάρτησις τῆς ψυχῆς [τῆς] πρὸς τὸ πᾶν καὶ ἔστιν οἷον φασί τινες ἡμίσχετος. Dam. *Parm.*9.25 ἔστι μὲν ἀρχαιοπρεπεστέρα τῶν ἀπολύτων θεῶν ἡ ἰδιότης, ἀφοριζομένη τῷ ἅπτεσθαι καὶ μὴ ἅπτεσθαι καὶ τῷ ἡμισχέτῳ τῆς προνοίας。

3-4. 《斐多》81c11-d2 περὶ τὰ μνήματά τε καὶ τοὺς τάφους κυλινδουμένη, περὶ ἃ δὴ καὶ ὤφθη ἄττα ψυχῶν σκιοειδῆ φαντάσματα。

4-6. 在 Amm., *isag.* 5.19-23; EL. 13.28-31; Ps.-El. 12,28-29 中有同样的引述。

8. αὕτη γὰρ συναποσβέννται τῷ σώματι：普洛克罗斯就有这样的主张，即非理性灵魂是气体性（pneumatic）肉体的生命，能够经历数个土性（earthly）肉体而生存，而植物性灵魂赋予土性肉体以生命，并随其分解而死亡（*Tim.* III236.18-238.26; 还可参见 Beutler, *art. Pr.* 236.1-9),阿莫尼乌斯（Philop., *an.* 12.12-21 δείξομεν … καὶ ὅτι ἡ μὲν ἄλογος τοῦ μὲν παχέος τούτου χωριστή, ἀχώριστος δὲ τοῦ πνεύματος … καὶ ὅτι ἡ φυτικὴ ἐν τῷ παχεῖ τούτῳ [τῷ] σ ώματι τὸ εἶναι ἔχει καὶ συμφθείρεται αὐτῷ)、达玛斯基乌斯（*Dam.*I § 217; §239) 以及奥林匹厄奥多罗（10§1.19-20; 13§3.10-12) 也都持相同观点。在目前的情况下，只要编订者克制一下自己的先入之见（在 9 § 6 似乎这样做了），那就应该说 ἄλογος（意为：无语的）必定是用来宽泛地形容 φυτική 的。

9.10. οὐ μόνον-- εἶναι：粗心的用词，本来应该是 κατὰ τῶν οὐ μόνον χωρίζεσθαι δυναμένων, ἀλλὰ καὶ χωρὶς εἶναι。

的和必需的（natural and necessary），比如饮食和睡眠，[5]（2）那些自然但并非必需的，如交配，（3）那些既非自然又非必需的，如优雅生活和华丽服饰等（这些既非自然又非必需的活动，可以从其他动物并不具有这些需要的事实看出来），在这三种活动中，哲人对于后两者无动于衷，他还会强力地抵抗它们（至于精液的分泌，[10]睡眠时自然排泄就足够了）；对于第一种活动，他也只会简单地敷衍了事处理，不追求饱食酣睡。"如果这是真的，那么哲人除非在绝对必要的情况下，他蔑视肉体；这样做的人将准备赴死；因而哲人就训练自己死亡。"关于这个我们就说这么多。[1]

6.There is good reason for the true philosopher [63e9-10]
对于真正的哲人来说，有好的理由。

苏格拉底所说的"真正的哲人"，并不是像哈泼克拉提奥

---

1   § 5. 3-11. Dam. I §69. 普罗提诺在 I 2,5.7-9 中这样解释《斐多》中的相关文字 καὶ τὰς ἀναγκαίας τῶν ἡδονῶν αἰσθήσεις μόνον ποιουμένην καὶ ἰατρεύσεις καὶ ἀπαλλαγὰς πόνων, ἵνα μὴ ἐνοχλοῖτο,… （17-21）ἐπιθυμίαν δέ· ὅτι μὲν μηδενὸς φαύλου, δῆλον· σιτίων δὲ καὶ ποτῶν πρὸς ἄνεσιν οὐκ αὐτῇ ἕξει· οὐδὲ τῶν ἀφροδισίων δέ εἰ δ' ἄρα, φυσικῶν, οἶμαι, καὶ οὐδὲ τὸ ἀπροαίρετον ἐχουσῶν· εἰ δ' ἄρα, ὅσον μετὰ φαντασίας προτυποῦς καὶ ταύτης. 波菲利在 sent.32 （pp.33.1-34.10）这样解释普罗提诺的话 εἰ καὶ τὰς ἀναγκαίας; τῶν ἡδονῶν καὶ τὰς αἰσθήσεις ἰατρείας ἕνεκα μόνον τις παραλαμβάνοι ἢ ἀπαλλαγῆς πόνων, ἵνα μὴ ἐμποδίζοιτο… ἐπιθυμίαν δὲ παντὸς φαύλου ἐξοριστέον, σίτων δὲ καὶ ποτῶν οὐκ αὐτὸς ἕξει, ἤ περ αὐτός, ἀφροδισίων δὲ τῶν φυσικῶν οὐδὲ τὸ ἀπροαίρετον. εἰ δ' ἄρα, ὅσον μέχρι φαντασίας προπετοῦς τῆς κατὰ τοὺς ὕπνους. 参照 Marin., vit. Pr. 19。 必要的快乐（necessary pleasures）的概念是柏拉图式的，它出现在《斐勒布》62e9；《王制》VIII 561a3-4; 6-7（也可参见 558d8-559c7, 此处对 ἐπιθυμίαι ἀναγκαῖαι 下了定义）；Ar.,eth. Nic. VII 6, 1147b 23-31; VII 8,1150a16. 有人曾认为是波菲利最早对柏拉图（《斐多》）和伊壁鸠鲁对快乐的分类（rat. sent. 29=Diog. Laert. 10,149）进行比较的人，实际上这种看法并不然。奥林匹奥多罗的直接来源是普洛克罗斯，普洛克罗斯增加了第四类（必需的，但非自然，例如不可缺少的衣物和房屋）来使其观念框架能适应《斐多》中的文字。

    11. ἀφοσιωτικῶς= κατὰ ἀφοσίωσιν, an addendun lexicis.

[残篇2]理解文本时所认为的那样,与伪称哲人的智术师截然相对(这样的解释与柏拉图所用概念的伟大性风马牛不相及),而是与治邦者(statesman)相对。因为对话的主题是净化;[5]无论如何,治邦者不是严格意义上的哲人,因为他也需要因环境不同而发挥情欲感受的作用,如愤怒和欲望(desire):需要愤怒是因为面对敌人时他要捍卫他的邦国,需要欲望则是因为他也对肉体和现世世界感兴趣;因为我们并不因我们自己的缘故而生活,而是也因宇宙之故。[1]

7. Who practice philosophy in the right way [64a4-5]
那些按照正确的方式练习爱智慧的人们。

这也是以治邦者的观点来说的。

8. Are not understood by the others [64a5]
不能为别人所理解。

大多数人不能理解哲人,这很自然,因为哲人生活在不可见的层面,而大多数人只知道可见的事物。

9. Upon my word, Socrates, though I do not feel like laughing just now [64a10-b1]
我敢保证,苏格拉底啊,虽然我现在并不想笑

西米阿斯并没有笑,这或者是因为他本身并不倾向于笑,或者因为他为老师的遭遇而悲伤。[2]

1　§6.3. οἱ περὶ Ἀρποκρατίωνα: 参见导言 pp.12-13。

2　§9. 第一个解释(γελασίω 作为一种恒定的特征,参照 Eunap.,*vit. soph.* V 1,9)很勉强,需要先预设一个相当笨拙的倒装,才能用于文本的理解: οὐ πάνυ γέ με γελασείοντα νῦν δὴ ἐποίησας γελάσαι. 很难看出究竟为什么会有这样的暗示。

10. And my countrymen would agree [64b3-4]
并且我的老乡们会同意。

当然他们会，因为西米阿斯来自特拜，特拜是怎样的一个地方，从这些描述可见一二，"一只博伊蒂亚猪"和"我们把长笛留给不善言谈的特拜人吧"。《伊利亚特》[10.13]中也有给特洛伊人以长笛的诗句，不过从来没有见过给希腊人长笛的说法，[5]因为不仅对于说话，而且对于倾听，以及对一般意义上的理性活动来说，长笛都是一个障碍。因而雅典的保护神——雅典娜赋予这个地方的人以语言天才，扔掉了长笛。[^1]

11．For they are not aware if they long for death and deserve death, nor what kind of death [64b8-9]
因为他们并没有觉察到他们是否渴求死，并应得死，也没有觉察到渴望什么样的死。

这样就得到矛盾的结论。西米阿斯说人们觉察到哲人渴求死，苏格拉底则说人们并没有觉察到，西米阿斯还是坚持他的观点；之所以如此是因为词语有多义。人们没有觉察到哲人训练自己自愿赴死[5]（苏格拉底说哲人"渴求死"，其意思也正是如此，换句话说，也就是把自己从肉体中脱离出来；他还说哲人"应得死"，也就是说自愿的死）。再者，人们很清楚地意识到哲人训练自己肉体的死，就它是自愿死亡的一种样式而言，这一点

1　　§ 10. 2-7. Ol'., *Alc.* 66.4-67.5; 参照 *Gorg.* 169.23-170.5。

　　2. *CPG*, Diogenian. 3,46 以及注释（来自 Pindar, *Ol.* 6.152）。

　　2-3. Plut., *Alc.* 2.

　　3-4参照schol. Hom., *Il.* 10.13 (III 6.4-9 Erbse); *Il.* 18.495 (IV 193.11-13 Dindorf)。

　　4-5. Ar., *eth. Nic.* IX 5, 1175b1-6.

　　5-7. Ar., *pol.* VIII 6,1341b3-8.

也正是哲人将选择的。[1]

12．**What do we believe death is？**［64c2］

我们相信死是什么样的？

我们相信有死这种事情吗？[2]

苏格拉底并没有问死是否存在，因为这一点毋庸置疑，因此他问"我们相信死是什么样的？"[3]

13．**That the body, parted from the soul, has come to be by itself**［645c-6］

肉体与灵魂分离后，自身单独存在。

我们岂不相信死就是灵魂脱离肉体，死的状态就是肉体脱离灵魂单独存在的状态，以及灵魂脱离肉体单独存在的状态吗？

如我们在§3中所讨论的那样，苏格拉底把死定义为肉体与灵魂的分离，不仅是灵魂从肉体脱离，而且也是肉体从灵魂中脱离的过程。在说到灵魂时，他说"是"（being），因为灵魂是非生成性的（ungenerated），在说到肉体时，他用的是"已经成为是"

1　§11. Dam. I 53. 可能是奥林匹奥多罗把讲话者给搞混了，或者是编订者干的，正确的读法是：*ὁ μὲν γὰρ Σωκράτης φησὶν ὅτι λέληϑε τοὺς πολλοὺς ὅτι ϑανατῶσιν*（a5），*ὁ δὲ Σιμμίας φησὶν ὅτι οὐ λέληϑεν*（b5），*ὁ δὲ ἐπάγει ὅτι λέληϑεν*（b8）。

　　7-8. 参照上文 1§9。

2　［中译按］对比一下，可知此处王太庆先生的翻译似稍有误。

3　§12. Dam. I § 55. 一般不大可能以这种方式来读这段文本，如果西米阿斯用 *Πάνυ γε* 是想表达对苏格拉底提议（"我们来想各种办法做这件事，"参照《美诺》82b3,往往跟在 *βούλει* 和表示疑问的虚拟语气之后）的赞同，那么奥林匹奥多罗文本中的注释就很可能是因为误解了 Dam. I§ 55 之所言：要点不是 *εἰ ἔστιν*，而是 *εἴ τί ἐστιν*（无论它是否具有一种特定性质的事物），正是问题的常见排列导致了误解：*εἰ ἔστι, τί ἐστι, ὁποῖόν τί ἐστι, διὰ τί ἐστι*（Ar., *anal. post.* II 1）。

（having come to be），[5] 因为肉体是生成性的（generated）。[1]

14．For from this I think we shall get a clearer idea of that which occupies us [64d1-2]

因为从这里，我认为，对这困扰我们的那事，我们将得到一个更清晰的观念。

"从这里"指前提；"那事"（of that which），指问题。

15．More than other men [65a2]

比其他的人们更。

比其他的人更彻底。

那么，其他的人们也能把灵魂从肉体中脱离吗？是的：因为他们是自由的个体，内在的概念（notions）支配着他们的冲动，在某个意义上，他们能够把灵魂从肉体中脱离。[2]

1　§ 13. 2-3. Dam. I §59.5-6.

　　3-5. Dam. I § 59.6-7.

2　§15. Dam. I § 73.

讲疏四

（灵魂）脱离（肉体）的第二个原因

[**笺注按**] 分析第二个 *καθαρτικὸς λόγος* (§1)。按照其知识的不同对象，即感觉（sense）、推理原理（reason-principles，*λόγοι*）以及理念（ideas），来区分 *πολιτικός*（治邦者）、*καθαρτικός*（净化者）和 *θεωρητικός*（沉思者），这样做会有其问题。因为每一个都以自身特有的方式关涉到其他两个，三者不同之处只在于，在 *πολιτικός* 那里，肉体是工具，对其他二者来说，肉体是一种负担（§§2-3）。还有一种不同，那就是 *πολιτικός* 处理的是殊相，其他二者那里则是共相。虽然都处理共相，*καθαρτικός* 和 *θεωρητικός* 也有不同，前者面对的是灵魂中显著的形式（distinct form），而后者则是无显著区分的可知形式（intelligible forms）（§4）。接下来的文字真实反映出普洛克罗斯对知识的层次的思考结果，虽然这些文字看起来是在分析普罗提诺的论证，可参考 Dam. I§78（§5）。至于感性知觉的不足，人们也提出三个异议，（i）事物如何能够永远是污浊的？（ii）如果所有知识都分有（participate）绝对知识，那柏拉图怎么能说感性知觉"不能达致存在和真"？（iii）亚里士多德和柏拉图怎么会都把知觉说成是

知识的起点？相应的回答，(i)柏拉图意识到真理（truth）的不同层次，在真理自身的感性知觉自身的层次上，感性知觉是可靠的；(ii)感性知觉不仅把握感受（affections）（漫步学派有这样的观点，不过有误），也把握存在（being）；(iii)感性知觉产生不了知识，它只起一种刺激作用（§§6-8）。§§9-10 作为附录，主要讨论星—神（star-gods）的感觉问题。

1. Then, as regards the attainment of insight itself [65a9-d3]

那么，考虑一下洞见本身的获得吧。

那获取真知的情况如何呢？

苏格拉底首先从他的生活方式出发，证明了哲人之愿意赴死，他指出除非在绝对必要的情况下，哲人并不沉湎于肉体。现在他继续从知识观的角度来建立同样的论题：[5]"哲人蔑视感官；如果这样，他也蔑视肉体，因为感官就居留在肉体之中。一个蔑视肉体的人自然也会逃避肉体，如果他这样做了，那就是在从肉体中脱离出自己；他这样做，也就是情愿赴死，因为我们知道，死不是别的，它就是灵魂从肉体中挣脱而分离"。[1]

2. 我们来更一般地看看这一点。灵魂有三种活动：或者它向下朝向更低的事物，把握可感事物；或者它朝向自己，这个时候通过自己看所有存在着的事物，因为灵魂是一种"统合所有

1　§1. 2-4. Dam., *phil.* § 84.2-3 中有一个注释，对于 ζωή (ζωτικός) 和 γνῶσις (γνωστικός) 做了一个比较。这里，存在（being）、生命（life）和理智（intelligence）这个三一体（Pr., *elem.* 39; 197; *Tim.* II 286.24-25; 上文 13 §3 以及 Dam. I § 325），必定是用来与三种 καθαρτικοί λόγοι 相对应的，不过在 5§1 中缺少了存在这一元，原因在于奥林匹奥多罗在该处采用了另一种讨论框架（返回最低的层次，返回自身，返回更高层次，= Dam. I §65; Ol. 6§1）。

形式的神圣形象"，这就是说，掌握万物所是的原理；或者它通过沉思那些理念（ideas），把自己提升到可知者（the intelligible）的层次。[5] 情况就是这样，从事治邦事务、净化和沉思三种活动的人，如果他们各自局限于自己的领域，比如在市民生活中，一个人只知道可感事物，而在净化的层次上，则只知道灵魂中的原理，在沉思中则所知的只是理念，那么他们就不会是真正的哲人，因为他们没有掌握"万物所是的知识"，每种人都将只有不完全的知识，并且即便这部分有关实在的知识，他也没有清楚地分辨，因为他不知道它与其他部分的关系。不过，我们不应认为三者的不同就在于此。[1]

3. 相反，他们中的每一种人必须都知道所有这三者。治邦者根据呈现于自身的原理来组织可见的世界，他的目光直指灵魂：指向理性部分来指导领导者；指向精神部分（spirit）来指导士兵；朝向欲望部分（desire）来指导劳作者。[5] 不过，根据他们所受的教育，治邦者也向领导者揭示向上达到至善之路，这样他就必须拥有三个活动的所有知识。同样，如果一个人关注的是净化，那么由于这种活动处于三者之中心，对于任一边（治

1　§§ 2-3. Dam. I §§ 65-67；74. 参照下文 5§1。奥林匹奥多罗不接受一种旧观点，该观点认为灵魂—肉体关系表明了 πολιτικός 的性质，灵魂与自身的关系则表明了 καθαρτικός 的特性，灵魂与形式的关系则表明 θεωρητικός 的特性，这观点似乎属于波菲利（参考 *sent*.32, pp. 29.10-30.1）。在奥林匹奥多罗那里取而代之的是三个三一体（triad）系统，Dam. § 74 中也有类似的内容，三一体系统典型地属于普洛克罗斯。

§ 2.3. πάμμορφον ἄγαλμα 在奥林匹奥多罗的文本中出现了三次（下文 11§7.2；*Alc*. 198.23-24），指的都是灵魂，这灵魂包含所有实在（reality）的 λόγοι。在 Plot. IV 3, 10.10-13；V7, 1.7-8；VI 2,5.11-14；Pr., *elem*. 195 都有这样的灵魂概念。这个表达可能来自《伽勒底圣言》中有关回忆说的一个综合，如残篇 37.2παμμόρφους ἰδέας 和残篇 101φύσεως... αὐτόπτον ἄγαλμα，不过，更为可能的是直接引用了另一行。现在 Des Places，残篇 186 页副页就有相关的内容。

9. 参见 2 §1.11 中的注释。

邦活动和理论沉思）定然也有所知，因为从中间出发我们可以
推得两端的知识。最后，进行沉思的哲人知道可感事物，他可
以从它们本身的多样性中归约出可知者的整体；不过由于在可
知者中不只有整体，[10] 也还有多样性，他就把可知者中的整
体归约为神中的整体，后边这种整体因其无多元成分，因而是
真正的整体。因为神不是别的，而是不含多元成分的一个单子
（monad）。这样，从事市民生活、净化和沉思活动的三种人，他
们之间的不同就非上文所言，相反却在于：治邦者也关注肉体，
他把肉体看作一种工具，再者，他的目标不是从情欲中解放出
来，而是要对情欲进行调节，因此治邦者必定也要考虑快乐和痛
苦。[15] 与此不同，其他两种人追求的则是净化和沉思，他们
把肉体看作喋喋不休的邻居，需要避免它们的无聊干扰自己的
活动。他们的目标就是要摆脱情欲，获得自由。[1]

4. 在治邦者和其他二者之间还有另一种不同：治邦者
从一个基于反思的普遍大前提，以及一个特殊的小前提出发
得到其结论，因为他把肉体用作一种工具，因而他关注的是行
动，行动是殊相（particular），而殊相是个体性的。这样治邦者
就依靠一个特殊前提支持其结论。[5] 对于从事净化和沉思

---

1   § 3. 3-4. 柏拉图，《王制》IV 427c6-444a3。柏拉图并没有用 ϑῆτες 这个词来形
容第三阶层，倒是亚里士多德在《政治学》（pol. III 5,1278a12,18,22）中在相似的意
义上使用了这个词。普洛克罗斯将其应用于柏拉图式城邦（Platonic state），见其著
作 Rep. II 3.14; 7.17（φύλαϰες... ἐπίϰουροι... ϑῆτες）；Tim. I 31.3。

6-7. ἐϰ γὰρ τῶν μέσων ϰαὶ τὰ ἄϰρα γινώσϰεται：学人通常以对立的形式引述这个
原理，例如 OL., Gorg. 258.21-22; 260.3-4;Dam., Phil. § 56.4-5。

14. Porph., sent. 32 (p. 25.6-9)。

14-16. 下文 6§ 3.11-12 有同样的句子。参照 Plot. I 2,5.25-26（一个聪明的邻居）
Pr., prov. 20.7 συζῶσα μετ᾽ αὐτῶν ὥσπερ τινῶν μὴ νηφόντων γειτόνων。而 φλύαρος 则可能
来自《斐多》66c3。

活动人来说，情况则有所不同：他们关注的是普遍的形式。不过，这些处于净化和沉思阶段的人都以形式作为对象，但他们之间又有什么不同呢？对于净化层次的人来说，形式具有差异化（differentiated），因为这也是灵魂中的形式的特征，它不能同时把握马和人的形式，或者一般的形式，[10] 而只能把握一个形式，而不能同时把握多个形式。而沉思者的对象则是无差异化的形式，这些形式处于可知世界，它们相互贯通，因而互不可分。Orphica［残篇 60］把可知世界比作一个鸡蛋：就像在鸡蛋中所有的成分都是无差异性的，头和脚并没有它们固有的位置，在可知的领域，所有的形式也都不可分离地结合在一起。¹

5．在文本中有哲人准备赴死的证明，该证明是这样做的："如果肉体靠自身不能认识自己，做到这一点只有通过分有灵魂（participation in soul），那么对灵魂来说，感性知觉是获得有关实在的知识的一种障碍，这一点也就更为无疑了；[5] 因此哲人就将准备把自己从肉体中解脱出来。"

6．这就产生三个问题：为什么这段文本看起来是在说视和听并不能准确地把握事物？如果感觉总是具有欺骗性，不能告知真理，那就将有一些事物，它们总是处于反常状态。

1　§ 4.1-5. Ar. *Eth. Nic.* VI 8. 1141b14-16οὐδ' ἐστὶν ἡ φρόνησις τῶν καθόλου μόνον, ἀλλὰ δεῖ καὶ τὰ καθ' ἕκαστα γνωρίζειν· πρακτικὴ γάρ, ἡ δὲ πρᾶξις περὶ τὰ καθ' ἕκαστα，另外可见 VI 12, 1143a32-b3; VI 13, 1144a31-33。

7-11．一般的通式是：在可知者中形式是浑然一体，没有差异化，在理智中则得到充分的差异化（Dam., *Phil.* §105，注释）。理智中的形式和灵魂中的形式，这二者之间的关系，可参见 Pr., *elem.*194（Dodds pp.299-300）。

11-12.*Orphica*残篇60=Dam., *princ.*316.18-317.14; 参照 Pr., *Tim.* I 427.25-428.12。

13．参照 Plot. VI 4,8.7-8πῶς αὐτοῦ τὸ μὲν ὡδὶ φήσεις, τὸ δὲ ὡδί; 同上，35-36. Ol.，下文 13§ 2.30-31διὰ δὲ τὴν ὕλην ὡδὶ μὲν κεφαλή, ὡδὶ δὲ ῥίς; 同上，35-36。

　　这个问题也可以这样问：如果首要的知识是纯粹真理，那么就必然有这样的推论，[5]即其他种类的知识就不能是完全错的，除非完全割断它们与其源头之间的联系。这样，苏格拉底如何能够说，感性知觉"无法获得是（being）和真理"[《泰阿泰德》186c7-9]呢？我们马上就来回答这个问题：感性知觉并不只把握感受（affections），它也能把握实质，漫步学派就有这样的观点［亚里士多德，《分析篇》（*an.* II 5，416b32-417a21）]，比如，借助于红（redness）的这个特定印象（effect），它可以辨认出玫瑰，通过爪子认出狮子。[10]可能有人会有反对意见，说这不过是意见在发挥作用，为把握实质，我们反问，"那么，你们如何解释野兽的行为呢？它们并不具备表达意见的能力，但是它们只与同类为伍，也不互相攻击"。由此表明感觉也可以把握共相，针对所谓感性知觉"不能把握是（being）"这个说法，我们的看法是感性知觉也应该理解真正的—存在（real-existence）。[1]

1　§§6-8. 这三个问题分别是（i）§6.1-3，§7.5 给出回答；（ii）§6.4-6, 6-13 给出回答；（iii）§7.1-4，§8 给出回答。

　　§6.1-3 和 §7.5-16. Dam. I §§78-81. 反对意见（i）：任何事物都不能恒久地处于一种反常状态之下（Ar., *cael.* II，286a17-18；Pr., *Alc.*256.7-258.9；Ol., *Gorg.* 132. 1-3；263.19-22），因而感官—知觉不会总是错的。回答：感官—知觉并不是真正意义上的所谓知识，因为感官—知觉（a）依赖于一种被动过程，参照 Dam. I §81 和 *Proleg.* 10.31-35，下文 §6.4-13 有所引述。（b）与其对象有一定距离，（c）在其纯粹或最强的形式上，感官—知觉都不能知觉。只有在与更低一级的知识（*εἰκασία* 柏拉图，《王制》VI509e1-511e2；cf. Pr., *Tim.*III244.23-24；286.2-7；*elem.* 19）的比较中，感官—知觉才为真，也精确。

　　§ 6.4-13. 反对意见（ii）：如果最初知识为真，那么所有的知识都必定包含某种真理；这样柏拉图怎么能说感官—知觉"不能达到实在（reality）和是（being）"？（《泰阿泰德》186c 7-9，在这里，普洛克罗斯读到的是 *ἀτυχής*, 或者 *ἀτυχής, ἥ,* 而不是 *ἀτυχήσει*，参见 *Class. Philol.* 65，1970,48-49）。奥林匹奥多罗的回答：感官—知觉并不只是意识到被动过程（passive processes），但是也把握存在；这就与普洛克罗斯的观点相矛盾，Pr., *Tim.* I 249.12-17，*τὴν δὲ αἴσθησιν πάντως ἄλογον θετέον. ὅλως γὰρ ἑκάστης τῶν αἰσθήσεων τὸ ἀπὸ τοῦ αἰσθητοῦ γενόμενον περὶ τὸ ζῷον πάθος γινωσκούσης, οἷον μήλου προσενεχθέντος ὄψεως μὲν ὅτι ἐρυθρὸν γνούσης ἐκ τοῦ περὶ τὸ ὄμμα πάθους,* （转下页）

（接上页）*ὀσφρήσεως δὲ ὅτι εὔωδες ἐκ τοῦ περὶ τὰς ῥῖνας, γεύσεως δὲ ὅτι γλυκὺ καὶ ἁφῆς ὅτι λεῖον, τί τὸ λέγον ὅτι μῆλόν ἐστι τοῦτο τὸ προσενεχθέν; οὔτε γὰρ τῶν μερικῶν τις αἰσθήσεων-- τούτων γὰρ ἑκάστη ἕν τι τῶν περὶ αὐτὸ γινώσκει καὶ οὐχ ὅλον-- οὔτε ἡ κοινὴ αἴσθησις-- αὕτη γὰρ διακρίνει μόνον τὰς διαφορὰς τῶν παθῶν, ὅτι δὲ τοιάνδε ἔχον ἐστὶν οὐσίαν τὸ ὅλον, οὐκ οἶδε--. δῆλον οὖν, ὅτι ἔστι τις κρείττων τῶν αἰσθήσεων δύναμις, ἡ τὸ ὅλον γινώσκουσα πρὸ τῶν οἱονεὶ μερῶν καὶ τὸ εἶδος αὐτοῦ θεωροῦσα ἀμερῶς, τὸ τῶν πολλῶν τούτων δυνάμεων συνεκτικόν. ταύτην δὴ οὖν τὴν δύναμιν δόξαν ὁ Πλάτων κέκληκε καὶ τὸ αἰσθητὸν διὰ τοῦτο δοξαστόν. ἔτι τοίνυν τῶν αἰσθήσεων πολλάκις ἀλλοῖα παθήματα ἀπαγγελλουσῶν καὶ οὐχ οἷα τὰ ποιοῦντα βούλεται, τί τὸ κρῖνον ἐν ἡμῖν καὶ λέγον τὴν μὲν ὄψιν λέγουσαν ποδιαῖον τὸν ἥλιον ἠπατῆσθαι, τὴν δὲ τῶν νοσούντων γεῦσιν τὸ μέλι πικρὸν ἀποφαινομένην; πάντως γάρ που φανερόν, ὡς ἐν τούτοις ἅπασι καὶ τοῖς τοιούτοις αἱ μὲν αἰσθήσεις τὸ ἑαυτῶν ἀπαγγέλλουσι πάθος, καὶ οὐ πάντη ψεύδονται· τὸ γὰρ περὶ τὰ αἰσθητήρια πάθος λέγουσιν, ἐκεῖνο δὲ τὸ τοιοῦτόν ἐστι· τὸ δὲ λέγον τὴν αἰτίαν τοῦ πάθους καὶ ἐπικρῖνον ἕτερον* （也就是说 *δόξα*，这里的观点为奥林匹奥多罗相反对）Pr., *prov.* 51.14-16, *ἡ μὲν* （也就是说 *αἴσθησις*）*οὐδ' ὅλως εἰδυῖα τὴν ἀλήθειαν, ὅτι μηδὲ αὐτὴ τῶν αἰσθητῶν ὧν ἐστι γνῶσις τὴν οὐσίαν οἶδεν.* 参照 *Proleg.* 10.31-35*πρὸς οὓς ἐροῦμεν ὅτι, ὅταν εἴπῃ ὡς αἱ αἰσθήσεις οὐκ ἀντιλαμβάνονται τῶν αἰσθητῶν, τοῦτο λέγει ὅτι τὴν οὐσίαν τῶν αἰσθητῶν οὐ γινώσκουσιν· ἐπεὶ τοῦ πάθους τοῦ εἰς αὐτὰς ἐξ αὐτῶν τῶν αἰσθητῶν γινομένου ἀντιλαμβάνονται, οὐκ ἴσασι δὲ τὴν οὐσίαν αὐτὴν καθ' αὐτὰς οὖσαι.* 普洛克罗斯自己有时候也缓和这种极端立场，转而认为感觉不只是一种被动过程：在 *Tim.* II 83.27-29 和 85.2-5，他说感官知觉是一种混合物，由知识和被感受到的是（being affected）组成；在 III 286.7 中所用的词句是 *μετὰ πάθους ἁγιγνώσκει γιγνώσκουσαν* （=Dam. I§81），在 *Rep.* II 164.17-18 中，知觉作为行动和判断，与感官的被动状态相对照。这样看来，他与达玛斯基乌斯所述观点（Dam. *Phil.* §157.10-11）比较接近 *οὐκ ἄρα ἡ αἴσθησις(κίνησις) διὰ σώματος εἰς ψυχὴν τελευτῶσα* （=Ar., *somn.*1,454a9-10 *phys.* VII 2, 244b11-12），*ἀλλ' ἡ ἐπὶ τῇ τοιᾷδε κινήσει κρίσις ἐγειρομένη* （参考 Ar., *anal. post.* II 19,99b35; *an.* III 9,432a16）。这样，为奥林匹奥多罗说成是漫步学派异端学说而加以拒绝的那些观点，它们与其说强调感官知觉中的被动要素，不如说强调它的外部的、机械的性质，真正的柏拉图主义学说则是 *λόγος* 是一，可以从它的任何部分辨认出来，由于灵魂中具有所有 *λόγοι*，它就能从其内部认识所有实在。试对照 Ol. *Alc.* 79.14-18 *ἐν δὲ τῷ μέρει ἐστίν* (scil. *τὸ ὅλον*)，*ὡς ὅταν τις ἀπὸ μέρους γνῷ τὸ ὅλον, ὥσπερ οἱ Πελοπίδαι ἀπὸ τοῦ ὤμου ἐλεφαντίνου ὄντος, καὶ ἡ ἐν τῇ παροιμίᾳ λεγόμενον 'ἐξ ὄνυχος τὸν λέοντα,' ὡς τοῦ μέρους ἑκάστου τοὺς καθολικοὺς λόγ*88. ὁ Περίπατος: 亚历山大里亚学派通常假定在柏拉图和亚里士多德之间有着一致性，这就蕴涵这样的意思：在理解亚里士多德方面出现任何不协调，都是因为漫步学派中人的误读。因而，从实际意图而言，这就意味着当亚里士多德错了的时候，他才被称为漫步学派人士。

9. *CPG*, Diogenian. 5,15.

7. 还有一个问题：如果感性知觉总是具有欺骗性的话，那漫步学派［亚里士多德，《后分析篇》（*anal. post.* II 19，100a3-9）］又怎么能声称感性知觉是知识的起点，柏拉图在《蒂迈欧》[47b1]中又怎么能说借助视觉和听觉"我们接受爱智慧（philosophy）的馈赠"？

[5] 对第一个问题 [§6]，我们必须这样来回答：柏拉图说感性知觉总是欺骗我们，其原因仅在于它并不是所谓的真正知识。因为感性知觉只有在受到影响时才能进行把握活动，而感受（affection）与知识相混杂；再者感官—知觉只认识一定距离之外的事物（例如我们很难看清紧贴眼睛的针头，并且甚至就是触觉也需要空气作为媒介），这也就是所得知识不够准确的原因。的确，为什么我们说理智掌握准确的知识，[10] 原因就在于它就是可知者本身，它把握自身。思想者和思想对象二者的同一导致了准确的知识；二者如果不是同一，形成的知识就必定是可错的。实际上感觉并不能把握以最纯粹的形式出现的感性现象，例如我们不能感觉到极端的白，因为对象中过多的质会摧毁感觉。由于这个原因，人们就说感性知觉总具欺骗性；[15] 不过，如果以把握镜子中的影象来比的话，我们也可以同样坚定地（equally well）说感性知觉总是可靠的、精确的。[1]

1　§ 7.1-4 和 § 8. Dam. I §82; 参照 §335。反对意见（iii）：如果感官—知觉完全错误，那么柏拉图、漫步派人士以及 ἐγκύκλιοι ἐξηγήσεις 怎么能都认为它是知识的起点呢？回答：较低层次东西不能产生出较高层次的东西；感觉可以激发起回忆，只有在这个意义上它才能是知识的起点。在 ἐγκύκλιοι ἐξηγήσεις 那里（有关材料可参见 1§11 注释），谈论到感官知觉的地方主要是在与怀疑论者进行的辩论中，参见 Dav.5.1-6.21，在那里，前提（即知识产生于感官）被认为理所当然。——这第三点也许来自阿莫尼乌斯，菲洛波诺在讨论感官知觉时就引述了他关于《斐多》的义疏，Philop. *Anal. post.* 215.3-5: ὅτι γὰρ οὐκ ἐκ τῶν αἰσθητῶν λαμβάνει τὴν τῶν πραγμάτων γνῶσιν ἡ ψυχή, δέδεικται ἱκανῶς ἐν τοῖς εἰς τὸν Φαίδωνα（据我们所知，菲洛波诺本人没有写过关于《斐多》的著作，也没有做过相关的讲疏）。

（转下页）

8. 至于第二个问题 [§7]，漫步学派认为感性知觉是知识的起点，对此我们不敢苟同，因为低级的、第二层次的事物绝不会成为高级事物的原理或起因。如果我们必须遵循常识所见，说感性知觉是知识的起点，那我们就将说感性知觉也许确实是起点，[5] 不过，不是在有效原因这个意义上，而只是考虑到它唤醒了心灵中共相的回忆，起了一种邮差或信使的作用，激发了灵魂中潜在知识的发展。《蒂迈欧》[47b1] 中的一段话表达的就是这个意思，通过视和听"我们接受爱智慧的馈赠"：借助于感性知觉的对象，我们开始回忆。¹

9. 按照普洛克罗斯的观点，天体的感觉只有视和听二者，这也是亚里士多德的看法；它们之所以只有这两种感觉，原因就在于只有视和听才属于天体这样的高级存在形式，其他的感觉则只属于简单的存在形式。荷马在《伊利亚特》[3.277] 也这样说：

[5] 太阳，你遍观万物，彻听万籁。

这就蕴涵着：天体只有视觉和听觉。再者，也因为这些感觉

（接上页）§7. 1-2. Ar., *anal. post*. II 19, 100a3-9 ἐκ μὲν οὖν αἰσθήσεως γίνεται μνήμη,... ἐκ δὲ μνήμης... ἐμπειρία ... ἐκ δ' ἐμπειρίας ... τέχνης ἀρχὴ καὶ ἐπιστήμης ... 参照 . *an*. III 8, 432a3-8。

7-8. τὸν πυρῆνα τῆς μήλης; 关于运作，见 Paul. Aegin. VI 21 (*CMG* IX 2)；关于词项，见 Galen, *nat. fac*. III 3, 150.8 K. Cf. Plot. IV 6, 1.32-35。

12-13. Ar., *an*. II 11, 424a12-15; 12,424a28-30（φανερὸν δ' ἐκ τούτων καὶ διὰ τί ποτε τῶν αἰσθητῶν αἱ ὑπερβολαὶ φθείρουσι τὰ αἰσθητήρια）; III 13, 435b15。

14-16. Dam. I § 80.4-5。

1　§ 8.6. τὰ ἀγγέλου καὶ κήρυκος ποιοῦσαν: Plot. V 3,3.44 αἴσθησις δὲ ἡμῖν ἄγγελος, 为 Pr., *Tim*. I 251.18-19 所引用。Dam. I § 90.3-4。

在知觉过程中是主动的,而非被动。另外,天体具有不变性,视觉和听觉与此也更为适合。[1]

10. 达玛斯基乌斯则有不同的看法,他认为天体也具有其他感觉。他这样证明,天体要么具有全部的感觉,要么全无;如果不具有全部感觉,那地上的动物岂不比天上的星更完美?[5] 因此,天体作为完美的有生命的存在物,必定具有全部感觉。再者,如果它们仅仅拥有几种感觉,而非全部,那就也将不需要其他的感觉:无需视觉,因为天体无坠入深涯之虞;也无需听觉,因为它们用不着互相交换思想。有人相信天体也有植物性灵魂,因为必定存在一种力量可以永远保持天体的存在。关于这个我们就说这么多。[2]

11. Then, as regards the attainment of insight itself [65a9]:

---

1   §§ 9-10. 关于可见(visible)诸神的感官,可见 Plut., *mus*. 24, 1140A-B; Alex. Aphrod. *ap.* Simpl., *an.* 320.20-23; Hermias 68.7-26; Pr., *Crat.* 37.6-14; *Rep.* I 232.20-21; *Tim.* II 82.3-11; 84.5-8; *Hes.* 9.2-8; Dam. I § 531; *Phil.* §209 (以 及 注释); Philop., *an.* 228.21-27; Steph., *an.* 595.33-598.7. –Beutler, *RE* art. Plutarchos (3)967.8-38。

§ 9.1-5. Ar., *an.* III 12, 434b22-25αὗται μὲν οὖν(味和触摸)(…)ἀναγκαῖαι τῷ ζῴῳ …, αἱ δὲ ἄλλαι τοῦ τε εὖ ἕνεκα καὶ γένει ζῴων ἤδη οὐ τῷ τυχόντι, 并参考 13, 435b19-25.。G. Rodier, *Aristote, Traite de l'ame*, II, Paris 1900,568, Beutler (见上文)以及 W. Haase, *Ein vermeintliches Aristoteles – Fragment bei Joh. Philop.*, Synusia, Festgabe fur W. Schadewaldt, Pfullingen 1965, 354, n. 78, 这些文本都把残篇 47-48 R.3 看作基于《论灵魂》(*De anima*)而来的推论,这些看法非常正确。

2-4. Dam.. I § 83.

6-8. Dam.. I § 84.

2   § 10. 6-7. καὶ τὴν φυτικήν: 波菲利(ap. Pr., *Tim.* II 282.15-18)把《蒂迈欧》36e1 中的 μέσον 解释为世界灵魂的 φυτικόν。Dam., *princ.* 39.10-12: 宇宙(cosmos)具有植物生命。Steph., *an.* 597.31-37: 按照"柏拉图主义者"的观点,天体具有 ἐπιθυμία(欲望),没有 θυμός (心灵)。

那么考虑洞见本身的获得

那获取真知的情况如何呢？

眼下讨论的主题是进行净化活动的哲人，该层次以知识为其特征。现在苏格拉底提到洞见，注重行动的治邦者才关注洞见，因而苏格拉底的举动似乎有些奇怪。我们的解释是：[5] 因为在此之前的话题是有关快乐和痛苦的论证，快乐和痛苦属于行动的范围，对它们进行分辨并确定其强度，就需要洞见。已经达到净化层次的人根本不会关注快乐和痛苦，他的目标恰恰是从诸感受（affects）中解放出来。治邦者则不同，他的目标是调节感受，需要在一定范围考虑快乐和痛苦。[1]

12. Is there any truth in sight [65b1-2]：

视觉中有什么真理吗？

我们既听不见又看不见任何确切的东西？

"any"这个词用得很好，因为洞见既非完全错误，也非完全正确。

13. The poets too tell us over and over again [65b3]：

诗人不是也一再告诉我们说

是不是像诗人常说的那样

苏格拉底提到的诗人是帕默尼德、恩培多克勒、爱皮卡莫（Epicharmus），正是他们主张感性知觉不能形成精确的知识。例如爱皮卡莫就说过：

1　§ 11.3-4. 亚里士多德在《尼各马可伦理学》（Ar., *eth. Nic.* VI 5, 1140b5-6）中，把 φρόνησις 定义为 ἕξις ἀληθὴς μετὰ λόγου πρακτικὴ περὶ τὰ ἀνθρώπω ἀγαθὰ καὶ κακά.

　　7. 参照上文 §3.14.

　　　　　心灵观看,心灵倾听,所有其他的事物则既聋又盲。

[残篇12]

　　[5]荷马也[《伊利亚特》5.127-128]这样说狄奥米德斯
(Diomedes):

　　　　　她拂去蒙在他眼前的薄雾,
　　　　　他才知道得清楚。

　　如果没有遇到雅典娜,狄奥米德斯就看不清任何事物。[1]

14. **Must it not be in reasoning, if at all** [65c2]:
　　不是在思考之中灵魂毕竟知道了一些实况吗?

　　推理是灵魂的本职活动,借此灵魂逐一地把握实在,这与从整体把握实在的理智不同。推理(计算)是一种区分性的活动,如诗人所说:"他根据海豹(seals)的数量来数我们。"(*Od.* 4.452)数字就属于离散物的范畴。[5]柏拉图在《蒂迈欧》[30b1]中也说造物主"推断(reason)",说的就是一种原初性的推理活动。[2]

1　§13.1-2. Cic., *Acad.* I 12, 44;23,74 把帕默尼德和恩培多克勒也列为怀疑论者;而 Dam.I§80 则认为他们也主张拒斥感官—知觉。前者关于恩培多克勒的观点,依据的并非残篇 B3.9-13(任何情况下不应该优先依靠任何感官),而是残篇 B 11-12;17(生成和消亡(coming to-be and passing-away)都是幻觉)。
　　4-8. Pr., *Rep.* I 18.25-26; Ascl., *Nicom.* I λά 15-18; Philop., *Nicom.* Iλβ″ 15-17; Ol., *Gorg.* 142.9-10; Dav. 79.3-5; Ps.- El. 23,6.
2　§14. Dam. I §87. 奥林匹奥多罗和达玛斯基乌斯都强调 λογισμός 的思想(noetic)特性,并把它与《蒂迈欧》30b1 中的德穆革(Demiurge)的 λογίζεσϑαι 联系起来。
　　4. Ar., *cat.* 6, 4b22-23.
　　5-6. Pr., *Tim.* I 399.8-28; 试参照 398.26-399.1(扬布里柯)。

15. And having as little communion with it as possible [65c8-9]：

并且，尽可能少地与肉体纠缠

尽量避免一切肉体的接触和往来。

如果一个人活动的目标是净化，他就会躲避肉体，这种躲避行为本身也是与肉体之间的一种关系，并且他知道他在躲避什么。至于进行沉思活动的哲人，他既不躲避也不知道肉体，因为他不知道自己身处世界的什么地方，并且他压根没有意识到他不知道。[1]

1　　§15.3-4. 参照柏拉图，《泰阿泰德》173e1-174a2；下文 6§3.13-14。

讲疏五

（灵魂）脱离（肉体）的第三个原因。
真哲人之路

[笺注按] 第三个 *καθαρτικὸς λόγος*，65d4-66va10，讨论灵魂与（感觉所不能把握的）理念（ideas）之间的关系（§1）。理念的两个三一体：善—正义—美，大—健康—强度（§§2-3）。接着专门讨论"最接近于知"这个词组的精确意义 65e4，对"小径"（trail）（66b4）也做了考察（§4）。

1. And then, Simmias: do we agree that there is such a thing as the just itself [65d4-66b7]:

那么，西米阿斯，我们不是都同意有正义本身这样的一种东西？

怎么样，西米阿斯？我们是不是承认有绝对公正这样的东西呢？

我们的生活是三重的：灵魂或者朝向次级存在物，观察并组织它们；或者转向自身，把握自身；或者提升自己到更高的存在层次。相应地，苏格拉底首先已经从低级事物打交道的角度（即他的避免肉体，以及对肉体的蔑视），[5] 证明哲人之准备赴死，接着他转向自身（他对肉体无动于衷，除非绝对必要的情况），现在他通过转向更高原理的这个事实（即哲人准备赴死）来表明这一点。

哲人想要认识理念，如果在探究过程中纠缠于肉体，[10]与肉体打交道，就不可能完成这个任务。感性知觉具有某种不可分性（indivisibility），例如观察这个特殊物体，观察到它呈白色，同时也观察到它非黑色（如果感觉分别感知这些事实，那就类似于我观察一个，而你观察另一个这样的事情了），对于理性的灵魂来说，这一点就更加不容置疑。理性灵魂也可以无须区分地认识可感事物，它与感性知觉的不同之处就在于，感性知觉认识，但并没有认识到它认识（[15] 因为它没有转向自身，这与肉体一样，因为感觉属于肉体，肉体没有的，它自然也没有），理性灵魂则既认识可感事物，也认识自身，因为它认识到它认识了。如果这是真的，那么灵魂在探究过程中，就将既不与肉体相纠缠，也不与感觉或感觉器官相联系，因为它只想知道不可分的实在，同类只能被同类认识。[1]

1　§ 1.2-8. 参照上文 4 §§ 2-3。

　　9-19. 8 奥林匹奥多罗给出的这个更有理由的论证（argument *a fortiori*）相当古怪："如果甚至感官—知觉都包含一种不可见的元素，那么理性知识当然就更不可见了；因此惟有理性知识能够把握不可见的实在。"

　　10-13. 参照 Pr., *decem dub.* 4.18-21，"sensibilium omnium oportet esse impartible aliquid iudicatorium, et specierum que ante sensibilia aliud et has discernens—si enim alio aliud, dicit aliquis, simile ac si hoc quidem ego, illud autem tu sentias"，也就是说，τῶν αἰσθητῶν πάντων εἶναι δεῖ ἀμερές τι κριτήριον, καὶ τῶν πρὸ αὐτῶν εἰδῶν ἄλλο καὶ ταῦτα διακρῖνον-- εἰ γὰρ ἄλλῳ ἄλλο, φησί τις （Ar., *an.* III 2, 426b19），ὅμοιον ὡς εἰ τοῦ μὲν ἐγώ, τοῦ δὲ σὺ αἴσθοιο （目前希腊文本部分保存下来）。

　　13. λογικὴ ψυχή: M(Marcianus graecus 196 Z., ca. a. 900) 和诸版本都有 ὁλικὴ ψυχή，但一个"总灵魂"（与 μερική（零散的灵魂）相对立）就是一个球体或元素的灵魂，这样的概念在此并无多少关联。缺了 λ，就足以使 λογική 看起来像 ὁλική，参照 16 行。

　　19. τῷ δὲ ὁμοίῳ τὸ ὅμοιον γινώσκεται 恩培多克勒残篇 B109 （=Ar.,*an.* I 2, 404b8-15; *met.* B 4,1000b5-9）；按照泰奥弗拉斯托的《论感觉》（Theophr.,*de sensu.* 1.），（转下页）

2. 接着，苏格拉底援引理念的两个三一体为例，一个是善—正义—美，另一个是大（magnitude）—健康（health）—强度（strength）。至于这两组理念的不同之处，有人认为在于前者与灵魂有关，后者则属于肉体，这种看法有待商榷，应该说两组理念遍及任何存在者。[5] 善之如此，是因为造物主"是善的，本身是善的人不会对任何事物怀有恶意"[《蒂迈欧》29e1-2]，因而他按照自己的形象创造万物；另外，《王制》[II379b1-11]中也说，一个本身是善的人不会导致任何恶的事物存在；还因为……。正义的情况也一样，因为每一事物都相互区别，标明事物之间的明确界限，使它们保持自己于自身范围之中，[10]这实际上就是正义的功能。美亦然，原因在于事物之间有一种交联（communion）和统一（union），美就与统一密切关联。同样，大也遍及万物，就是在可知世界中，也存在连续的量，虽然不是在通常的意义上，而是就可知的实在是多样的，并不与大一（One）同一这个意义上来说的。实际上来自大一的每个事物在量的方面都分有大一，在这个意义上它就有大（magnitude）的因素。健康也如此，每一事物由各种元素构成，元素之间保持恰当的比例，[15]这样在每一事物中就有了健康。强度也一样，因为事物不会被比它们低级的东西所击败。[1]

（接上页）帕默尼德（残篇 A46）和柏拉图（cf. Posidonius on the *Tim. ap.* Sext. Emp., *adv. math.* 7,93）也有类似的信条。此为新柏拉图主义认知层次理论的基础：Porph., *sent.* 25; Iambl., *comm. math.* 38.6-8.

1　§ 2. Dam. I §§96-97.

3. ὥς τινες ῴήθησαν: 达玛斯基乌斯表达的意见，虽然他用 μᾶλλον 来形容。在 §96 中，他描述了第一个三一体的全部特性，所用方式和奥林匹奥多罗基本上一样。普洛克罗斯解释柏拉图《阿尔喀比亚德》I 115a1-116d4 中的 ἀγαθόν - καλόν - δίκαιον 时说到，无论在最高本原（principle），还是在其最低衍生物那里，善都要比美更加全面（comprehensive），美又比正义更全面，但在灵魂层次善、美和正义重合为一（Pr., *Alc. I* 115a1-116d4）。奥林匹奥多罗（Ol., Alc. 109.15-110.6）接受了普洛克罗斯（转下页）

3. 在《斐勒布》[20d1-11] 中苏格拉底还提到另一个理念三一体，这就是可欲望的（disirable）—完美的（perfect）—适当的（adequate）。完美的与适当的不同，适当的是生产性的，这样它能够与其他事物分享自身，而完美的则自足于自身。完美的总是保持于自己的范围，因此与正义相对应；[5] 适当的则与善对应，因为它要与它物交换自身。可欲望的则对应于美。[1]

4. 接着，苏格拉底说如果一个人在这个方面很活跃，那距离认识真理就"最为接近"了 [65e4]。这是什么意思？难道他自己不知道真理？我们的回答是，与进行沉思活动的哲人相比，苏格拉底最为接近。也可能因为苏格拉底提到的是推论性推理（discursive reasoning），如果与理智（intellective）活动相比，他就是接近于真理。

[5] 他继续说我们应该循着这条"小径"而行 [64b4]，而非顺着大路，意思是我们应该过净化的生活；因为"小径"是净化之路，它通向沉思。我们必须避免的大路是大众之路。毕达哥拉斯派也有避免大路的训条，如 Callim. 残篇 [1.25-26] 中有诗云：

[10] 小径并无车马喧，

（接上页）的观点；不过，这与目前讨论的文字搭不上榫，因为后者用到两个三一体作为形式相互贯通的例子。

9. *ἰδιοπραγεῖν*：参照 2§ 14.2-3 的注释。

10-11. 关于美和统一（union），参照 Pr., *Alc.* 322.11-17。

1　§3. 关于《斐勒布》20d1-10 中的三一体 *τέλεον - ἱκανόν - ἐφετόν*，可参照 Dam., *Phil.* §§ 77 和 241，以及注释。普洛克罗斯很偏爱这种对比，比如 *ἐφετόν = ἀγαθόν*，*ἱκανόν = κάλλος (γόνιμον)*，*τέλεον = δίκαιον*。

5. *μεταδιδοῦν*：这在希腊晚期时代并不常见。A. N. Jannaris, *An Historical Greek Grammar*, London 1897, § 996, 51, 引述了 *NT, Apoc.* 22,2。

他人辙印不追前，
我辈当行在此间。

关于这个我们就说这么多。[1]

5. Do we agree that there is such a thing as the just itself, or do we not? [65d4-5]：

我们不是都同意存在着公正自身这样的东西吗，或者我们不同意吗？

我们是不是承认有绝对公正这样的东西呢？

"公正自身"也就是苏格拉底所说的理念。它必定存在，因为这个世界上的事物都只近似而已，而非精确；并且那些确切的事物必定先于不确定的事物存在。例如，世上的球形并非精确的球体，如果我们在其尺寸上减掉一个沙粒的量，看起来它并没有什么变化，依然保持着同一形状。[5] 世上的质也不是完全纯的，就是火的热也与干相结合，而没有掺杂任何杂质的形式必定先于这些不纯的质存在。[2]

6. Yes we do, by Zeus [65d6]：

是的，我们的确如此，以宙斯的名义
当然认为有。

西米阿斯毫不犹豫地赞同苏格拉底关于理念的观点，西米

---

1   §4.5-11. Dam. I § 101，达玛斯基乌斯认为从前文的反思中不可避免会得到"小径"的结论。

8. Aelian., *var. Hist.* 4,17; Diog. Laret. 8,17; Porph., *vit. Pyth.* 42; Iambl., *vit. Pyth.* 18,83; *protr.* 21, p. 111.17-28; Eustath., *Il.* 23.585.

2   §5. 参照 Dam. I § 94.3-5.

2-5. 参照下文 11§ 7.10-11；12§ 1.11-13。

阿斯与毕达哥拉斯派有一定渊源，该派也有此教义。因此他还发一个誓，用宙斯的名义来肯定苏格拉底的观点，宙斯作为造物主自身就具有理念。[1]

7. Seen with your eyes [65d9]：

用你的眼睛看

你有没有用你的眼睛看到这些东西呢？

上文中苏格拉底提到视和听 [65b2]，这里则说到眼睛和耳朵 [66a4]。这就解释了为什么当柏拉图想到理念论时梦到他有第三只眼睛这个事。[2]

8. Is the complete truth of them beheld through the body [65e1-2]：

我们是通过肉体看到它们的全部真理吗？

我们是通过肉体得知事物的真相吗？

感性知觉通过肉体进行把握活动。因为有知识的人或者完全与被认识者不同（就像感性知觉感知的对象与它自身不同）；或者二者完全同一（就像理智通过认识自己来认识可知实在）；或者在开始时不同，后来则成为同一，灵魂就是这样。当灵魂认识外在事物，被认识者就与认识者不同，但当它认识自己，两者就成为同一。[3]

1　§ 6.2-4. 参见 1§20.5-6 的注释。

　　3-4. 德穆革具有的形式：Pr., *theol.* III 12.269.3-9。

2　§ 7.2-3. *Proleg.* 5.40-42 ἀμέλει γοῦν καὶ φασὶν αὐτὸν εἰρηκότα τὰς ἰδέας ἑωρακέναι ἑαυτὸν τρίτον ἔχοντα ὀφθαλμόν. Origen, *c. Cels.* VI 8, p.78.15-16。M（下文 185）中的解释（scholien）也许就直接来自 *Proleg.*。

3　§ 8. D.am I 99；上文4§7。

9. Nor dragging along any other sense [65e8-66a1]
也不拖曳任何其他感觉

尽可能摆脱（眼睛、耳朵以及）其余形体的影响

感觉不能独立活动，如果尝试这样做，就是对感觉的歪曲，对它造成一种拖曳。

10. Tries to hunt down [66a3]：
努力去搜索

就可知者而言，用"搜索"（hunting down）这个词就比较合适，因为我们是用灵魂的一种隐秘官能来把握可知者，就像猎人竭力隐蔽不让猎物发现一样。

11. Freeing himself, as far as possible, from eyes and ears [66a3-4]：
尽可能少用眼和耳，以便把自己解放出来

尽可能摆脱眼睛、耳朵以及其他形体的影响

"把自己解放出来"，不是说人应该自我了断生命（因为这是禁止的），而是在独立生活的意义上。[1]

12. 'Exceedingly true,'said Simmias [66a9]：
"太对了，"西米阿斯说

"你说得再对没有了，"西米阿斯说。

"太"这个词用得很恰当，因为主题是可知的实在，它超越了人的本性。

---

1   §11. 下文6§9。

13.Will not genuine philosophers come to hold this sort of belief [66b1-2]：

难道真正的哲人不会主张这种信条吗？

那些真正爱好智慧的人一定会说出这样的话。

这里的信条是思想的结果，其内容并非产生自低级的功能；因为信条以两种形式存在。"真正的哲人"与治邦者相对。[1]

14. As it were a trail that we have to follow [66b5-6]：

就像它是一条我们需要顺其而行的小径一样

这好像是一条引导我们进入正轨的捷径

一些小径将导致我们毁灭，但这条小径将使我们达到欢乐。

15. Our souls are contaminated [66b5-6]

这就污染了我们的灵魂

灵魂受到形体的累赘

这里的问题在于说话者是什么人。如果他们是哲人，那么他们的灵魂怎么会被肉体污染呢？如果是外行人，那为什么苏格拉底又首先提到哲人？是哲人在说话，不过他们都把他们俗世的生命比作先在于它的那种生命。[2]

16. By so evil a thing, we shall never acquire [66b6]：

1　§ 13. 1-3. Dam. I § 103；参照 §125。

　　2. δεχομένην：参照 Plot. V 5, 1.63 ὅτι παραδεχομένη καὶ διὰ τοῦτο δόξα. *Etym. magn.* 283.15 δόξα· παρὰ τὸ δέχω δέξω, δέξα καὶ δόξα。

　　2-3. 理性（rational）和非理性意见：Dam. I § 103；§ 125；Dav. 47.1-15；79.16-19；Ps-El. 17, 16-17；Dam., *Phil.* § 225.1-7 的注释。

　　3. 于奥林匹奥多罗而言，显然"真正的哲人"就是 καϑαρτικοί。参见 §15。

2　§ 15. Dam. I § 100。

由于一个事物如此有害，我们将不能获得

灵魂受到形体的累赘，我们就不能完全如愿以偿，获得真理

他是在什么意义上把肉体称为有害？是相对而言的有害：对于其目标是净化的人来说，阻碍独立活动的那种干扰物就有害。至于治邦者则不同，他甚至需要它作为工具。[1]

1　§ 16. Dam. I § 102.

讲疏六

反思真正的哲人

[**笺注按**]讨论肉体干扰心灵行使功能的方式,讨论的布局大致与 Dam.I§108 差不多;奥林匹奥多罗更清楚地考察了分类原理(principle of classification)(§1)。如雄心在情感生活中的状态一样,想象就是知识中的 *ἔσχατος χιτών*(最底下的贴身衣服),Dam.I§III(§2)。至于在这个世界中我们是否能够连续地过一种沉思的生活,§3 给予了肯定的回答。

1. For the body is the cause of countless distractions [66b7-67b6]:

因为肉体导致了无数的精神涣散

哲人们依然在交谈着。苏格拉底从三种生活方式出发表明哲人准备赴死,然后得出结论说,人的灵魂只要还受到肉体的污染,就不可能达成其心愿。[5]现在他们以夸张的词语来佐证的这整个观点,显示出肉体牵累灵魂所造成的种种不便,正常状态下对食物的依赖 [66b7-c1],以及反常状态下病痛的折磨 [c1-2],都如此。另外还有因非理性而引起的不便,比如生命的官能(这又有两重性,或者只产生于肉体,如恐惧、欲望、爱 [c2-3],[10] 或者外部因素引起,如战争和对金钱的贪欲 [c5-d2]),还有就是在知识领域内,在这里想象往往以思想的方式进行 [d3-7]。[1]

2. 确实有两种情绪感受(affects)很难完全去除,一个是想象(imagination),它属于认知官能范围(cognitive faculties),一个是雄心(ambition),它属于生命官能范围(vital faculties);灵魂开始时穿戴上它们,最后才剥掉之。在生命官能方面,灵魂的第一件外衣是雄心,因为雄心是一种统治意志,决定人的灵魂回降到起源。即便我们似乎并没有什么雄心,[5] 雄心依然是灵魂背后的动机,谁人都不能逃脱这种激情的控制。在知识中,最顽固的情绪就是想象,奥底修斯(Odysseus)需要赫尔姆斯(Hermes)的魔草(moly),也就是理性,以便从卡吕普索那里逃脱,卡吕普索就是想象,她像一片乌云遮蔽了理性的太阳。想象确实就是一个帷幔(kalymma),因而有人曾这样说它"幻象,用你那飘逸的裙裾"。这也就解释了为什么奥底修斯首先在基尔克(Circe)之岛登陆,基尔克是太阳的女儿,象征着感性知觉。想象就以我们思想的方式出现。出于同一原因,如果这时形成一个心理图像的话,我们的出神(ecstatic)状态就会受到干扰,因为出神和想象互相对立。正是由于这些,爱皮克泰德 [Enchir. I, 5] 才一再告诉我们,

---

1   § 1.5-12. Dam. I § 108.1-5. 达玛斯基乌斯列举了同样的要点,不过他认为 c3-4καὶ εἰδώλων παντοδαπῶν καὶ φλυαρίας... πολλῆς 本来说与想象力(ὅσα τῆς αἰσθητικῆς καὶ φανταστικῆς γνώσεως εἴδωλα καὶ φλυαρήματα,3-4 行)有关,奥林匹奥多罗则把它们归于情感生活(emotional life)的非理性(参照 §§6-7),这就形成一个清楚的结构:(i) 肉体,在其正常和反常的状态,(ii) 非理性灵魂作为它的生命机能(vital functions),或指向肉体,或指向外部事物,(iii) 它的认知功能。上文 §4 中就有同样的分类。

幻象，你只是一个幻象，必定不是你看起来之所是。

　　由于想象对思想形成的影响，这也使得廊下派学人把神想成是肉身的，[15] 因为正是想象把无形体的实在装裹进肉身里。那么柏拉图的意思是什么呢？难道就没有不伴有想象的思想了吗？肯定有，当灵魂把握共相时，在其活动中就不存在想象的成分。[1]

1　　§2. Dam. I § 111. 关于 ambition as the garment shed last（雄心是最后才脱掉的外衣）的格言来自 Dioscurides *ap.* Athen. XI 507D （Jacoby III B 594）: ἦν δὲ ὁ Πλάτων πρὸς τῇ κακοηθείᾳ καὶ φιλόδοξος, ὅστις ἔφησεν 'ἔσχατον τὸν τῆς δόξης χιτῶνα ἐν τῷ θανάτῳ αὐτῷ ἀποδυόμεθα, ἐν διαθήκαις, ἐν ἐκκομιδαῖς, ἐν τάφοις,' ὥς φησι Διοσκουρίδης ἐν τοῖς ἀπομνημονεύμασι. Pr., *Alc.* 138.12-13; Ol., *Alc.* 50.25-51.10; 98. 16-20; 101.3-7; Simpl., *Epict.* 47.1-5; 118.54-119.3. ——在《斐多》66d2-7 的文字中，"肉体" 对我们进行沉思的努力施加了歪曲性的影响，这种影响普遍被认为是 φαντασία（Philop., *an.* 2.29-3.5; Ps.-Them., *parva nat.* 3.16-17; Michael Ephes., *parva nat.* 10.22-25; Sophon., *an.* 120.9-15），柏拉图在 d3 使用 ἔσχατον 一词似乎纯粹出于偶然，引起了诸学人在雄心和想象之间的对比，如 Dam. I § 111, Ol., *h.l.* 和 *Alc.*51.11-15 ἰστέον δὲ ὅτι τὸ φιλότιμον πάθος ἐν ταῖς ζωτικαῖς ἡμῶν δυνάμεσίν ἐστιν δυσαπόβλητον, ἡ δὲ φαντασία ἐν ταῖς γνωστικαῖς· πάρεστι γὰρ ἀεὶ τῇ ἡμετέρᾳ ψυχῇ ἡ φαντασία, τύπους ἀναπλάττουσα ὧν ἀγνοεῖ ἡ ψυχὴ καὶ τοῖς ἀσωμάτοις σχήματα καὶ μεγέθη καὶ σώματα περιτιθεῖσα καὶ τόπῳ περιορίζουσα τὸν θεόν. 明确提到《斐多》的还有：Philop., *aet.* 116.25-117.2 ἐν τῇ περὶ τοῦ θείου νοήσει οὐκ ἐξισχύει μὲν ἡ ἡμετέρα διάνοια ἀφαντάστως αὐτὸ θεωρεῖν, ἀλλ' ὡς καὶ ὁ Πλάτων φησί, συμπαραθεῖ πάντως ταῖς περὶ θεοῦ ἐννοίαις ἡ φαντασία τύπους ἡμῖν καὶ ὄγκους περὶ αὐτοῦ νοεῖν ὑπολαμβάνουσα.*Anal. pr.* 3.8-12 ἐν τῇ περὶ τοῦ θείου νοήσει οὐκ ἐξισχύει μὲν ἡ ἡμετέρα διάνοια ἀφαντάστως αὐτὸ θεωρεῖν, ἀλλ' ὡς καὶ ὁ Πλάτων φησί, συμπαραθεῖ πάντως ταῖς περὶ θεοῦ ἐννοίαις ἡ φαντασία τύπους ἡμῖν καὶ ὄγκους περὶ αὐτοῦ νοεῖν ὑπολαμβάνουσα.*An.* 2.29-3.5 ὅ καὶ ὁ Πλάτων ἐν τῷ Φαίδωνι λέγει, ὅτι τοῦτό ἐστι τὸ χαλεπώτατον τῶν ἐν ἡμῖν, ὅτι ὅταν καὶ σχολὴν ἀπὸ τῶν περιολκῶν τοῦ σώματος μικρὸν ἀγάγωμεν καὶ θελήσωμεν τῇ θεωρίᾳ τῶν θείων σχολάσαι, παρεμπίπτουσα ἡ φαντασία θόρυβον ἡμῖν κινεῖ, ὑπονοεῖν διδοῦσα ὅτι σῶμά ἐστι τὸ θεῖον, καὶ μέγεθος ἔχει καὶ σχῆμα, καὶ οὐκ ἐᾷ ἡμᾶς ἀσωμάτως καὶ ἀσχηματίστως περὶ τοῦ θεοῦ ἐννοεῖν. Steph., *an.* 542.10-12 καὶ ὅτε γὰρ περὶ τὰ θεῖα ἐνεργεῖ, παρειστρέχει ἡ φαντασία, τύπον ἐντιθεῖσα τοῖς ἀτυπώτοις, καὶ διὰ τοῦτο ὁ Πλάτων ἔσχατον αὐτὴν λέγει κακόν. 奥林匹奥多罗和菲洛波诺在行文方面（转下页）

3. 我们还是来考虑这个问题本身吧，看看在肉体之中过一种不受干扰的净化生活或沉思生活是否可能。古人并不认为这理所当然，柏拉图似乎也否认这一点，他说过只要我们处于肉体之中，那就绝不可能认识真理。不过，我们自己的教授还是认为可能：[5] 如果一个人在肉体之外能够参与一个共同体的生

（接上页）有一致之处，其根源就在于阿莫尼乌斯，当然这不一定是由于他的《斐多》义疏所致，因为这在当时是一个常识。

6-10. 关于《奥德塞》的讽喻性解释，可参见 Norvin 1915, 80-81；Pepin 107；110-111；200。基尔克（［中译按］Circe，太阳神的女儿，会魔法的巫师）代表通常的快乐（pleasure）；在 Ps. Plut., *vit. Hom.*126 中，她是 *ἡ τοῦ παντὸς ἐγκύκλιος φορά*，在 Stob. I 49,60 它她代表 *τὴν ἐν κύκλῳ περίοδον καὶ περιφορὰν παλιγγενεσίας*。人们通常认为卡吕普索（［中译按］Calypso，阿特拉斯的女儿，美丽女神）也代表快乐；在 Eustath., *Od.* 1.51 中她被认为是肉体。这种认识论路径可能属于波菲利，参照 *sent*.40（p. 48.6-7）*ἑαυτὸν δὲ ἀπέστρεφας κάλυμμα λαβὼν τὴν ὑποδραμοῦσαν τῆς ὑπονοίας φαντασίαν*，在这里我们可以发现两个隐喻，一个是帷幕，一个云彩，奥林匹奥多罗把它们结合起来。参照 Beutler, *RE* art. Porphyrios（21）308.19-67。

6. 这里的 moly 并不适当，看来奥林匹奥多罗手头的资料里必定提到了赫尔姆斯之造访奥居吉亚（［中译按］Ogygia，古希腊时代底比斯国王）（《奥德赛》5.43-148）。

8. *Φαντασίη τανύπεπλε*：该引文（模仿《奥德塞》12.375 中的 *Λαμπετίη τανύπεπλος,*）也许出自克拉底（Crates），克拉底这个人具有非常相似的个性化特征（*Εὐτελίη* 残篇 2.2Diehl, *ἀθάνατον βασίλειαν Ἐλευθερίαν*, 残篇 7.4）；这样我们就得假定早期犬儒派已经形成 *φαντασία* 概念，与晚期廊下派的概念很接近；Diog. Laret.6,70 中的记载就明确地证明这一点；参见 D. R. Dudley, *A History of Cynicism*, London 1937, 216-220。——另一个可能的来源就是费留的蒂蒙（Timon of Philius）。

10-11. 参照 Ol., *Alc.* 8.11-14*κατὰ γὰρ τὸ ἐν ἡμῖν θεῖον ἐνθουσιῶμεν, ἁπλοῦν ὂν ὥσπερ καὶ τὸ θεῖον αὐτό. διὰ τοῦτο γὰρ καὶ οἱ παῖδες μᾶλλον καὶ οἱ ἐν ἀγροῖς διατρίβοντες, ὡς ἀφελεῖς καὶ ἁπλοῖ, ἐνθουσιῶσιν· ἀφαντασίαστος γὰρ ὁ ἐνθουσιασμός, διὸ καὶ φαντασίᾳ λύεται ὡς ἐναντίᾳ οὔσῃ.* 下文 § 12.3-4。

14-15. *SVF* II 残篇 1028-1048。对于廊下派粗糙的唯物论，El., *isag.* 47.29-48.8；Dav. 111,3-18；Ps. –El. 29,18-22 都有相似的评论。

14. 参照 Galen, *nat. fac.* I 3, 8.6 K. *ὁ ἀπὸ τῆς Στοᾶς χορός*。

15-17. 参照 Dam. I §§ 112-113. Ar., *an.* III 7, 431a16-17*διὸ οὐδέποτε νοεῖ ἄνευ φαντάσματος ἡ ψυχή*. Porph., *sent.*16*αἱ νοήσεις οὐκ ἄνευ φαντασίας.*Simpl., *an.* 268.8-25 拒绝以漫步派的方式解释亚里士多德，即把亚里士多德的陈述与 *θεωρητικὴ γνῶσις* 和 *νοῦς* 联系起来。

活,那即便依然在肉体之中,为什么就不可能过一种净化和沉思的生活呢?还有一点,在《斐德若》[248d2-e3]中,柏拉图提到种种生活方式,他并没有提起连续出神状态(ecstasy)的一生(lifetime),但是他确实说到沉思生活,因为一个人不可能一生都处于出神状态,但是却并没有什么东西能够阻碍我们过一种净化或沉思的生活。[10]虽然我们离不开食物,不过我们是在一种净化的精神中进食,肉体并不会阻止灵魂自己的活动。因此,如果一个人致力于净化或沉思活动,他就只会把肉体看作是饶舌的邻居,尽量不让其干扰自己的思想。也正是因为这一点,柏拉图才说真正的哲人并不知道他在世界的哪个地方,也没有意识到他不知道[《泰阿泰德》173c6-174a2]。这里我们就发现了双重高于知识的无知。[15]关于这个我们就说这么多。[1]

4. For the body is the cause of countless distractions [66b7-8]:

因为肉体引起无数的精神涣散

1　§3. Dam. I § 115. 普洛克罗斯认为人一生不可能完全处于沉思性生活状态: *Rep.* II 276.18-25μὴ γὰρ οὐδὲ δυνατὸν ἢ βίον ἕνα πάσης ἀρετῆς ἄμοιρον γενέσθαι καὶ τοὐναντίον πάσης ἀρετῆς μέτοχον· ἀλλ' ὃ μέν τις μᾶλλον ὃ δὲ ἧττον ἀρετῆς μέτοχός ἐστιν, ἥκιστα δὲ ἢ μάλιστα ἀδύνατον (接着提到《斐多》66b3-d7); prov. 49.14-18 "speculativun autem rursum fieri perfecte impossibile est propter causas quas ipse in Fedone docet..." 按照 Dam. *l. c.*,这包含了完全的净化生活的不可能性;达玛斯基乌斯本人则认为这两种生活在现世都可以践行,当然程度上肯定不如来世。

　　2-3. οἱ... παλαιοί: 就沉思生活而言,这也涉及到波菲利;参照 *sent.* 32(p. 31.9-10)ἐπιμελητέον οὖν μάλιστα τῶν καθαρτικῶν ἡμῖν σκεφαμένοις ὅτι τούτων μὲν ἡ τεῦξις ἐν τῷ βίῳ τούτῳ。在 Pr., *theol.* I 10,42.4 中,"古人们(the ancients)"指的是普罗提诺派。

　　4. ὁ φιλόσοφος ὁ καθ' ἡμᾶς: 也许就是奥林匹奥多罗本人,当然也不能完全排除阿莫尼乌斯。

　　8-9. 下文 § 12.3-4。

　　11. φλύαρον γείτονα: 见上文 4§ 3.14-16。

"无数的"这个词恰如其分,我们在 [§1] 中说过,无论在正常还是反常状态下,肉体都是一种障碍。不仅肉体如此,灵魂的非理性功能也一样,并且以诸多不同的方式如此。

5. With loves and desires [66c2]：
充满诸多爱和欲望

这里用的是复数,适于表达从大一的转换,"爱"就是一种强烈的欲望。¹

6. And fears and phantasms of all sorts [66c2-3]：
各种各样的恐惧和幻觉

恐惧在灵魂的三个部分表现出来:欲望部分恐惧的是损失财产,精神部分则恐惧耻辱,理性则恐惧失误,这失误或由错误论证或由无知所引起。与神圣的闲暇相比,[5] 苏格拉底认为这个世界上的各种快乐都是"幻觉"（Phantasms）;由于这里的快乐往往与其对立面相混合,那么它们如何能够成为真正的快乐? 原因在于如果不是因口渴而导致的极度不适,那么饮水也就不会导致极度的快乐了。²

7. It overwhelms us with absurdities [66c3-4]：

1　§5.2-3. Pr., *Alc*. 328.15 ἔστι γὰρ ὁ ἔρως ἔφεσίς τινος ἐρρωμένη καὶ σύντονος, cf. 329.19-21; 336.23. Dam., *Phil*. § 16.5-6 ἡ σύντονος ὄρεξις ἔρως. 参考Pl., *Laws* V 734a4 συντόνους δὲ καὶ οἰστρώδεις ἐπιθυμίας τε καὶ ἔρωτας。

2　§ 6.4. τὴν θείαν ἐραστώνην: 柏拉图《法义》X 903e3 ἥπερ ἂν ἔχοι ἐραστώνης ἐπιμελείας θεοῖς τῶν πάντων。在 Dam., *Phil*. § 154.9 注释和索引 s.v. ἐραστώνη, 列出了该词组诸多出处,另外还有 Pr., *Tim*. III 280.11-13; Ol., *Alc*.7.7-8; Pl. 468.5-9。

5-7. 柏拉图,《斐多》60b3-c7;《王制》583c30584a11;《斐勒布》46b5-50d6。

5. τῇ οἰκείᾳ λύπῃ: 这可能是个抄写错误,不过更可能是 τῇ ⟨οἰκείᾳ στερήσει τῇ⟩ λύπῃ 的缩写表达式,参照 Dam., *Phil*. § 33.2-3。

它不合常理地支配着我们

柏拉图用"荒谬"(absurdities)这个词来形容各种多余的事物,不仅在语词上如此,也指行动上。这里,这个词范围所及包括肉体和与肉体有关的事物,例如非理性的行动。[1]

8. For all wars are fought for the sake of riches [66c7-8]:

因为所有的战争都因财富而起

因为一切战争的产生都是为了赚钱。

他怎么能说所有战争的目标都是为了攫取财富?难道战争不也因美色之故而起吗,比如特洛伊战争不就是因为*海伦*吗?有些人解释说,没有钱,战争就不会产生:"我们必须有钱,[5]没有钱就不能进行任何必要的行动"[Demosth.1,20]。不过,文本的意思并非如此,它说的是战争的目标是攫取财富(riches)。还有人认为柏拉图用"财富"这个词指的是所有类型的财产(property);所有的战争均因某种财产而起,妇女也属一种财产。有人说为逃脱奴役必定也需要战争,我们反对这种看法。因此,答案就必定是:我们不应像人们通常做的那样,[10] 把人分为灵魂、肉体和外部事物(或我自身,我的东西,以及从属于我的东西的事物),而应该分为灵魂和外部事物两部分,因为就其与灵魂的关系而言,肉体也属于外部事物。这样,这种划分就分为"我自身"和"从属于我的东西的事物",因为众所周知财富是身外之物,因而苏格拉底说所有的战争都源于外在事物,就有其道理,[15] 另外有些人还认为战争因荣誉而起,除非他想把荣誉也称为一种战利品。[2]

1 　§ 7. Ol., *Gorg.* 105.16-20.

2 　§8. Dam. I § 110.1-5.

　　3-5. τινές:达玛斯基乌斯的"阿提卡的义疏者们(Attic commentators)"。(转下页)

9. We must free ourselves from it [66e1]

我们必须从肉体那里解放自己

就必须摆脱肉体

不是说我们应该结束自己的生命,而是说我们必须设法解脱自己。[1]

10. Either knowledge is not to be attained at all, or after death [66e6]

我们根本不能获得知识,要获得也只能在死后。

智慧,只有在死后才能获得,生前根本不行。

苏格拉底提出这样一个推理困境:"或者当哲人束缚于肉体之中,就不可能掌握可知者的知识;或者,他们可能获得知识,而并非不可能,因为哲人追求这种知识,并且大自然(Nature)不会创造对哲人来说是不可获知的事物,使其徒劳追求,[5] 同时另一方面来说,任何并非反常的追求(都必定与大自然有关);这样,即便束缚于肉体之中,哲人也可能认识可知者。"[2]

(接上页)6-8. 朗吉努斯(Dam.4-5 行)。

9-11. Ol., *Alc.* 3.11-12; 197.13-16; 200.5-10; 228.17-18. 参考 Pl., *Alc. I* 130d8-131c10。

13. *διὰ τὰ ἐκτός*:读作 *διὰ τὰ χρήματα*.。

14-15. 哈泼克拉提奥(Dam.4 行)。

1 §9. 上文5§11。

2 §10. Dam I § 118;参照 §179;Ol. 12 § 1.23-25。达玛斯基乌斯记录了该论证的最初形式:要么根本不能获得真理(真理不可思想),要么能够在此生中认识(真理非真),要么死后能够认识真理(情况必定如此)。在这种形式下,根据普洛克罗斯的思想,就得到不可能在肉体中过一种沉思生活这种观点,我们在 §3 中已经做过讨论。奥林匹奥多罗接受了这种观点。

4-5. Ar., *cael.* I 271a33 *ὁ δὲ ϑεὸς καὶ ἡ φύσις οὐδὲν μάτην ποιοῦσιν*(II 11, 291b13-14 仅只大自然的(of Nature only));参照下文 12§1.23-25; Dam I § 179。

11. We shall come closest to knowledge [67a3]：

我们将最大程度接近于知识

我们在有生之年只能尽量接近知识

"最大程度接近"，是因为沉思的知识，这是最终的目标。[1]

12. If, as far as feasible, we avoid all contact with the body [67a3-4]

如果我们尽可能地避免与肉体发生任何接触

尽可能避免与肉体接触往来

这指的是感性（affective）接触，因为甚至处于肉身之中，一个人也可能毕生致力于净化活动。出神状态不能持续一生，因为总会受到想象的干扰，想象与出神相对立。[5] 打喷嚏（sneezing）也是一种与想象不相容的行为；如果人形成一个精神图像，就可以压制喷嚏，因而俗语"愿你健康"就蕴涵着我们的动物部分需要想象性活动，而现在它的存在处于危险。[2]

13. Until God himself releases us [67a6]

1　§11. Cf. Dam. I § 116.2-3.

2　§12. 1-2. 见上文 §3。

　　5-7. 正文中对喷嚏的观察并没有看起来那么大的意义，首先，形成一个心理图象（mental picture）就能帮助人抑制住喷嚏吗？显然并非如此。其次，他对 ζῆϑι 的解释蕴涵着喷嚏能够打断想象过程这样的意思，而非相反，并且这种观点才更为容易理解得多。因而文本想表达的其实是 εἰ γὰρ πτάρωμεν, διακόπτεται καὶ ἡ φαντασία。按照这种假设，两种描述之间的联系就成为一种纯粹的比较性关联：出神状态与想象不能并存（因为想象会干扰它）；打喷嚏也不能与想象并存（因为想象为喷嚏所干扰），这才是真的。文本中 ὁ πταρμός 前面有 καὶ（φαντασία 干扰喷嚏，正如想象干扰出神状态一样），表明我们的解读是合理的，这样就似乎回到了编订者那里，可能是奥林匹奥多罗。

　　6. ζῆϑι: 只在这里出现；其他的通式可见于 A. S. Pease, *The Omen of Sneezing*, Class. Journ.6,1911, 427-433（Ζεῦ σῶσον *Anthol. Pal.* 11,268.3; 拉丁语是 salve）。

直到神本人解放我们

直到最后神使我们解脱

苏格拉底这里所说的神就是狄奥尼索斯,他掌管着生和死,掌管生是因为提坦,掌管死则是因为当死来临时我们所接受的预言的礼物。因为他是所有巴库斯式狂喜(Bacchic rapture)的保管者,因而他就不仅是喜剧诗人(其创作目的是快乐)的保护者,[5] 也保护着以悲愁和死亡为主题的悲剧诗人。[1]

14. We may expect [67a7-8]:

我们可以期待

"可以期待",并不含有怀疑之意,毋宁说是"我们有权利去期待"。接下来的话"也许我们将认识真理",不过表明苏格拉底的慎重,因为苏格拉底自己说过[《王制》618e4-619a1],我们必定"带着这个坚定信念去往哈得斯"。[2]

1　　§13. 参照上文1§6.1-5;下文7§10.14-15。

2　　§14. 关于 εἰκός 和 ἴσως,可参照 2§6 的注释。以同样修改的形式和同样语境下引述柏拉图的话语:下文 8 § 17; El., *cat.* 110.18-20;并参照 Ol., *Gorg.* 239.26-27。柏拉图在《王制》X 618e7-619a1 中用了副词: ἀδαμαντίνως δὴ δεῖ ταύτην τὴν δόξαν ἔχοντα εἰς "Aιδου ἰέναι。

讲疏七

苏格拉底关于自己命运的结论

[笺注按] 奥林匹奥多罗简要总结§1.1-8之后，接着讨论了两个词，67b8的"希望"和67c1的 *ἀποδημία* (离家远行) (§1.9-§2.6)。然后就转而讨论更一般的要点，关于死亡的两个定义之间究竟在什么方面不同 (§2.7-§3.7)。接着又专门讨论"可笑"(ridiculous) 这个词 (67d12) (§3.8-15)。苏格拉底对那些赴死以与爱人会合的人所做的评论，受到奥林匹奥多罗的关注，他以很大篇幅讨论死后灵魂的状态 (§4.1-12)。接着专门对"哲人并不畏死"这个命题的无可争辩性做了大段解释 (§4.13-17)，另一个段落则讨论"快乐—追求者"为什么未受注意 (§5)。

1. 'Well then', said Socrates, 'if that is true, my friend' [67b7-68c4]：

苏格拉底说，"那好，如果这是真的，我的朋友"。

苏格拉底得出原则上哲人将准备赴死的结论之后，没有做任何补充，又提出了同样的结论 [67b4-c4]，不过并非单纯重复。因为在上文中他一般性地表述，[5] 这里则以具体的事例，以更

为具体的方式，说的是他自己，"因而苏格拉底将准备赴死，急
切希望获得他一直所追求的东西；因而欧维诺也一样，只要是
哲人，都将准备追随苏格拉底，甘愿赴死。"

我们必须这样来理解"希望"这个词，它不是希罗多德所
说的"清醒时的梦"，[10] 因为希氏这个意思源于可感事物，而
这里的意思是神圣的希望，它产生于理智（intelligence），是确定
的，Oracle［残篇47］中这样说：

让火生（fire-borne）的希望支撑你。

"火生"代表神圣，因为古人把神圣比作火。¹

2. "当踏上去往另一个世界之旅程，带着这些东西上路就
是合适的。"苏格拉底把启程前往另一个世界称为"踏上"（setting
out, apodemia），因为是远离人群（crowd, demos），人群就是具有
不稳定性和流动性的感官知觉的整个世界，因此相应的旅程就
是远离人群，因为"我们的圣父和我们的父邦就在那里"［Plot.I
6，8.21］。"occupying oneself"所表达的是什么？［5］说的就是

---

1   § 1.9-13. Dam.I § 125，参照 Dam.I § 48; *Phil.* § 178; Ol., infra § 61-10; Alc.
27.23-28.1.——"希望是白天的梦"这句格言的来源众说纷纭，*Gnomol. Vat.*
375 说是出自阿那克雷翁（Anacreon），斯托拜欧（Stob. IV 47,12）认为来自品达
（Pindar），Aelian., *var.hist.*13,29 记载的是柏拉图，第欧根尼（Diog. Laert.5,18）认为
是亚里士多德，奥林匹奥多罗（Ol., *Alc.*）则说是希罗多德。列维讨论了《伽勒底
圣言》相关说法的新内容（Lewy 147. nn.296-297）（Iambl., *myst.* 83.2-5; Pr., *Tim.* I
212.22-24）。

12. 克罗尔（Levy 和 Des Places 接受了他的观点）就 πυρητόχος 的类比，写了
πυρήοχος metri causa. 不过，MSS 有 *i*, Pr., *Tim.* II 107.10 中也如此，*LSJ* 中则无。

13. οἱ παλαιοὶ πυρὶ ἀπείχαζον τὸ θεῖον: 并非圣谕本身，圣谕中根本没有 οἱ παλαιοὶ，
赫拉克里特（A8, B64, B67），恩培多克勒（A31, 对照 B6）和希帕索斯（Hippasus,
A8）倒是如此。

我们不应只停留口头上泛泛而谈净化的美德,还要践行之。

接着,苏格拉底把死亡定义为灵魂摆脱肉体达到的净化[67c5-d6]。这就有些奇怪,他在[64c4-8]已经为死亡下了定义,为什么他现在又这样做呢? 实际上这是从更一般推进到更特殊的另一个例子:[10]上文中他把死亡定义为灵魂从肉体的分离,以及肉体从灵魂的分离(在[3§4]我们看到他这个定义有很好的理由);这里,他把死亡只定义为摆脱肉体形成的灵魂的净化;这样死亡就比净化更为一般,因为得到净化的人必然也死去,而死去的人并不就必定得到净化,那些爱肉体者的灵魂甚至在死后仍然盘旋在他们的坟墓之上。[15]这样我们就没有理由再指责苏格拉底旧话重提了。[1]

3. 苏格拉底进而又证明哲人将准备赴死[67d7-68a3],他说:"哲人躲避可感事物(the sensible),追求可知者(the intelligible),这样做的人就摆脱肉体而解放了自身;得到解放的人愿意赴死;结论就显而易见。"虽然之前他已经说过这个观点[64a4-66a10],但在这里并非毫无意义的重复。[5]上文中前提很简单,"哲人躲避可感事物",这里则是复合前提,"哲人躲避可感事物,追求可知者。"

他补充说,如果一个人在其一生中都愿意赴死,而在死亡来临之前有所恐惧,这是"可笑的"[67d12]。和上文一样,[10]这里出现了"可笑的"(ridiculous)字眼,我们来自问一

---

1   § 2.1-4. 参照上文 1§16。引用了回忆(quoting from memory),奥林匹奥多罗用 61e1-2 代替了 67b7-c2;关于 πραγματεύεσθαι (4-6 行) 的讨论指的是 67b10 的 πραγματεία。

2-3. Demosth., *or.* 19,136 ὡς ὁ μὲν δῆμός ἐστιν ἀσταθμητότατον πρᾶγμα τῶν πάντων καὶ ἀσυνθετώτατον ὥσπερ ἐν θαλάττῃ πνεῦμα ἀκατάστατον, ὡς ἂν τύχῃ, κινούμενος.(Norvin).

4. 上文 1 § 13.10。

下按照柏拉图的看法,可笑是什么意思。丑陋者在其没有力量
(powerless)时就是可笑的,因而忒尔塞特斯(Thersites)就是可
笑的,"那个来到特洛伊的最丑之人"[IL.2, 216]。两者都是物
质的属性:丑陋是形式和美的缺乏,无力则指不能成为存在的任
何事物。如果人的灵魂害怕死亡,其原因要么是无知,也就是丑
陋,要么是虚弱[15]和怯懦。[1]

4. 接着给出另一个论证,表明哲人愿意赴死[68a3-b4]:
这个世界上那些不中用之人沉浸于爱的时候也很想去死,认
为一死就可以见到他们的爱人,并与之相偕。虽然事实上他
们的愿望并不必然能实现,因为他们也许属于不同的神圣牧
主——[5]一些灵魂属于康复力(Παιώνιοι),另一些则属于月亮
(Σεληναῖαι);柏拉图在《蒂迈欧》[42d4-5]中说过,造物主把灵
魂播撒在太阳和月亮上;由此就注定了我们所追求的事业的成
或败,因为我们的实际状况常常随着我们最初的选择而变。伟
大的人物因其选择而塑造自身人生轨迹,而成就其伟业,庸碌之
辈一生之结果因其选择则只能是失败:[10]如有人说的那样,
众多柏拉图在掘土干着粗活(many a Plato digs the soil);——

---

1   7-§3.7. 对 64a4-66a10 和 67c5-68b7 的比较。第二段文字并非单纯重复第一段,
因为(1)它把死亡的定义限制在自愿死亡范围;(2)它还把智慧之爱与从肉体脱离
联系起来,作为哲人追求的目标。

9. 上文 1§ 12.14-17。

12-15. Dam. I §§ 126-127。

14-15.《斐多》81c11-d2;上文 3§ 4.3-4。

§ 3.8. γελοῖον 这个词并未出现,柏拉图在 64a7 用的是 ἄτοπον。

9-12. 参照 Pr., Rep. II 319.2-7。

10-11. 柏拉图,《斐勒布》49c4-5 ἡ δ᾽ ἀσθενὴς (scil. ἄγνοια) ἡμῖν τὴν τῶν γελοίων
εἴληχε τάξιν τε καὶ φύσιν。

11-12. αἶσχος   如 ὕλη οὐ κρατηθεῖσα εἴδει Plot. I 8,5.23-24; Pr., Alc. 326.10-13;
(Thersites 的例子)Ol., Gorg. 39.17-21; 75.27-76.1。

如果这是真的,那么哲人愿意赴死就更真,因为他们确切知道死后将达成他们一直追求的目标。

苏格拉底说 [68b5-c4],如果一个人是哲人,他就不畏死,但苏格拉底并没有补充说一个不畏死的人就是哲人,因为还有许多人出于草率和鲁莽也愿意去死,但他们并非就是哲人。[15] 这样,如果一个人是哲人,他也就不畏死;如果他并非不畏死,那他就不是一个哲人或者"爱智慧者",而是一个爱肉体者,这样的人就必定要么贪恋富贵,要么追求荣誉。[1]

1　　§4. 1-12. 这整个段落必定来自普洛克罗斯,普洛克罗斯在 *Crat.* 37.28-38.15 中有一段非常相似的文字,把个人的诸多生活与他们的几种 ἀγελάρχαι 联系起来。ἀγελάρχης 这个词来自柏拉图的《治邦者》271d6-7καὶ δὴ καὶ τὰ ζῷα κατὰ γένη καὶ ἀγέλας οἷον νομῆς θεῖοι διειλήφεσαν δαίμονες,参照 Pr., *Crat.*38.2 ἀγελάρχαις καὶ νομεῦσιν。它们以复合的方式出现,则是在 Philo, *somn.* II 152 (一群人的领袖)和 153 (灵魂中的首要原则); Plut., *Rom.* 6 (群体的领袖); Pr., *Parm.*686.24 (群体的领袖)。另外在普洛克罗斯那里,这个词还有一种专门意义,综合了《治邦者》的文字与《蒂迈欧》42d2-e4 的内容:ἀγελάρχαι 首先是行星神(planetary deities), Pr., *Tim.* III132.2-4 ἐξ ὧν ἁπάντων δῆλον, ὅπως ἀληθὲς καὶ τῶν πλανωμένων ἕκαστον ἀγελάρχην εἶναι πολλῶν θεῶν συμπληρούντων αὐτοῦ τὴν ἰδίαν περιφοράν.265.6-10,这个概念扩展到初级神灵(elemental Gods): καὶ γὰρ ἄτοπον, εἰ περὶ μόνα διανενέμηνται τὰ ἰδίως καλούμενα ἄστρα μερικαὶ ψυχαί, οἱ δὲ ἄλλοι θεοὶ μὴ εἶεν ἀγελάρχαι ψυχῶν,οἱ καθ᾽ ἕκαστον στοιχεῖον ἐκείνοις ἀνὰ λόγον ὄντες, ἀέριοι καὶ ἐνύδριοι καὶ χθόνιοι.308.24-27πᾶσαι οὖν τοῦ κόσμου μερίδες ὑπεδέξαντο μερικὰς ψυχὰς ἐσπαρμένας καὶ πᾶς ἐγκόσμιος θεὸς ἀγελάρχης ἐστὶ ψυχῶν μερικῶν καὶ νεμηθεισῶν καὶ ἐσπαρμένων περὶ αὐτὸν κατὰ τὸν νοῦν τὸν δημιουργικόν. *in theol.* VI 17,384.28 中,普洛克罗斯把这个词用到 ἀπόλυτοι θεοί (这些神正好在世俗 [intramundane] 神之上),不过他们只是 οἷον ἀγελάρχαι τινὲς ἐπιβεβηκότες τοῖς πᾶσι καὶ οἷον δαίμονες θεοί. 同样的限定(qualification) οἷον ἀγελάρχαι τινές 应用于精灵(demons) (他们依赖于自身的 ἀγελάρχαι, Pr., *Rep.* II297.24; *Alc.*70.11-13): *decem dub.*44.30-32 (一大群人一起毁灭,或者一起得到拯救,这些人的共同命运) "aut in eam que secundum substantiam communionem aut in ydemptitatem utentium ipsis demonum *velut gregis principum quorundam* possible reducere." 在普洛克罗斯之前的诸人那里,我们并没有找到这种特殊意义,不过至少还是可以追溯到波菲利,因为欧塞比乌斯(Eusebius)已经用之于天使(*demonstr. evang.*IV 6,9 ὥσπερ τινὰς ἀγελάρχας καὶ ποιμένας θείους ἀγγέλους κατεστήσατο ,这显然指的是《治邦者》中的神话)。如果情况的确如此,那么它的内容就似乎与普洛克罗斯的稍有不同,这可以从普洛克罗斯(转下页)

（接上页）（*Tim.* I 152.10-155.2）的记载得到印证，其中提到波菲利、扬布里柯和叙里安诺对于《蒂迈欧》24a7 中埃及牧人的阶层（castes）都有不同的说法。按照波菲利的说法，他们类似于 τοῖς ἐπὶ ταῖς τῶν ζῴων ἀγέλαις τεταγμένοις（scil. δαίμοσι），οὓς δι' ἀπορρήτων ψυχὰς εἶναι λέγουσιν ἀποτυχούσας μὲν τοῦ ἀνθρωπικοῦ νοῦ, πρὸς δὲ τὰ ζῷα ἐχούσας διάθεσιν· ἐπεὶ καὶ ἀνθρώπων ἀγέλης ἐστί τις κηδεμὼν καὶ μερικοί τινες, οἳ μὲν ἔθνη, οἳ δὲ πόλεις, οἳ δὲ καὶ τοὺς καθ' ἕκαστον ἐπισκοποῦντες.）。注释者（scholiast 467.14, 很可能是辛普里丘）解说过 ἀγελάρχαι τῶν ζῴων δαίμονες，不过这不大可能是他自己的独创性观点，这样，波菲利是否在其上下文中做了这样的综合使用，这还确实不大容易确定。如果波菲利已经使用了，那么在他那里，它首先指的是负责动物生命的那类月下精灵（sublunary demons），还可以扩展到那些照管人类事务，以及特定群体和个体事务的诸精灵（或诸神）；至少那至高无上的神 ἀνθρώπων ἀγέλης κηδεμών 必定具有一个上帝的地位。至于它与行星神之间的关系，则未有提及，不过也许有一定蕴涵：可参照波菲利的观点，即非理性灵魂以及"载体"（vehical）是灵魂在降落过程中形成的积聚物（Pr., *Tim.* III 234.18-32）。按照扬布里柯，埃及人的阶层都代表 δεύτεραι οὐσίαι καὶ δυνάμεις，牧人则代表 πᾶσι τοῖς ἐν τῷ κόσμῳ τὴν ἐπιστασίαν λαχοῦσι τῆς εἰς τὸ σῶμα ῥεπούσης ζωῆς καὶ τῶν ἀλογίστων δυνάμεων καὶ ταύτας ἐν τάξει διανέμουσι（153.15-18）。叙里安诺认为他们等同于神圣的力量：τὸ δὲ νομευτικὸν ἐν τοῖς τὰ εἴδη πάντα τῆς ζωῆς διακεκριμένως ἐπιτροπεύουσι τὰ ἐν τῇ γενέσει φερόμενα· καὶ γὰρ ἐν τῷ Πολιτικῷ νομέας θείους τινὰς αὐτὸς ἡμῖν παραδέδωκε（154.8-11）。

3-6. 属于不同区域的灵魂：Pr., *Alc.*113.6-10。

5. Παιώνιοι... Σεληναῖαι: Παιώνιοι 似乎不是很恰当，因为它并不表示某一特殊的神圣特性，而是一种 δύναμις（参照 Pr., *elem.*151-159, Dodds p.278），不同的神都有共同的特性：阿波罗（Apollo）（Pr., *Crat* 100.15），赫利俄斯（Helios，[中译按]Apollo 和 Helios 是古希腊的神祇，被称为太阳神）（*Tim.* III 262.27）。Παιώνιος σειρά（*Tim.* II 63.10）具有与 ζωογόνος σειρά 一样的本性，*elem.*155；同样地在 *Rep.* II 3.22παιώνιοι θεοί 与 δημιουργικοί 等区别开来；Ol., *Gorg.* 244.6-7δύναμις νοερά... ζωοποιός... παιωνία，Pr., *Tim.* III 140.28παιώνιοι καὶ κριτικαὶ δυνάμεις，*Rep.* II 153.26παιώνιοι δυνάμεις。另外还有 παιώνιος ἰατρική *Tim.* I 158.18，*Rep.*II 118.10，以及 παιώνιος πρόνοια.Dam II § 157。

5.ἐγκατέσπειρεν: 对 M 中 συγκατέσπειρεν 的纠正，συγκατέσπειρεν 意味着"与太阳一起播种或种植它们…"；ἐγκατασπείρειν 出现了，不过是在不同的语境下，Pr., *Tim.* II 76.26 以及 Ol., *Gorg.*200.2。在《蒂迈欧》中，柏拉图用的是 ἔσπειρεν, Pr., *Crat.*38.3 中与之相关的文字则是 ἐνσπειρομένων。

7, 9. τὴν προβολήν: 来自动词 προβάλλειν 或 προβάλλεσθαι，"激发（一种官能），实现（一种潜能）"通常指生活或 λόγοι 的模式。在索引中就有其例，如 Pr., *Alc., Rep., Tim., prov., mal.subs.*, Dam., *Ph., Phil.*, Ol., *Alc., Gorg., Ph.*。

10. 这个引述已经很难辨认；这个墨守成规的 ἔφη τις 也许指的是普洛克罗斯以下的某个作者（如 Ol., *Alc.* 189.16）。

13-17. Dam. I §136.

5. 为什么柏拉图没有把追求快乐也包括在里面呢[68b7-c3]？哈泼克拉提奥［残篇4］提出这个问题，但并没有解决。普洛克罗斯说柏拉图没有提到过这一点，因为他已经在前文［64d1-4］坚持说我们应该避免快乐。不过，这个说法与为什么柏拉图没有提到快乐之爱这个问题没有什么关联。[5] 按照哲人阿莫尼乌斯的观点，其原因就在于柏拉图并不打算在哲人与非哲人之间做区分，而只是想区分哲人与伪哲人，后者即便爱快乐，也竭力遮掩他的快乐，佯作节制之态；不过，他很可能不会掩饰其雄心或对钱财的贪婪，而是会找些冠冕堂皇的借口，比如芝诺，当他说他之从学生那里收学费，[10] 目的是要教导他们学会蔑视钱财，再者可以把钱财分给那些更为贫穷的学生。至于雄心（ambition），他宣称是雄心使得他能够激发弟子们来加以仿效，这样他就称雄心是一种有益的激情，尽管还是一种激情。关于这个我们就说这么多。[^1]

---

1   § 5. Dam. I § 137. 达玛斯基乌斯认为第一个解答（Pr.）为哈泼克拉提奥所为，第二个（Amm.）则是帕特里乌斯（Paterius），并将其融会于自己的观点之中。参照 Beutler, art. Ol. 214.52-215.35。

9-12. 芝诺的故事表明善于诠释经典的人如何能无中生有编造出事实。柏拉图的《阿尔喀比亚德》I 119a1-6 可以说是起点，该段文字说到芝诺为他的课程定价 100 明那。而按照《帕默尼德》中的角色安排，芝诺被列为真正的哲人，在这个对话中，他分有神圣的理智，或者说分有神圣的生命（Pr., *Parm.*628.6-19）；这就有些矛盾，因为在雅典，通行的观点都是哲人讲课是免费，因而，解决办法就是（也许为普洛克罗斯所发现）：芝诺假装自己接受金钱，然后代表穷困学生花掉它们（spent it on behalf of needy students）（Ol., *Alc.* 140.7-16）。芝诺具有极高的伪装才能，有很多证据，比如他在僭主尼阿古（Nearchus）面前表现出的态度，下文引述的有关伯里克利的故事，弗留的蒂孟（Timon of Phlius）（frag. B45, cf.El., *cat.* 109.6-15）描述芝诺所用的修饰语 ἀμφοτερόγλωσσος，"inutramque partem disputans"就获得了一个新的意思，而且更受欢迎，不过就与新柏拉图主义者对《帕默尼德》的解释相冲突（Pr., *Parm.* 684.26-28 中的另一个权宜解释）。奥林匹奥多罗的处理无疑增加了问题的复杂性，他认为芝诺只是在假装他在假装。这也许来自阿莫尼乌斯的调侃性杜撰，他本人在经济上有些困难（Dam., *vit. Isid.* p. 105.18- 22; 250. 2-3），不能分享富有的雅典学校的高级原则（*ibid.* p.212.5;213.7-14; Ol., *Alc.* 141.1-3）。毫无疑问也是阿（转下页）

6.There is every reason to hope that, when I have reached the place where I am going [67b8]

有充分的理由来希望,当我到达我将去的地方

如果真是这样,我就大有希望了。等我到了我现在要去的地方。

这里的"希望",就是神圣希望的意思上的,关于它有这样的说法,"让火生的希望支撑你" [*Chald. Or.* 残篇 47]。按照柏拉图在《斐勒布》[32b9-c2] 的说法,以及亚里士多德的《论记忆》[*mem.*1,449b10-13],希望是一种信念,从这个说法可以推出只有理性的存在者才希望,非理性者不会希望,因为希望(elpis)以不在场的事物为其目标,[5] 就像它是一个"信仰(faith)的秉持者"(helepistis)那样存在,而非理性的生物只意识到在场的东西,对不在场的则毫无意识。不过,在柏拉图看来,希望是一种与生命官能有关的信念,这可以从柏拉图在《斐勒布》[40a6-7] 中的论述得出,他说希望很像是一个推演(syllogism):如果他说它像一个推演,不过并非严格意义上的,那他的意思必定是指它是一种生命官能。亚里士多德则认为希望认知性的信念(cognitive belief)。[10] "当我到了"(when I have reached)以及"我将去的地方"(where I am going)这样的表述适合于灵魂,因为灵魂在时间中以片段的方式把握事物,而非在时间之外,也非整体性和同时性的。相反,理智则以永恒和同时的方

(接上页)莫尼乌斯提出了奥林匹奥多罗在 Ol., *Alc.* 140.18-141.1 和 *Gorg.*226.24-26 中所用的通式:学生们无须交纳任何费用,不过如果发现他们的老师有需要,他们在道德上也会感到有必要出一些金钱解决老师的财务问题。

11-12. 参照 Plut., *Pericl.*5,3(=Zeno A 17)τοὺς δὲ τοῦ Περικλέους τὴν σεμνότητα δοξοκοπίαν τε καὶ τῦφον ἀποκαλοῦντας ὁ Ζήνων παρεκάλει καὶ αὐτούς τι τοιοῦτο δοξοκοπεῖν, ὡς τῆς προσποιήσεως αὐτῆς τῶν καλῶν ὑποποιούσης τινὰ λεληθότως ζῆλον καὶ συνήθειαν. 奥林匹奥多罗了解普鲁塔克的《生平》,也了解伯里克利的生平,参见索引 *Alc.* 和 *Gorg.*。

式把握事物，用不着任何过渡。动（motion）确实是灵魂的一种
特性，动最首要的就是移动（locomotion），动着的最初事物总是
自—动的（self-moved）；因为任何事物必定为下列三者之一：不
动的，自—动的，或者（因不动者之推动而）被动的。[15] 这样
来看，我们认为"当我到了"以及"我将去的地方"就像我们说
过的那样，与移动（locomotion）是相适应的。[1]

1　§ 6. 1-10. 参照 . Dam. I § 48; § 173; Ol. 上文 § 1.9-13。

2-4. 这里提到柏拉图，无疑说的是他的《斐勒布》32b9-c2 *τίϑει τοίνυν αὐτῆς τῆς ψυχῆς κατὰ τὸ τούτων τῶν παϑημάτων* (scil.*λύπης τε καὶ ἡδονῆς*) *προσδόκημα τὸ μὲν πρὸ τῶν ἡδονῶν ἐλπιζόμενον ἡδὺ καὶ ϑαρραλέον, τὸ δὲ πρὸ τῶν λυπηρῶν φοβερὸν καὶ ἀλγεινόν* (Dam., *Phil.* §147 注释: *ὅτι αἱ μὲν ἐλπίδες δόξαι τινές, ϑάρρος δὲ καὶ φόβος πάϑη τινὰ τῆς ζωῆς*). 至于亚里士多德，唯一得到考虑的就是 *mem.* 1,449b10-13 *οὔτε γὰρ τὸ μέλλον ἐνδέχεται μνημονεύειν, ἀλλ' ἔστι δοξαστὸν καὶ ἐλπιστόν (εἴη δ' ἂν καὶ ἐπιστήμη τις ἐλπιστική, καθάπερ τινές φασι τὴν μαντικήν), οὔτε τοῦ παρόντος, ἀλλ' αἴσθησις* (可参考 25-28)。

4-6. 在 Dam., *Phil.* § 178 中，达玛斯基乌斯区分了三种预见（anticipation）：理性的，非理性生命（嗅马厩的笨驴, the donkey who smells the stable）的，以及二者结合的。

7-9. 针对柏拉图的观点（基于实际上根本不存在的引述）所做的推理，可以这样来解释：奥林匹奥多罗模糊想起的是《斐勒布》40a6-7 的句子 *λόγοι μήν εἰσιν ἐν ἑκάστοις ἡμῶν ἃς ἐλπίδας ὀνομάζομεν*，他把它误当成了 *ἡ ἐλπὶς ἔοικε συλλογισμῷ*。他也记得按照注疏者们的看法，柏拉图对话中的预见是一种生命性官能，而非认知官能，这个推理由达玛斯基乌斯得出（Dam., *Phil.* § 147）（上引文），根据这个事实得到，即柏拉图屡次讨论了这个问题：在 35b9-c2，快乐和痛苦的预见采取了自信和恐惧的形式；35e7-36c1, 对饮料的渴望和期待；39c7-40c3, 正义的期待和邪恶的白日梦。他试图寻找证据来证明这个断言，进而在 *ἔοικε* 中发现了它，这个 *ἔοικε* 在他的回忆中是柏拉图文本的一部分。至于亚里士多德对立的陈述则必定来自这个事实，即在他那里，预见与知觉和记忆鲜明地并列起来。

10-16. 任何表示运动的动词都可以形成这样的解释，例如 *ἴϑι Alc.* I 108c6,d9: Pr., *Alc.* 208.1-4 *τὸ μὲν 'ἴϑι' συνεχῶς ὑπὸ τοῦ Σωκράτους λεγόμενον φατέον οἰκειότατον εἶναι τῇ γνώσει τῆς ἡμετέρας ψυχῆς· ἐν κινήσει γάρ ἐστι καὶ οὐκ ἀϑρόως οὐδὲ ἀμεταβλήτως ὑφέστηκεν, ὥσπερ ἡ τοῦ νοῦ μόνιμος καὶ διαιώνιος ἐνέργεια* (Ol., *Alc.* 78.26-79.2; 82.22-83.2)。Dam. I § 173.2-3。

13. Pr., *Tim.* III 239.17-20 *διότι γὰρ ἀρχὴ κινήσεώς ἐστιν, ἀνάγκη τῆς πρωτίστης εἶναι κινήσεως ἀρχὴν αὐτὴν τοῖς ζῴοις. πρωτίστη δὲ ἡ κατὰ τόπον τῶν ἄλλων, ὡς καὶ Ἀριστοτέλης* (*phys.* VIII 7,260a26-29) *ἔδειξεν.*Ibid. III 123.31-124.3。

14-15. Pr., *elem.*14.

7. In adequate measure there[67b8]：

在恰当的尺度上

恰当的事物有力量形成它的类似物。[1]

8. To any man[67c2]：

对任何人来说

虽然对话的主题与苏格拉底个人有关，但他并没有把他自己限制在个人范围内，他把观点归结到普遍规则，这也才是哲学讨论的一般程序。[2]

9. That his thought is prepared and as it were purified [67c2-3]

他的思想经过深思，如其得到净化一样。

我现在规定要走的这个旅程将带来良好的前景，这前景是每一个深信自己的心思已经得到净化的人都会有的。

思想是净化生活的特征，正如理智是沉思生活的特征一样。因为过沉思生活，就必定已经得到净化，所以他才补充说"如其得到"（as it were）。[3]

10. To assemble and gather itself together, and dwell[67c8-9]

它收集自身并集中在一起，然后固守于此，

1 　§7. 产生于对 *Phil.* 20d4-6 中的 ἱκανόν 的流行解释，例如 Pr., *theol.* I 22,102.27-103.28; Dam., *Phil.* §77。

2 　§8. 上文 §1.2-8。

　2. 参照奥林匹奥多罗喜爱的隽语 φιλοκαϑόλον οἱ φιλόσοφοι: *Alc.* 160.16; *mete.*2.11; El.,*cat.*130.28-29;［Amm.,］ *anal. pr.*53.32-33。

3 　§9.1-2. 参照 Dam. I§99。

灵魂集中于自身,尽可能在现在和未来固守在自身之内。

这句话看似多余,其意义是什么?确实这句话并非言之无物,柏拉图也并非在做程式表演;"收集自身"意思是远离肉体的影响,"集中自身在一起"则意味着远离不合理的信念。[5]再者,柏拉图采纳了著名的俄耳甫斯教神话[残篇211]的元素,这不很明显吗?该神话说狄奥尼索斯如何被提坦撕成碎片,又如何被阿波罗整合成一体;这样"收集自身并集中在一起"指的就是从提坦式的生活过渡到整一的生活。也有一个神叫考尔(Kore),她不得不下到冥界,又被她母亲德米特尔带回上界并住在她的老屋中,[10]这就对"固守"(dwell)做了最好的说明。柏拉图的思想中确实到处都有俄耳甫斯教的影子。后来在[69c8-d1],他甚至还引述了一句[残篇235]:

很多人手握酒神杖,却很少有人成为酒神信徒。[1]

手握酒神杖而没有成为巴库斯的那些人,其实就是那依然牵涉于俗世生活的哲人,而秉持酒神杖并且是巴库斯信徒的人,就是正处于净化之路的哲人。我们已经在[1§6;6§13]提到过,[15]这就是狄奥尼索斯是生死的起因的原因:他是预言的守护者,这是死的起因,它排除了想象,也因此诗人称睡眠为死之兄弟[《伊利亚特》,14231],原因就在于睡眠时我们不再感知,但是还会想象,死则不会。[2]

1　王太庆先生译为"手拿茴香的人虽多,真信酒神的人却少",见《柏拉图对话集》,页223。

2　§10.-5. Dam. I §128.

　　6-10. Dam. I §§129-130.

　　10-18. 下文8§7。

　　10-12. 下文10§3.13-15。

(转下页)

11．**Always above all and alone of all, the seekers for wisdom**[67d7-8]

往往是智慧的追求者,而且也只有他们。

那些真正的哲人,也只有这些人,是经常极度热衷于使灵魂得到解放的。

"Always"形容的是净化的生活,说明其连续的特点,"above all"则表明其艰苦的一面;因为这两个因素就给我们的努力以力量,即行动的连续性及其能量。[1]

12．**A man who prepares himself**[67d12-e1]

一个如此训练自己的人

一个人如果经过终身训练。

确实,如果一个人终身都追求不已,而在完满到来时,却感到愤怒或悲伤,这会很可笑。这就像火,它渴望达到更高处,而这正是它运动的起因,但是达到后拒绝居于此处。[2]

13．**If he has an uncompromising quarrel with the body**[67e6-7]

如果他与肉体处于难以调和的冲突状态

他们对肉体十分不满。

中性形式 diabebletai 也可用于主动态,本段文字即如此,这时就相当于 diaballei。注意其与格形式。[3]

（接上页）15. 参照上文 6§ 12.3-4。

1 §11. Dam. I §132.

2 §12. Dam. I § 134.

3. 芬克认为是 ἐθέλοι,不过这个粗心的用词也许原本如此。

3 §13. 奥林匹奥多罗没有想到被动完成时 *διαβέβληται c. dat.* 就等于 *διαβάλλει c. acc.*,"诽谤"。相反他竭力想把被动意义"被设想为坏的"与"(与)争吵"（转下页）

14. A human being, boy-friend or wife[68a3-4]

一种人,情人或妻子。

要追随已故的爱人、妻子和儿子前往另一个世界。

另一个论证,即这个世界上那些无用的人愿意去死,例如欧阿德妮(Euadne),她扑到坟堆,以为这样就可以与她死去的丈夫在一起了。[2]

(接上页)的不及物意义区分开。

1　　[中译按]古希腊时男人之间的爱恋关系,类似于现在的同性恋,例如阿尔喀比亚德,就是苏格拉底的爱慕者或情人,参见《会饮》。

2　　§ 14.2-3. Eurip., *Suppl.* 990-1030; Aplollod. III 79.

讲疏八
净化的德性

[笺注按] 奥林匹奥多罗简要讨论净化德性（§1），然后就详尽讨论新柏拉图主义的德性评价模式：自然的、道德的、社会的、净化的、沉思的、典范性的（秘法的）（§2-§4.4）。接着奥林匹奥多罗试着按照这个模式来定义《斐多》68c2-69b2 谈到的虚伪德性（§4.5-§6）。最后一段是有关静观（theoria）的内容，主要讨论 69c3-d2 的俄耳甫斯教秘法（§7）。

1. And, Simmias, is not what we call courage also[68c5-695]

西米阿斯，这也不是我们所说的勇气。

苏格拉底说："如此一来，在什么情况下才能说他们获得了洞见本身呢？"[65a9]，显然这个时候苏格拉底自己已经考察过净化生活的特征了，现在他继续考察勇敢和节制；[5] 至于说为什么他没有提到正义，显然是因为正义居于其他美德之上。由于在净化生活中一个人首要的任务是直接面对自身，因此他首先讨论洞见（insight），洞见是回复到自身的理智（intelligence）

的一种流射（emanation）。由于净化生活会毫不犹豫地抵制低级事物，因此有些人注意到勇敢和净化有相似之处。面对低层次的力量毫不动摇，这实际上就是勇敢。在苏格拉底身上更为明显，[10] 他不为其妻子康提普（Xanthippe）的悲戚和孩子的哭喊所动，也不因他们而使自己手足无措 [60a1-8]。¹

2. 无论如何，我们已经触摸到了德性的主题，我们就来列数一下德性的层次吧。总共有五个，分别是：（1）自然的德性（natural virtues），它们产生于我们的天赋；（2）道德德性（moral virtues），与习俗有关。自然德性尤其适合于猛兽，是性情（temperament）的结果：狮子与生俱来就是勇猛的，它们的后代也一样 [5]（当然对人来说这并不一定成立）；牛温顺，鹳公平，鹤聪明。道德德性则主要属于人类，当然具有更发达的想象力的其他动物也如此，而想象受习惯的支配（亚里士多德称之为"可教育的"）。[10] 至于诸理性德性，它们或者（3）处理灵魂三组分，调节激情，这是市民德性（civic virtues）；或者（4）以超越激情获得自由为目的，这属于净化德性（purificatory virtues）；或者（5）达成这种自由的状态，这就是沉思德性（contemplative virtues）。普罗提诺 [I 2, 7.2-6] 提出另外一个德性层次，这就是理想样板（ideal examples）的层次。确实也有典范性（exemplary）德性，[15] 比如我们的眼睛，受到太阳的照耀，虽然眼睛作为光的受体首先与光源不同，但其后眼睛某种程度上就与太阳发生联系，融入其中，成为一体，并成为"像太阳的"（sun-like）。同样，

---

1   §1.2-3. 见上文，4§11。

4-5. 参见 Dam. I§163. 3；下文 §9.7-9 也直接提到他。

8. Plot. II 3, 11.8-9 中的回忆说, *νοῦ ἀπόρροια πανουργίαν*（scil. *εἰργάσατο*）Pr., *Alc.* 34.13-14; *Rep.* I 105.2-3; *Tim.*314.3-4. 对此都有所引述。

7-9. 参考下文 § 3.8-10=Pr. *ap.* Dam. I 152.1-3。

我们的灵魂首先为理智所照耀,其行动受到沉思德性的指引;随后,它就以某种方式与理智这光源达成同一,借助于典范性德性,与大一结合来行动。爱智慧所追求的目标就是使我们成为理智的,新柏拉图主义施行的秘法(theurgy),[20] 其目标就是令人与可知的原理结合,按照理想样板调节我们的活动,与之一致。[1]

1　§§ 2-3. Dam. I §§138-144. 其他文本还有: Porph., sent. 32; Macrob., somn.Scip. I 8,5; Hierocl., carm. aur. 422b5-9; Marin., vit. Pr. 3; Amm., int. 135.19-32; Philop.,cat. 141.25-142.3; Ol., Alc. 4.15-8.14; supra 1§5;Proleg. 26.24-25;El., isag, 19,30-20.15; Dav. 38.32-39.13; Ps-El. 14,24-25; Psell., omnif.doctr.67; 69。文献: H. van Lieshout, La theorie plotinienne de la vertu, Fribourg-Paris 1926; O. Schissel von Fleschenberg, Marinos von Neapolis und die neuplatonischen Tugendgrade, Athens 1928; Lewy 465-468.——柏拉图在《泰阿泰德》176b1-d1 提到人具备了一种德性就可以类似于神,普罗提诺试图定义这种德性,他首先考虑《王制》IV 434d2-444a9 中的基本德性(cardinal virtues),并结合《王制》430c3 (此处柏拉图把卫士的 πολιτική ἀνδρεία 与其他人的 θηριώδης 和 ἀνδραποδώδης 进取心对比起来。在《斐多》82a11-b1 中柏拉图把 δημοτική καὶ πολιτική ἀρετή 理解为新柏拉图主义者所说的 ἠθική ἀρετή,也就是 ἐξ ἔθους τε καὶ μελέτης γεγονυῖαν),将其称为 πολιτικαὶ ἀρεταί (3.8)。普罗提诺把《斐多》68c5-69e5 中提到的德性与这个对立起来,它们虽然有同样的(四个)名字,但本性上却不相同,属于 καθάρσεις。普罗提诺在每一德性上都区分了两个方面,一是净化的过程(process),一是纯粹(purity)和沉思的状态(state) (4-6)。至于在理智中的德性形式,则是与 ἀντακολούθησις(互相蕴涵)的问题一起提到,而非作为一个评价标准中更高的水平(7)。——波菲利把 κάθαρσις 的两个方面看作是德性的两个不同层次,也就是 καθαρτικαί 和 θεωρητικαὶ ἀρεταί。这显然是一个深入的概括,不过这并没有如 F. Heinemann (Plotin, Leipzig 1921, 131) 所认为的那样,是对普罗提诺观点的严重歪曲,因为普罗提诺本人已经分别从两个阶段,并以不同的语词来描述德性(3.13 和 4.11-27)。理智中的(德性)原型现在不再是超验的,而是成为 παραδειγματικαὶ ἀρεταί,可以为人所践行,并使之成为一个"诸神之父"(which can be exercised by man and make him a 'father of Gods') (sent.p.31.8; cf. Dam. I § 143),这是一个更为剧烈的变化。必定是扬布里柯在他的 Περὶ ἀρετῶν 中对评价标准从上和下双向做了扩展。达玛斯基乌斯(Dam. I §§143-144)认为也是扬布里柯提出了示范性德性和神圣德性(hieratic virtues)这一观念,自然德性和道德德性则与他的柏拉图对话的系统(cf. ibid., Introd. p.XXXIX)相联系而出现在 Proleg.26 中。自然德性这个名称和概念来自亚里士多德(eth. Nic. VI 13, 1144b3-9) (参照 Plot. I 3,6.18-24);ἠθική ἀρετή 也一样,亚里士多德说 ἡ δ' ἠθικὴ ἐξ ἔθους περιγίνεται (eth. Nic.II 1, 1103a17),虽然实际内容是柏拉图所称为的 τὴν δημοτικὴν καὶ πολιτικὴν ἀρετήν..., ἥν δὴ καλοῦσι σωφροσύνην τε καὶ δικαιοσύνην, ἐξ ἔθους τε καὶ μελέτης γεγονυῖαν ἄνευ φιλοσοφίας (转下页)

3. 人具有自然德性，自然德性的范围就局限于有形物，因此我们具有世界上有形事物的知识。人也具有道德德性，我们认识与宇宙相联系的天数（fatality），因为这天数只统治着生命

（接上页）*τε καὶ νοῦ* (Ph. 82a11-b3)。

至于 *παραδειγματικαί* 和 *θεουργικαί*（或者 *ἱερατικαί*）*ἀρεταί*，来源则不一致。在奥林匹奥多罗那里，*παραδειγματικαί* 对应于 *θεουργία*（第 20 行），并且这一定就是原始版本，因为在波菲利那里的"诸神之父"不能是别的什么，而只能是一个 *θεουργός*。马里诺和普塞洛的 *omnif. doctr.*67 中只有 *θεουργικαὶ ἀρεταί*，但是增加了（德性）原型，不过不是作为德性的一个层级，而是作为超验的原理；Psellus69 中的 *μανικαὶ ἀρεταί* 必定就与 *θεουργικαί* 是同一的，在 67 中据说是 *θεουργικαί* 导致了 *θεία μανία*。这样一来，达玛斯基乌斯的文本就是我们所能找到的唯一一个明确区分了 *παραδειγματικαί* 和 *ἱερατικαί ἀρεταί* 的文本，其中他不是很正确地说（I § 143），*παραδειγματικαί* 是扬布里柯的发明，而在 *οἱ περὶ Πρόκλον*（I § 144）中则明确地描述了 *ἱερατικαί*，扬布里柯对此已经不很清晰地做过讨论。在扬布里柯那里，还不太明确的要点恰好就似乎是 *παραδειγματικαί* 和 *ἱερατικαί* 是否同一。普洛克罗斯之所以做了区分，显然是因为他想完善德性层次与知识层次之间的类比，沉思德性与理智相应，原型德性与可知者相应，神圣德性（hieratic virtue）与单一者（unitary）或神圣者（divine）相应。由于普洛克罗斯本人行文有时候也有前后矛盾之处，马里诺、奥林匹奥多罗以及普塞洛等又都依靠普洛克罗斯，因而就导致了我们手头所有的文本也表现出前后摇摆的现象。

§ 2.3. *συνηθισμοῦ* 和 *συνηθίζεσθαι*（8）也许 6 世纪时这个形式（受到 *συνήθης* 的影响）就已经得到使用了。

3-7. 关于动物的那些假设的特性，可参见 Ar., *hist. an* I 1, 488b12-28。还有一些引例：Aelian., *nat. an.* 2,1; 3,23; 10,16; Philop., *cat.* 141.25-27; Ol., *Alc.* 110.6; 232.11-12; El., *isag.* 19.35-20.1; Dav. 39.5-9; Ps.-El. 14,25。

7-9. 参照 Ar., *an.* III10, 433b29*φαντασία δὲ πᾶσα ἢ λογιστικὴ ἢ αἰσθητική . φαντασία διδακτή*（我保留了 *διδακτική*，因为也许是奥林匹奥多罗，也可能是编订者，含糊地熟悉它的对立词 *φ. ἀναμνηστική*，因而给搞混淆了）来自于雅典的普鲁塔克。参照 Simpl., *an.* 292.31-35（at Ar. 432b13-19）*ἀλλὰ διὰ τὸ ἀόριστον αὐτῶν τῆς φαντασίας πολλαχοῖ καὶ ὁ Ἀριστοτέλης καὶ ἐν τούτοις ὁ φιλόσοφος Πλούταρχος οὐκ ἀξιοῖ φαντασίαν τοῖς τοιούτοις ἀποδιδόναι ζώοις, τὸ τῆς φαντασίας ὄνομα οὐκ ἐπὶ τῆς ὡρισμένης μόνης φέρων, ἀλλὰ καὶ ἐπὶ τῆς διδάσκεσθαι δυναμένης.*; Steph., *an.* 495.25-29（at Ar. 427b27-428a1）*πρὸς ἣν ἐροῦμεν ὅτι διττὴ ἡ φαντασία, ἡ μὲν ἀναμνηστικὴ ἡ δὲ διδακτή, καθ᾽ ἣν διδασκόμεθα, ἣν καὶ φιττακὸς ἔχει· κατ᾽ αὐτὴν γὰρ διδάσκεται τοὺς ἀνθρωπείους λόγους. ποίαν οὖν ἄρα φαντασίαν ἀπὸ τούτων τῶν ζώων ἀφαιρεῖται ὁ Ἀριστοτέλης; καὶ λέγομεν ὅτι οὐ τὴν ἀναμνηστικήν, ἀλλὰ τὴν διδακτήν.*

10.⟨*χρῶνται*⟩：参照下文 11 行；§ 6.7。

的非理性形式（理性灵魂不受命运支配），而道德德性也属于非理性的。[5] 通过市民德性，我们认识所有俗世内部的实在。通过净化德性，我们认识超越俗世之上的实在。拥有沉思德性，我们认识理智世界。拥有理想德性，我们知道了可知的世界。

道德德性中尤具特征性的是节制，市民德性（因其处理人与人之间的交换关系）中则是正义，净化德性（因其面对物质毫不动摇的坚定性）中则是勇敢，[10] 沉思德性中是洞见。[1]

4. 我们有理由问这样的问题：柏拉图的教义主张德性是生活的模式（virtues are modes of life），在这方面就与知识区别开来，因为知识是认识性的。但是洞见怎么能成为生活的一种模式？回答：洞见就是在行动范围中进行选择和避让，而非单纯地进行判断，来认知事物是这样或是那样。

[5] 因为甚至奴隶也能够拥有这种德性，从这个角度，柏拉图就称自然德性为"奴性的"（slavish）。他把道德德性称为"阴影效应（shading effect）"，因为它们只与那（that）打交道，而那是原因（the because）的影子。

另一个问题也值得讨论，柏拉图说他们在情绪感受（affects）之间进行转换，它们还能避免剧烈的激情，而选择更弱的激情，[10] 按照荷马的说法就是"金变为铜"[《伊利亚特》，6.236]，他所说的这种德性是哪一种？有些义疏者认为是自然

1　§ 3.1-7. 德性的层次与实在的不同水平之间的对应。

3-4. 命运就是天意（Providence）在物质性范围内的表现：Pr., *prov.*10-14。

8-10. Dam. I § 152.1-3. 德性的层次与几种基本美德（cardinal virtues）的对应。Pr., *Rep.* I 12.25-13.6（与他有关《斐多》的义疏有关的内容）καὶ γὰρ αὖ καὶ ὡς ἐν ἄλλοις διείλομεν, ἡ μὲν σωφροσύνη μάλιστα χαρακτηρίζει τὴν ἠθικὴν ἀρετήν..., ἡ δὲ δικαιοσύνη τὴν πολιτικήν..., ἡ δὲ ἀνδρεία τὴν καθαρτικήν..., ἡ⟨δὲ⟩ φρόνησις τὴν θεωρητικήν... 见上文 §1.7-9。

德性和道德德性。[1]

5.这种观点值得商榷,因为所说的这些德性并不转换感受,而只能按照其所是那样来运作。哲人普洛克罗斯主张,柏拉图指的是那些在整个生活中并不恒定的德性,它们随着不同的生活环境压力而变化;[5] 因此,许多人由于怯懦而大胆行动,由于不节制而抑制自身。其原因在于,他们虽然怯懦,但是由于恐惧更大的恶例如被奴役,而大胆地选择死亡,这就是变换感受,以死替代奴役。另外的人虽然本身并不节制,但拒绝吃到餍足,只是因为身体健康这种更大快乐而为。柏拉图把这些德性称为虚伪(spurious),它们不过是转换感受而已。[2]

---

1   § 4.1-4. 为奥林匹奥多罗称为 δόγμα Πλατωνικόν(柏拉图教义)的一般来说是新柏拉图主义的推论：*Alc.* 89.19-20 Πλατωνικόν δόγμα, ὅτι ἐκ ψευδῶν προτάσεων οὐδὲν ἀναγκαῖον συνάγεται. 145.6-7 δόγμα Πλατωνικόν, ὅτι βούλεται οὐχ ὡς Ἀριστοτέλης τὸν νοῦν ἀρχὴν εἶναι, ἀλλὰ τὸ ἀγαθόν. 213.18-19 δόγμα Πλατωνικόν, ὅτι οὐ βούλεται τῶν τεχνητῶν εἶναι λόγους. 下文 13§2.39-40 δόγμα γὰρ Πλατωνικὸν τὸ αὐτοπαραγωγὸν εἶναι τὴν ψυχήν. 这里,我们的确有一个 δόγμα Πρόκλειον(普洛克罗斯教义)：参照 Pr., *Rep.* I 206.13 ταύτην(也就是所谓的真正德性)οὖν ζωτικὴν μὲν εἶναι πάντως φήσομεν. 2 行的那个插入语并不是要在柏拉图那里为这个观点寻找支持,因为柏拉图根本没有以这种形式讨论过知识和德性之间的对比(可参照 *Menex.* 246e7-247a2);相反,看起来似乎诉诸共同意见(*communis opinio*)。

    3. ἐκλογὴ καὶ ἀπεκλογή：这些廊下派词语也可见 Pr., *Rep.* II 73.10.

    3-4. 参照上文 4§11.3-4 注释。

2   5-§6.17. Dam.I§§145-148; 可参照 § 164.6-12. 奥林匹奥多罗在 §4.5-7 中这样开始讨论,认为"盲从的德性(slavish virtues)"在柏拉图那里指的是自然德性,"shading effects"指的则是道德德性,至少就这个陈述的前半句而言,这是奥林匹奥多罗派的通行解释(Ol. *infra* §9.5-6; *Alc.* 30.4-8; El., *isag.* 20.9-10; *cat.*228.19; Dav. 39.1-3; Ps.El. 14.24)。在一个新奇的开始之后,奥林匹奥多罗不再继续之(§4.10-§5.2),转而概述普洛克罗斯(§5.2-§6.17)有关文字的高度复杂的解释,达玛斯基乌斯也接受这种解释。这个观点认为以下二者都相等同,即(i)"盲从"德性和虚伪德性(这种德性混杂着它的对立面,例如产生于恐惧的勇敢);(ii) ἐσκιαγραφημένη ἀρετή 与自然德性和道德德性;(iii) τῷ ὀντιάληθὴς ἀρετή 与市民德性;(iv) ἀληθὴς τῷ ὄντι ἀρετή 与净化德性;(v)"与诸神共同生活"与沉思德性。

(转下页)

6. 柏拉图把自然德性和道德德性与虚伪德性区分开来，所根据的事实是前者只是按照其所是而为，这与神和自然（Nature）按其所是而为一样，而假德性（false virtues）其行动并非出于自发，而是蓄意假模假样成为他们本身非然的状态。柏拉图认为市民德性只有一个目标，即善，它并不在感受之间进行变换，而虚伪德性则否，[5] 因此这就可以把假德性和市民德性区分开来。他也区分了市民德性与净化德性、沉思德性：（1）市民德性处理的是灵魂三组分 [69b4-5]，[10] 净化德性和沉思德性则否；（2）市民德性"实在地"（really）是德性 [b2]，并且是"真"（true）德性 [b3]，但不能同时如此，净化德性和沉思德性才是"实在地真的"（really true）德性 [b8]，可以参照《阿尔喀比亚德》[129a8-b1]，那里柏拉图称灵魂为"自我"（self），称

（接上页）可以这样来重新构建普洛克罗斯对文本的分析：（A）[68d2-69a5] 大多数人的德性都属怪诞，他们的勇敢产生于对更坏事物的恐惧，他们的节制是因为对最大快乐的追求 [Ol. § 6.1-4；§11：虚伪德性之与自然德性以及道德德性之间的区别]。（B）[69a6-b5] 肉体的感受（affect）与感受之间进行的这种交换绝不会导致德性，而实际上（τῷ ὄντι b2）只能用来买到（bought for）洞见；勇敢、节制、正义以及所有真正的（true）（ἀληθής b3）德性来说都如此，如果没有知识（understanding）任何德性都不会存在 [Ol. § 6.4-6；§11：虚伪德性与市民德性之间的区别]。（C）[69b5-8] 如果（1）与洞见隔离并且（2）与某物相交换，那么德性就将（1）只是一种"阴影效应（shading effect）"，（2）与奴隶相适应，因而既不合乎情理，也不真实 [（1）= 自然德性和道德德性，当然它们并不基于洞见，但还是更高德性的影子；（2）= 伪装（sham）德性，与它们的对立面相混杂]。（D）[68b8-c3] 实际的真德性（*Really true* virtue）（ἀληθὲς τῷ ὄντι b8），无论是节制、正义、勇敢，还是洞见自身，都是净化性的（净化德性）。（E）[69c3-d2] 旅程的终点是与诸神共同生活，*theoria* [Ol. § 15.3-5：沉思德性]。

10. χρύσεα χαλκείων：该引言已经成为一个坏交易的谚语，因而在这里并不合适。

10. τινὲς... τῶν ἐξηγητῶν：如果这些词语说的是自然德性和道德德性，并且是在扬布里柯式评价标准的语境中的话，那么要考虑的义疏者就会是扬布里柯、雅辛的泰奥多罗、雅典的帕特里乌斯和普鲁塔克。

§ 5.8 ψευδωνύμους：这个词是用来澄清柏拉图用 ἄτοπος（68b3）和 οὐδὲν ὑγιὲς οὐδ' ἀληθὲς ἔχη（69b8）想表达的意思。如果 Dam. §147 中记录是正确的话，那么哈泼克拉提奥已经使用了这个词，不过达玛斯基乌斯是否正确还不能确定。

理性灵魂则是"自我本身"（self itself）：按此，柏拉图现在就把市民德性只称为"实在的"德性，而净化和沉思德性则是"实在地真的"的德性；（3）他所做的另一个区别就是，净化德性和沉思德性具有一种发蒙（initiation）的特性 [c3-d2]，[15] 市民德性则否。净化德性之名——"净化"就来自发蒙过程中我们所使用的净化仪式，"沉思"（contemplative）则来自对神圣事物的沉思（contemplation）。[1]

7. 柏拉图就是根据这种方式来解释 *Orphica* 残篇 [235] 中的说法，在冥界，那些未发蒙的人将（形象地）躺在污泥中，发蒙之人则处于德性的狂喜之中，他继续说：

> 很多人手握酒神杖（thyrsus），却很少有人成为酒神信徒（Bacchus）

[5] 说的就是那些手握酒神杖而没有成为巴库斯式哲人的

1　§6.1-4. διακρίνει 的主语是柏拉图，因为据信 68d2-69a5 讨论的主要就是这个（参照 §11）。自然德性和道德德性的自发活动（αὐτῷ τῷ εἶναι ποιοῦσι，参照 Pr., *elem.*122 和 Dodds 的索引 s. v. εἶναι）与 ψευδώνυμοι 的人为性（factitious）正相对立。

6-8. 参照下文 §15.2-3. 从 b3-5 可以抽引出与三元灵魂之间的联系：μετὰ φρονήσεως（理性）、καὶ προσγιγνομένων καὶ ἀπογιγνομένων καὶ ἡδονῶν 欲望、καὶ φόβων（精神 [spirit]）。

8-13. 参照下文 §14.

10-12. 参照 Ol., *Alc.* 4.7-13; 209.15-21; 222.4-21. 奥林匹奥多罗（Ol., *h.l.*) 继承并发挥了普洛克罗斯的解释（αὐτό = 为市民德性所支配的 τετιμέρεια τῆς ψυχῆς，αὐτὸ τὸ αὐτό = 为净化德性和沉思德性所支配的 λογικὴ ψυχή），不过在《阿尔喀比亚德》的义疏中，他似乎更更偏爱达玛斯基乌斯的解释（αὐτό = 理性灵魂，αὐτὸ τὸ αὐτό = 灵魂的最高的、超理性的功能）。

16-17. θεωρητικαὶ ἀπὸ τοῦ τὰ θεῖα ὁρᾶν: Ol., *Gorg.*143.5-6; Ps.-EL. 23,3. Cf. Alex., *top.* 236.24=Suda Θ 214θεωρία περὶ τὰ θεῖα。

人们依然处于市民生活之中,那些秉持酒神杖并且是巴库斯信徒的人则走上净化之路。在这个世界中,到处是我的和你的,界线分明,我们像提坦被撕碎而处于极度分裂一样,被物质紧紧束缚,不过我们像巴库斯一样重新复苏;因此当死亡来临时,我们就变得更易于接受预言之馈赠;狄奥尼索斯掌管着任何形式的狂喜,因而他也是死亡的守护者。[10]这部分对话以神始(即这一段文字,"其隐秘的原因,即我们身处于某种监狱之中"[62b2-4]),以同一神终,这就是狄奥尼索斯。这样借助于神的描述,结束了第一部分,进而论证灵魂的不朽。关于这个我们就说这么多。[1]

8. Is not what is called courage...to those so minded[68c5]

对于那些明智者来说,不就是所谓的勇敢吗?

那种称为勇敢的美德,岂不是哲人所独具的特征吗?

"What is called":常人对于真德性一无所知,他们也使用同样的词,但其所指却有不同,因而会这样说。

9. Who disdain the body and spend their lives in the

1　　§7. Dam.. I §§165-166. Cf. Ol. 7§10.10-18.

　　1-4. 下文10§3.13-15。

　　5-9. 参照 Dam. I §171,该段主要解释这里以及其他地方出现的 Βάϰχοι 中的大写部分,以及"成为巴库斯"(become Bacchus)的翻译。

　　7. 上文1§5.11。

　　8-9. 上文1§6.1-5; 6§13。

　　9-12. 一个讲疏如果在最后又返回起点,以一种最完美的形状即圆形进行,就是一种伟大的美(cf. El., isag. 23.26-27; Dav. 45.27-46.1; Ps.-El. Aphor. I 25,f.28 ）。而在这里,我们看到一种更伟大的美,这个圆正好与灵魂的圆周运动相巧合(Dam. I §166)。

pursuit of wisdom[68c11-12]

那些蔑视肉体并毕生追求智慧的人

那些蔑视肉体、在哲学中生活的人。

义疏者们会纳闷为什么这里单单没有提及正义。普洛克罗斯认为很难找到一个清楚界定的性情（temperament），使得正义可以归属之，这与别的美德不同，[5]后者有确定的性情与之相应。正义并非一种有形物的（physical）德性，这与其他德性不同，柏拉图在目前的文字中称后者为"奴性的"。不过，这并非一个可行的解释，还不如上文[§1]中给出的理由：柏拉图之所以撇下正义，是因为正义超越于其他美德，这也是达玛斯基乌斯[I§163]给出的解决办法。[1]

10. **'You know', he said, 'that all other people consider death a great evil?'**[68d5-6]

他说："你知道所有其他的人都认为死是最大的恶吧？"

你是不是知道，其他的人全都把死看成最大的恶事？

假设有人问我们，"苏格拉底是否认为死是一种恶？如果他肯定，他就不是一个哲人；如果他否定，那就意味着他不认为所面临的命运是一件恶事，因而他也就并未表现出什么勇敢；因为人不会害怕对他未构成威胁的事情，[5]如此一来就无从说他勇敢了"。我们可以这样回答：他的勇敢恰恰就在这里，那些对别人构成恐怖的事情对他来说并非如此。总之，所有勇敢都在于此。[2]

---

1   §9. Dam. I§ 163. 参照上文 § 4.5. 达玛斯基乌斯首先叙述了普洛克罗斯的回答（ἢ ὅτι οὐκ ἔχει πάθη σωματικά, οἷς ἐμφανίζεται），然后又以非常简要的形式提出自己的看法: ἢ ὅτι μᾶλλον τῶν τριῶν ἦν μορίων. 爱里亚斯（El., *isag.* 18.29-19.2）对正义和其他基本德性之间的关系有更多的讨论，ἐποχεῖσθαι 代替了这里的 ἐπιφαίνεσθαι（8行）。
2   § 10. Dam. I § 157.

11．Yes, my blessed Simmias, I am afraid that this is not [69a6]

是的，我的好西米阿斯啊，我觉得这并不是……

我的好西米阿斯啊，我觉得从道德观点看，这并不是正确的办法

"blessed"在这里用得很好，因为苏格拉底把西米阿斯提升到一种更高的德性，也就是市民德性，这种德性的特征就是使具备者获得幸福（happy）。前文中苏格拉底已经区分了虚伪德性与道德德性、自然德性，现在他进一步对市民德性与虚伪德性做区分。[1]

12．As though they were coins, when there is in fact only one right sort of coin[69a9-10]

就好像它们都是货币，而实际上只有一种正当的货币。

可是只有一种通货，我们的一切物品都必须兑换成它。

当说到虚伪德性的交换，苏格拉底选择使用复数形式"货币"（coins），但是在说市民德性时，则用的是单数形式"货币"（coin），因为用统一性（unity）来形容市民德性更为合适，虚伪德性则否。

13．When bought and sold[69b1-2]

在买卖时

苏格拉底在说到购买和出售时，一直使用通货（currency）来比拟。

---

1   § 11. 1-3. Ol., *Alc*. 171.6-9，对ὦ μακάριε有一个不同的解释。
3-4. 上文§6.1-5。

14. And true virtue in general[69b1-2]
而一般意义上的真德性

如我们在［§6］中所言，苏格拉底分别用"实在"（really）以及"真"（true）来形容市民德性，但是在说到净化德性，他则用两者联合起来来称之。[1]

15. But the really true thing is a purification from all this[69b8-c1]
不过，实在地真的德性就是一种脱离所有这个而达成的净化。

真正的道德实际上是斩净这一切相对的情感，这种净化就是明智、公正、勇敢和智慧本身。

"净化"（purification）产生于"净化的"（purificatory）生活。在这段文字中，苏格拉底区分净化性德性与市民德性，这样做了之后，他进一步区分了净化德性和沉思德性，前者要避免情欲感受，具备了这种德性的人依然在追求智慧，[5]而后者则已经从情感（emotions）中解脱出来。[2]

16. And it may well be that those to whom our initiatory rites[69c3-4]
正是那些已经历了我们的发蒙仪式的人

1　§14. 上文§6.8-13。

2　§15. 2-3. 上文 §6.6-8。

3-5. 最后达成的结果（πεφεύγασιν）用完成时 κεκαϑαρμένος τε καὶ τετελεσμένος（c6-7）和 πεφιλοσοφηκότες（d2）来表达。参照 Porph., *sent.* 32（pp.25.10-26.4）对净化德性和沉思德性之间的不同的讨论：ἐπεὶ δὲ καὶ κάϑαρσις ἡ μέν τις ἦν καϑαίρουσα ἡ δὲ κεκαϑαρμένων, αἱ καϑαρτικαὶ ἀρεταὶ κατ᾽ ἄμφω ϑεωροῦνται τὰ σημαινόμενα τῆς καϑάρσεως· καϑαίρουσί τε γὰρ τὴν ψυχὴν καὶ καϑαρϑείσῃ σύνεισι. τέλος γὰρ τὸ κεκαϑάρϑαι τοῦ καϑαίρειν. 波菲利对 Plot. I 2,4.1-5 做出说明，他脑子里似乎对《斐多》69c2-d2 的内容印象很深。

已发蒙、已净化的人到了那里则与神灵同住。

初一看来，他们似乎有点可鄙，因为他们以神秘的语言来表达自身。

17. And whether I have had any success, I shall know for certain when I have arrived in that other land[69d5]

至于我是否成功，一到那片土地我就清楚地知道了。

至于我努力得是否正确，有没有成效，我想我一到那里就会明白的。

并非苏格拉底不知道，亦非因他怀疑这一点而这样说，毋宁说，这种表述出于其爱智慧式的谨慎，这使他不愿意有任何自夸的意味。出于同样的原因，在 [63b9-c4] 中他也曾这样说："我非常明白自己将奔向好的主人，至于在那里是否也碰到好的人们，这还很难说。" [5] 有些人主张这表明柏拉图对于灵魂是否不朽持怀疑态度，至少苏格拉底这席话表明了这一点。哲人阿莫尼乌斯曾写过一篇专论反对这种观点。确实，柏拉图在以后的行文中毫无保留地论证灵魂的永恒性，在《王制》第十卷 [618e4-619a1] 中也提到我们必定带这种坚实的信念下到冥界，[10] 那么他怎么会有怀疑？[1]

18. If you find my defense more convincing[69e3-4]

如果你们感到我的申辩更有说服力

如果我现在的申辩可以说服你们。

苏格拉底当然可以说服他的弟子，对雅典的陪审团却未必

---

1   §17. 阿莫尼乌斯在《专论》（*monobiblos*）中对《斐多》69d5 的内容进行了讨论，这里的一些论证就来自于此，它证明柏拉图并非怀疑论者，这些论证也许现在还保存着，上文 2§16; 6§14; 下文 10§15; El., *cat.* 110.12-28; *Proleg.*10-11。

能做到这一点，因为众民耳目未聪，很难接受教导。另外，在法庭上，苏格拉底作为城邦的一员出现，处理的是他的生命之事，而在弟子面前，讨论的则是他净化的进展程度。与另一个相比，这个主题的精确程度越高，[5] 可能程度也就越大。[1]

讲疏九

对立面论证：刻比斯的问题；初步
讨论和反对意见

[**笺注按**] 奥林匹奥多罗处理对立面论证的最突出特点，就是不提达玛斯基乌斯的全新路径。有这样的可能，或者奥林匹奥多罗手头并没有达玛斯基乌斯的《专论》(*monobiblos*)，而正是该专论以很大篇幅讨论了对立面论证(Dam.I §§207-252)，或者他更喜欢简化从而忽略了它。义理(theoria)部分的主要内容是这些：如果苏格拉底对于死后获得更好命运满怀信心的期待得到确证(justified)，那么就必定有一种死后的生活，苏格拉底现在着手借助对立面论证来表明这一点(§1)。《斐多》103a11-c2中提到两种反面，形式的和偶然事件的，苏格拉底现在关注的是后者，这就要求一种持久的支撑物(substrate)；由于肉体不能持久，这种持久物必须是灵魂(§2)。反对观点：该结论也可以应用于植物灵魂(§3)，对立面论证是从睡和醒、年轻和年长等方面进行，反对观点认为这不符合规则(rule)(§§4-5)。最后对灵魂转世学说提出了一个出人意料的批评(§6)。

1. To this speech of Socrates Cebes replied[69e6-70c5]

对苏格拉底这番话，刻比斯答道。

苏格拉底证明了哲人不畏死，原因在于哲人希望去到更好的主人和朋友那里，在证明过程中，他引入了两个话题：其一，天意（providence）的存在，它决定个人之应得，[5] 如果哲人将遭逢他该得的命运（destiny）的话；其二，灵魂的不朽，如果哲人该当获得其所得。刻比斯没有非难前者，即天意的存在，因为他对此也很确信。但是他质疑灵魂的不朽，这就引起了以下有关不朽性的讨论。苏格拉底现在通过这样的推理来说明灵魂之不朽性，"如果生死二者彼此都是从对方形成，[10] 那么我们的灵魂就定然在冥界继续存在；前者为真，因而后者亦真"。[1]

2. 为了领会这个论证，我们先回头看一下。柏拉图承认两种对立，质（qualities）本身和具有这些质的事物 [103a11-c2]；他认为质本身不会互相之间转化（pass into each other），而是彼此相继（在变成黑色的过程中，白性的任何一个部分都不会涉及），[5] 在他看来，实际上质的受体（recipient）才会互相转化，因为在对立者的相继（succession of opposites）中有一种恒定的元素，这就是体（body）本身。就生死也是对立者而言，情况也是这样。（普洛克罗斯，或者更确切地说他的老师叙里安诺，就论述过这一点，[10] 他在其义疏中有选择性地糅合了后者的观点，普洛克罗斯这样论证："生死是结合又分离的，这是对立面，并且这个推理显而易见。"）进一步言之，这二者互相转化，是按照质的变化方式那样的方式，这就是说，它们相继而生，就这而言，接下来就是，在它们变化的过程中，必定有某种恒定的东西，这就像每一个变化过程一样；由于肉体并不会保持，它终究

1　§1.2-8. 参考上文2§7。

　　8-10. Dam. I§184. Infra 10§3.6-8.

会分解为各种元素,因而唯一的可能就是灵魂保持恒定。[15]
如果灵魂总是如此,那么相应地它就是永存的(everlasting)。[1]

3．不过,按照这样的推理,植物性(vegetative)灵魂也会不朽,因为它与植物(plant)结合,最后与其分离。不,这并非真正意义上的所谓结合与分离,因为结合起来的事物在结合之前就已存在,分离的事物也一样,在植物性灵魂的情况中并没有满足这种要求。如果有人反对,[5]说这一点对理性灵魂来说也一样,理性灵魂在结合前和分离后就存在,这并非理所当然,因而柏拉图就是在以未经证实的假设来论证,那么我们的回答就是,这一点恰是为对话者自己所认定。实际上,刻比斯就曾问过灵魂在离开肉体之后,是否会像轻烟或空气从气囊中泄出一样,也会消散,这样,如果他把灵魂比作空气和轻烟,[10]那么他必定会认为灵魂在从肉体脱离之后会继续存在。[2]

---

1   § 2. 1-3. Dam. I § 189.

     3-7.Dam. I § 190.1-3. Simpl., *phys.* 182.19-23 ἀλλὰ πῶς τὰ ἐναντία οὐκ ἐξ ἀλλήλων; αὐτὸ γὰρ τοὐναντίον δειχθήσεται, ὅτι ἐξ ἀλλήλων τὰ ἐναντία, ἐκ γὰρ μέλανος τὸ λευκὸν καὶ ἐξ ἀμούσου τὸ μουσικόν. ἢ ὡς μὲν μετ᾿ ἄλληλα γινόμενα ἐξ ἀλλήλων λέγοιτο, ὡς δὲ ἐκ στοιχείων καὶ ὑπομενόντων(ὡς ἐκ ξύλου κλίνη λέγεται γίνεσθαι), οὐκ ἂν γένοιτο τὸ ἐναντίον ἐκ τοῦ ἐναντίου. Philop., *phys.* 111.30-112.1ἐξ ἀλλήλων δὲ πάλιν λέγεται τῷ μετ᾿ ἄλληλα εἶναι, ὥσπερ ὁ Πλάτων ἐν τῷ Φαίδωνι κυριώτερον ὠνόμασε ‘μετ᾿ ἄλληλα’ αὐτὰ εἰρηκώς, διότι μετὰ τὸ λευκὸν τὸ μέλαν εὐθὺς γίνεσθαι πέφυκε, καὶ πάλιν φθαρέντος τοῦ μέλανος τὸ λευκόν, καὶ ἐπὶ πάντων ὁμοίως.

     6. <τι>: 参照 13 行。

     7-11. Dam. I § 185.

     8-10. 参见导言 pp. 17-18。

     10-11. 参照下文 10 § 3.20-22。

     12-15. Dam. I § 190.3-8.

     12. M^c(corrector, qui et titulos et marginalia adscripsit)(为 3-4 引起)插入的否定破坏了所蕴涵的意义:后果表明已经假定了一个变化,但这个变化就在于一连串不同的偶然事件(ἤτοι …)。

2   § 3. 这样的反对意见,即如果这个论证成立,那么植物性灵魂也必(转下页)

4. 有些人认为并不是所有的对立物都能从对方相互产生，例如睡产生于醒，但醒并不必然产生于睡，因为一个小孩子生来就醒着，之前并没有睡。那么，说死来自生，活着的会变成死的，[5] 而不会以其他的方式，这样的假定为什么就该是荒谬的？柏拉图把生和死归于可以互相转化的那种对立，而没有以睡和醒比之，为什么他这样做？

再者，他们又说，年老来自年轻，年轻却不是来自年老。

[10] 他们提出的第三个质疑，就是年轻会变为年老，但是年老不会变成年轻。

5. 对于前两个反对意见，普洛克罗斯（也是叙里安诺的观点）[Dam.I §195] 这样回答，大自然造就了醒这种状态，并不是作为一种首要的目的，而不过是一种伴生物。如果大自然因醒自身的原因而创造它，那它当然就是从睡中产生。我们可以这样来比，木匠在修整木板时刨下刨花，[5] 刨花只是一种副产品，木匠并非有意为之，同样，醒的状态也只是一种伴生物，大自然并未有意造之。同样的理由，年轻并非来自年老，因为大自然并没有把年轻作为一种首要的目的来创造之，否则的话，年轻当

（接上页）定不朽（见下文 5.1-4），在叙里安诺那里无法找到（Dam. I §§ 193-201；243-251），在达玛斯基乌斯那里也一样（I §§209-220），斯特拉图（Strato）也如此（Dam. II §63），因而很可能来自阿莫尼乌斯。可对照上文引述的菲洛波诺的有关文字，即 3§4.8，那里说到植物性灵魂就是"土性"肉体的生命，正如非理性灵魂是气性（pneumatic）肉体的生命一样。叙里安诺和达玛斯基乌斯都讨论了非理性灵魂的情况，认为它是可以分离的（Dam. I§§199；217；239；250），他们显然还忽略了植物性灵魂，所根据的理由与奥林匹奥多罗一样，奥林匹奥多罗认为植物性灵魂并非关键所在，也就是说，其原因就是任何真正的存在，既非结合的也非分离的。

3-4, *ὡσαύτως τε καὶ τὸ διακρινόμενον*: scil. *εἶναι μετὰ τὴν διάκρισιν*——参照上文 3 § 4.8-10：真正可分离的东西不仅能被分离，而且也能分离地存在。

5-11. Dam. I § 185. Cf. § 223.

6.*αἰτεῖται*: 逻辑意义上的中项，例如 Ar., *top*. VIII 13, 163a20; 23。

然就来自年老。

[10] 至于第三个质疑，即对立物并不必然互相转化，我们注意到年老并不转化为年轻，叙里安诺 [Dam. I §196] 认为存在一种方式，以此方式甚至年老也可以转化为年轻，他发现的解决办法就是：假定 A 为 7 岁，B 刚出生，[15] 这样 A 就比 B 年长一个生命周期（lifetime）（7 以它的七个单位大于 0）。随着时间的推移，A 变成 8 岁，B 为 1 岁，这时 A 就不是年长整一个生命周期，而是以其自身年龄的一个部分超过 B（8 只以其一个部分，而非以其自身的整体大于 1）。这样在时间的进程中，8 与 1 的比例就减少，变得更小，这意味着年老的变得年轻。与最初的比例相比，A 就相对变得年轻。在现实中这也为真，当一个小孩子刚刚出生，我们看到我们自己和他有很大的距离，随着时间的移递，我们看到余数减少，年龄之间的相对差异变小。[1]

1　§§ 4-5. Dam. I §§ 195-196. 这些反对意见是叙里安诺的（v）和（vi）部分（*ap.* Dam.），解答也是他的。其中没有任何问题是达玛斯基乌斯（Dam. I §§ 246-247）给出的。很难猜测问题（v）如何被分成两个独立的反对意见（§4.8 和 §10-11，其回答则为 §5.7-9 和 10-23）。文本上不会有什么错误，因为在这两个情况中，问题的提法都为解答所证实，互相对应；另外，在所有可找到的材料（如叙里安诺—普洛克罗斯、达玛斯基乌斯、斯特拉图）中，哪个部分都不足以被这些 *ἀπορίαι* 中的任何一个所取代。一个可能的解答就是奥林匹奥多罗把问题表述为一个，但是却给出了两个回答（这两个回答来自 Syr.-Pr. *ap.* Dam. I § 196 的四个解答），第一个回答结合了睡与醒的要点（§5.7-9，与 Dam. I §196.1-2 相似，但并非同一个），第二个则是独立的（§5.10-23=Dam. I § 196.4-6）。编订者们为 *οὐ γίνεται νεώτερον ἐκ πρεσβυτέρου* 和 *τὸ πρεσβύτερον οὐ μεταβάλλει εἰς τὸ νεώτερον* 之间表面上的不同所惑，因而就从一个问题造出两个问题。在 10§5.7-11 的概述中只有一个。

　　§5.5. *ἕλικες*：参照 Origen, *c. Cels.* 6,56 *κακὰ τοίνυν... ὁ θεὸς οὐ πεποίηκεν, ἀλλὰ τοῖς προηγουμένοις αὐτοῦ ἔργοις... ἐπηκολούθησεν, ὥσπερ ἐπακολουθεῖ τοῖς προηγουμένοις τοῦ τέκτονος ἔργοις τὰ ἑλικοειδῆ ξέσματα καὶ πρίσματα.*

10-23. 10 §5.7-13 的概述，其中提到《帕默尼德》152a5-7，表明叙里安诺的解答受到该对话的启发。参照 Pr., *Parm.* 1231.5-14 *εἰ δὲ καὶ ἄλλος τις τρόπος ἐστὶ τοῦ καὶ πρεσβύτερον ἑαυτοῦ τι γιγνόμενον ἅμα γίγνεσθαι καὶ νεώτερον, ἡ δευτέρα ὑπόθεσις ἡμᾶς ἀναδιδάσκει· ἡ γὰρ αὐτὴ πρόσθεσις (πρόθεσις edd.) κατὰ μὲν τὴν ἀριθμητικὴν* （转下页）

6. 关于反对意见就谈这么多。不过，在灵魂转世（metempsychosis）方面（或者更确切地说是灵魂再生[reincarnation]，因为多个灵魂影响[inform]一个肉体，这些灵魂可说是转世，但是我们并不具有多个灵魂，而只有一个，这个灵魂脱离一个肉体再与另一个结合，故以再生称之），柏拉图的这个观念有令人很伤脑筋的问题，[5] 我们就来证明转世说（或者再生，根本来说二者最后往往是一个问题）之误。在 [87b2-88b8]，柏拉图自己在考虑理性灵魂时提出这样的问题：就像穿坏了多件衣服，最后死去的织工一样，灵魂穿坏多个肉体之后，也会消亡，这是否可能？这个问题更有理由针对非理性灵魂来提：[10] 既然它在脱离肉体之后会继续存在，这样我们就不能说清楚在穿坏多个肉体之后它是否将不被摧毁。如果我们否认非理性灵魂会再生 [§3]，虽然它在与肉体分离之后会继续存在，那么就必定会更强烈地否认理性灵魂会再生。这样，柏拉图只能艰难做选择，或者允许非理性灵魂的再生，或者否认理性灵魂会再生。关于这个我们就说这么多。[1]

（接上页）μεσότητα ἑαυτοῦ ποιεῖ πρεσβύτερον τὸ τὴν προσθήκην τοῦ χρόνου ταύτην λαβόν, κατὰ⟨δέ⟩ γε τὴν γεωμετρικὴν τὸ αὐτὸ νεώτερον ἐλασσούμενον κατὰ τὸν λόγον, ὡς ἐν ἐκείνοις ἔσται καταφανές. 普洛克罗斯评论的是 141c1-4，但指的则是第二个假设 152a5-7 ἆρ' οὖν μεμνήμεθα ὅτι νεωτέρου γιγνομένου τὸ πρεσβύτερον πρεσβύτερον γίγνεται。

1   §6. 粗略来说，这一令人疑惑的段落想表达的似乎是这样：刻比斯提到灵魂在最后灭亡之前有几种转世方式，如果他的说法中有任何真的东西，那么它也只适于非理性灵魂，不适于理性灵魂；我们否认非理性灵魂会转世；因而根本就不存在转世。这个论证不仅在逻辑上有问题，而且也不能表现奥林匹奥多罗的观点，奥林匹奥多罗相信灵魂转世，可参照下文 10§1；12§2.15-18；*Gorg.* 97.4-9；97.26-98.2；109.18-21；*Alc.* 27.10-16；*mete.* 147.24-148.6。10§ 5.4-6 的文字尤其表明他接受了普洛克罗斯的学说（上文 3§4.8，注释）：理性灵魂和发光体（luminous body）都具有激发（animate）的特性，是不朽的；非理性灵魂方面，则只要气体性肉体（pneumatic body）存续（survive），它就会存续，中间经过几个化身（incarnation）；植物性灵魂则随着"类壳性"（shell-like）肉体而灭亡。实际上整个 10§5 的内容是 9§§3-5（以及6）的一个概括，这或是因为奥林匹奥多罗本人整理了这些材料，或是（转下页）

7.　And has a certain power and understanding [70b3-4]

具有某种力量和理性

保有某种能动的力量和智慧。

也就是说："具有某种生命和认知的能力"，因为"power"意味着生命性的活动，"understanding"则意味着知识的倾向。[1]

8.　Shall we then continue our story [70b6]

那么我们来继续我们的故事吗？

你是不是希望我们来研讨一番。

这样的说法是否确实意味着苏格拉底所说就是一个故事呢？我们认为苏格拉底用"讲故事"（story-telling）这样的措辞，

（接上页）因为他发现在他手头掌握的材料里就是这样整理的：（1）针对 συνημμένον 的反对意见：（a）植物性的和（b）非理性的灵魂；（2）针对 πρόσληψις 的反对意见：（a）醒和睡，（b）年老和年轻。也可以这样来重构所发生的事情：奥林匹奥多罗按照上文提到的顺序来处理这些反对意见，不过对于非理性灵魂的问题，则留到义理部分（theoria）的末尾，在一般的转世说的语境中进行单独讨论。在 §6 中他继续讨论词语 μετεμψύχωσις 和 μετενσωμάτωσις（1-6 行；在 10§1.2 中他重提这一点），然后讨论转世的范围，得到结论：刻比斯认为理性灵魂在穿坏一连串肉体之后也许最终注定毁灭自己，刻比斯所暗示的在现实中也同样适用于非理性灵魂；非理性灵魂存续，不过并非永远（10§5.4-6）。因而编订者们可能（至少没有任何证据表明有第三个人讨论过这个文本）试图将此转变成一个反对转世说的论证；在把 §3 中的植物性灵魂与目前段落中的非理性灵魂等同起来之后，编订者引入了上文所勾勒的名副其实的谬误（a fortiori fallacious）推理。

1-2. ἄνω καὶ κάτω ⟨θρυλεῖσθαι⟩：参考 7§ 2.5。

2-4. 这里针对词语 ἄνω καὶ κάτω ⟨θρυλεῖσθαι⟩ 所描述的反对意见（当然并非首次），必定导致了词语 μετενσωμάτωσις 的生造，以及词语 παλιγγενεσία 的复用。逻辑上而言，仅当用的是动词的被动式时，它才有效：与（非存在 [non-existent]）的主动式和中间态一样，nomen actionis 能够意指那被激发对象的变化，正如 μεταμπίσχεσθαι 意指穿着的衣服一样。LSJ 列出了一些出处，可参照 LSJ，前言 ix，注释 1；H. Dorrie, *Kontroversen um die Seelenwanderung im kaiserzeitlichen Platonismus*, Hermes 85, 1957. 414-435（428，注释 4）。

1　　§ 7.2. 受到下一行 ἐπιστημονικόν 的影响，必定是 ἐπιστήμην 代替了 ἐνέργειαν 或者一个类似的词。

是因为他根据偶然事情来说明，正如在目前论证中，他基于死和生互相转化这样的偶然事实，而非根据灵魂的本质来证明灵魂的不朽。[5] 这也就是他用"故事"一词之意味。[1]

9. That anyone overhearing us, even if he were a comic poet [70b10-c1]

一个听了我们谈话的人，哪怕是喜剧诗人。

柏拉图这里提到喜剧诗人，他想说什么呢？它就相当于："我将不会授喜剧诗人以柄来嘲笑我。"他之所以如此，是因为欧泼里（Eupolis）［残篇352］说苏格拉底的话：

> [5] 这个破落卖嘴之徒，
>
> 万事都精通，……
>
> 唯一忘记的就是怎样讨生活。

"这一次他将没有任何理由对我指手画脚了，因为我费尽心力考察我们的灵魂是否在冥界还继续存在，在实际生活中这是个重要问题。"[10] 我们定然很佩服柏拉图这样恰到好处地掉转欧泼里的话头。时机的力量确实够大："时机是（事务）料理的灵魂"（opportunity is the soul of treatment）以及"时机是恰当性增大的时刻"（opportunity is time with rightness added）。不过要注意，柏拉图只是不经意地提到欧泼里，并没有具体引述其话语。[2]

1　§8. 参照 10§3，此处同一个 *διαμυϑολογῶμεν* 被用于正式的演绎证明（也就是 *ἐκ τῆς οὐσίας* 证明）。

2　§9.4-7. Ascl., *met.* 135.23-24 以这种形式引述了这几行：*μισῶ δὲ καὶ Σωκράτη τὸν πτωχὸν ἀδολέσχην,/ ὃς τῶν ἄλλων μὲν πεφρόντικεν,/ πόϑεν δὲ φάγῃ, τούτου κατημέληκεν.*（Pr., *Parm.* 656.24 证实了第一行）。阿斯克勒皮（Asclepius）和奥林匹奥多罗必定都引述了阿莫尼乌斯的话，因而两个人的记述中第二行都不完全。

（转下页）

（接上页）10-11. 参照 Pr., *Alc.* 120.14-15τὸ τὰς ψυχὰς εἶναι τοὺς καιροὺς τῶν θεραπειῶν..., ὅ φησιν ὁ τῶν Ἀσκληπιαδῶν Ἱπποκράτης（这里 ψυχάς 是谓述，因而就很可能丢掉了 τὰς, 参照 *decem dub.*51.6λέγοντες εἶναι ψυχὰς θεραπειῶν τοὺς καιρούς）。Ol., *Alc.* 39.7ψυχαὶ γὰρ τῶν θεραπειῶν οἱ καιροί. Steph., *aphor.* I 1, f. 3ᵗαἱ ψυχαὶ τῶν βοηθημάτων οἱ καιροί εἰσιν。希波克拉底的文献中最接近的是 *de morbis* I 5（VI 146-148L.）：（缓解直接的危险）ὁ μέντοι καιρός ἐστιν ἐπὴν πάθη τι τούτων ὤνθρωπος· ὅ τι ἂν τις πρὸ τοῦ τὴν ψυχὴν μεθεῖναι ὠφελήση, τοῦθ᾽ ἅπαν ἐν καιρῷ ὠφέλησεν, 不过，这里并没有把 ψυχή 用作事物的本质的问题（如在"简洁是才思的灵魂"中那样；*LSJ* s.v. ψυχή IV 6 中有一些例子）。*CPG*, Apostol. 9,42 καιρὸς ψυχὴ πράγματος, 这个谚语不一定来自希波克拉底的有关文献，不过它也许影响了普洛克罗斯所给予它的那种形式。

　　11. Ol., *Alc.* 39.8-9（在上文所引述词之后）καὶ ὡς Ἀριστοτέλης φησί, ᾽καιρός ἐστι χρόνος προσλαβὼν τὸ δέον᾽ καὶ ᾽χρόνος προσλαβὼν τὸ εὖ. Ar., *anal.pr.* I 36, 48b35-36πάλιν ὅτι ὁ καιρὸς οὐκ ἔστι χρόνος δέων（Philop., *anal.pr.* 342.8τινὲς γὰρ οὕτως ὁρίζονται τὸν καιρὸν, ὅτι ἔστι χρόνος δέων）; *eth. Nic.* I 4, 1096a26-27（τἀγαθόν）... ἐν χρόνῳ καιρός。

　　12. 在 Hermog., *meth.*30 中陈述了这个规则。参照 Ol., *Alc.* 104.3-6; *Gorg.* 142.10-12。

讲疏十

对立面论证：分析和反对

[笺注按] 灵魂转世是柏拉图三个核心教条的必然推论（§1.2-10）。柏拉图对立面的论证并不像扬布里柯所认为的那样是要证明灵魂的不朽，而是证明灵魂的存续（survival）（§1.11-20）。三种流行观念：（1）灵魂是肉体的和谐，它随着肉体而变得朽坏；（2）灵魂是物质性的，因而随着肉体朽坏；（3）灵魂可以在肉体朽坏后继续存续一段时间（§2）。对论证做形式上的分析（§§3-4）。重提前文中的反对意见：植物性和非理性灵魂；醒和睡；年轻和年老（§5）。整个的义理（theoria）部分基本上与达玛斯基乌斯一样，而达玛斯基乌斯在这个部分沿袭叙里安诺和普洛克罗斯的观点，基本上没有变化。第一段虽然在达玛斯基乌斯的著述中没有对应的部分，但是可以肯定也来自普洛克罗斯的著作，参见下文注释。

1. Now there is this ancient doctrine which I remember [70c5-72e2]

我记得有这样一个古老教义

我们还记得有一个古老的传说。

如果我们从世界的永恒和灵魂的不朽这两个前提出发,那灵魂转世或再生的教义就不可避免:如果这两者都成立,就必定必然有灵魂转世,或者无限者将实际存在。亚里士多德教导我们说世界是永恒的,这样,如果他不主张灵魂不朽,那就会产生问题;[5] 因为在《论灵魂》(*De anima*)[I 3, 407b22] 中,他曾嘲笑灵魂转世观念,说"按照毕达哥拉斯派神话,生者从死掉的东西那里回到生命"。既然他称之为神话,那显然他就不相信灵魂转世,[10] 这是针对亚里士多德最强烈的论证,证明他必定否认灵魂的不朽。

这就是我们要论证的第一点;第二个就是目前论证的目标并不是要证明灵魂不朽,而是要证明灵魂在与肉体分离之后继续存在一段时间,扬布里柯认为每个论证都用来证明灵魂的不朽,这是错误的。这是扬布里柯的狂热的特征,他站在他的有利地位的高点出神地俯瞰,[15] 但并不适合于文脉:因为提问者没有以那种方式定义问题,回答者也没有那样来证明灵魂不朽。实际上刻比斯问的是,灵魂在脱离肉体之后是否可能继续存在,而不是像呼吸一样消散,苏格拉底表明的则是灵魂在与肉体分离后会续存(survive)一定时间,而不是灵魂永远续存。要注意这些说法对于非理性灵魂也一样成立。就目前论证来看,它们也将是永存的。[1]

---

1   §1.2-10. Pr., *Rep*. II 338.21-28 (从人的形式角度讨论转世) τοῦτο δὲ οὐδ' ἂν Ἀριστοτέλης ἀπαγορεύσειεν, εἴπερ ἀθανάτους τε εἶναι δίδωσιν τὰς ψυχὰς καὶ τῷ πλήθει πεπερασμένας καὶ τὸν κόσμον ἀίδιον· ὧν τὸ μὲν καὶ λέγει καὶ δείκνυσιν. ἀίδιον εἶναι τὸν κόσμον (*cael.* I 10-12) τὸ δὲ ὁμολογεῖ σαφῶς, ὅταν λέγῃ περὶ τοῦ δυνάμει νοῦ 'καὶ τοῦτο μόνον τῶν ἐν ἡμῖν ἀθάνατον' (*an.* III 5,430a23) τὸ δὲ ἀναγκάζεται συγχωρεῖν, τὸ πᾶν ἀίδιον πλῆθος εἶναι πεπερασμένον (参照 *cael.* I 5-7).

11-20. Dam. I § 183.1-6.

(转下页)

2. 关于灵魂,存在三种错误信念:(1)灵魂会随肉体消亡而消亡,这是西米阿斯[85e3-86d4]和某些毕达哥拉斯主义者的观点,[5]他们认为灵魂是和谐;(2)灵魂作为肉体的一种稀薄形式,会像烟一样离开肉体后就消散和湮灭,这是荷马的信念:

他的灵魂离开肉体飞向哈得斯[《伊利亚特》16.856;22.263]

流连迟疑着,灵魂走向地府,如烟一般。[23.100-101]

[10]这也是刻比斯的意见,正是他提出了反对,苏格拉底通过表明灵魂会续存一段时间而不同意这一点;(3)无知者的灵魂离开肉体之后马上就消散了,而智慧者的灵魂由于受美德浸润,会一直续存,直到宇宙大火燃起,这主要是赫拉克利特的观点。[1]

(接上页)13-16. Dam. I §207.1-6; cf. *infra* 11 § 2.1-5; 13 § 4.6-18.

13-14. Iambl., *Ph. frag.* 1.

14. ἐνϑουσιῶν ὡς κατὰ περιωπήν: 诺文猜测是 ἐνϑουσιῶν ὡς, (而不是 ἐνϑουσιῶντος),这个看法在 Pr., *Rep.* II 154.23-24 可以找到支持,后者有这样的句子, ἐντεῦϑεν γὰρ ὡς ἐκ περιωπῆς ὅλον τὸν κόσμον καὶ τὰ ἐν αὐτῶ καϑορᾶν. 还有一个可能性,这就是去掉 φησιν.

14. 引用荷马《伊利亚特》18.262 的引语,Dam. I § 207.4 因为在同样的语境下使用,而 *vit. Isid.* p. 82.8 的引用则在不同的语境。没有确切的证据表明奥林匹奥多罗知道达玛斯基乌斯的专论(monograph)(I §§207-252),因而我们就必须假定达玛斯基乌斯和奥林匹奥多罗都是从叙里安诺那里得到这一点的,叙里安诺必定也在他的介绍课中讨论了扬布里柯的观点。

19-20.Dam. I §199;上文 9§ 6.6-13;下文 § 5.

1 § 2. Dam. I § 183.6-8; § 178.1-5.

3. 参照 Philolaus A 23; Echecrates 4; Pythagoreans B 41。

4-11. 参见 Dam. I § 222.1-4 的注释。

7. Athenaeus XI 507e 中记述了柏拉图的批评者的观点,他们指责柏拉(转下页)

3. 我们必须考察的第三点就是论证的逻辑进程,在文本 [70b6] 中称该论证为一个"故事"。"故事"这个词用来形容推理知识,因为是借助于中词而致,而非实在的直接图像,就如智力(intellection)可被称为由形象得到的知识,与原型知识相比只是一个"故事"。[5] 这样,我们就看到为漫步学派如此称道的三段论方法,柏拉图称之为"讲故事"。无论如何,其推理进程如下:"如果生死互相生成(proceed from each other),那么可推出我们的灵魂在冥界继续存在;前者为真,后者也就为真。"生死互相生成这种观点,在对话中有古代诗人的说法为证,特别是俄耳甫斯教,他说 [残篇 224a]:

> [10] 就像那父与子,
>
> 就像那贤妻与爱女,
>
> 同样都住在那房子里。

(柏拉图对话中到处有俄耳甫斯教的影子,在 [62b2-3] 中,说到"关于这个有其隐秘的理由",以及 [69c8-d1],[15] "许多人手握酒神杖,却很少成为巴库斯")

而且,恩培多克勒也说过:

11-14. 冯·阿尼姆有关智慧之人的灵魂的存续的残篇(*SVF* II 残篇 809-811)并没有用灵魂固化的隐喻;不过,在灵魂是被冷所固化的气(pneuma)这个描述(II frgs. 804,806)中,灵魂固化是标准的观点。$\pi\varepsilon\pi\alpha\iota\delta\varepsilon\upsilon\mu\acute{\varepsilon}\nu o\varsigma$ 和 $\acute{\alpha}\pi\alpha\acute{\iota}\delta\varepsilon\upsilon\tau o\varsigma$ 这些词也属于廊下派:参照 Aristo, I 残篇 396 和 Epict., *man.* 5(Pr., *Alc.* 287.9-12 就有所引述)。

14. 赫拉克利特:(关于与廊下派观点的类比)很可能由其残篇 B 77 推得:"灵魂一湿就死"(以及火热的灵魂存续)。他的世界大火观念(A 1,p.141.20-22; A 5.p.145.21-22)蕴涵着个体的有限存续,廊下派的观点也似由此而得。

在某个时间我一度是个小伙子和一个少女，

一只鸟，一丛灌木，海里的一条迅鱼（swift fish）（从海中升起）。［残篇 B117］

普洛克罗斯（也就是叙里安诺），这样来证明生死互相生成：[20]"生死结合又分离，这两者互相对立，对立物互相转化，所以生与死也互相转化。"[1]

1　§3. 1-6. 参照上文 9§8。通常人们认为神话与想象有关（Ol., *Gorg.*239.19-30），但是因为神话实质上是实在的图像（image of reality），《王制》（VI 509d1-511e5）中这条线上的任何一节都可以被称为与前一节有联系的一个"神话"，在这种情况下推论知识就可比作智力（intellection）。

5-6. 对于漫步学派在逻辑上具有的优越感，柏拉图主义者总是有所质疑：Alcin., *did.* 6; Hermias 51.32-52.1; Pr., *Alc.* 339.11-14; Amm., *int.*83.8-21; 201.15-19; Ol., *Alc.* 118.12-15; 121.16-18; *Gorg.* 27.9-11; 128.11-15; *cat.* 17.37-18.19.

6-8. Dam. I § 184; cf. Ol. 9 § 1.8-10 Philop., *anal. pr.* 358.14-17 ὁ γοῦν Πλάτων λαβὼν ὅτι εἰ τὸ ζῶν καὶ τὸ τεθνηκὸς ἐξ ἀλλήλων, εἰσὶν ἡμῶν αἱ ψυχαὶ ἐν Ἅιδου, ἀλλὰ μὴν τὸ πρῶτον, καὶ τὸ δεύτερον ἄρα, οὐ μόνον τὴν πρόσληψιν, ἀλλὰ καὶ τὸ συνημμένον κατεσκεύασε.

8-18. 除了 13-15 的括号中的内容，这一段其他部分都来自叙里安诺—普洛克罗斯；参照 Pr., *Rep.* II 338.11-339.16，其中有来自 *Orphica*（残篇 224a）关于以人形转世的内容，以及第二个（残篇 224b）说的是以动物转世的内容；恩培多克勒的残篇出现在 Pr., *Rep.* II333.6-10，作为以植物转世信念的例子。

12. Pr., *Rep. l.c.* 正确地读为 εὔκοσμοί τ' ἄλοχοι καὶ μητέρες ἠδὲ θύγατρες。那个插入的 κεδναί 当然是荷马的（*Od.* 1.432, 10.8），而 σεμναί 也许是《圣经》的（来自 *1. Tim.* 3,11 γυναῖκας ὡσαύτως σεμνάς）；参见圣经语言的其他例子，Ol., *Alc.*, Introd.p. IX。

13-15. 参照上文 7 §10.10-12; 8§7.1-4。

18. Diels, *Poetarum philosophorum fragmenta*, Berlin 1901, 153-153 记录了这一行中的几个变体。奥林匹奥多罗引用了 εἰν ἁλὶ νήχυτος，其中 εἰν ἁλὶ 为 Clement 和 Cyril（针对所有别的见证者中的 ἔξαλος 或 ἐξ ἁλός）所支持；νήξυτος "流动着的"则找不到支持，显然是因为 νήξειν 的联系。一个读者在页面空白处（ἔξαλλος ἄμφορος）写下了他所知道的文本，这些材料都加到了我们目前的文本中。它的第一部分是标准的（除了词语拼写之外）；第二部分，ἄμφορος，该词可以指 ἀνάφορος=ἀνώφορος，"从海中升起"，这个部分是 ἔμπνοος, ἔμπορος, φαίδιμος 之外的很有趣的变体。

19-22. Dam. I § 183. 上文 9§ 2.10-11。

4. 对立面互相转化这个论题,在对话中基于三个理由加以论证。首先通过归纳:苏格拉底引述了一大堆对立面的例子,并表明它们都互相转化 [70d7-71a11]。其次,从形成过程和导致它们的方式入手:[5] 如果那过程互相转化,例如变白和变黑,那结果(白和黑)自然就必定更是互相转化的了 [71a12-72a10]。第三,通过论证,如果对立面其中之一方可以转化为对方,而对方则保持不变,那么到最后前者就会耗尽,剩下的一方就不再是对立的了,也就没有什么东西可以再变化的了,这样大自然就将是跛脚(Nature is lame)的了。[10] 例如,如果醒变成睡,而睡不再变成醒,那么我们就将发现恩底米翁(Endymion)的故事成为无稽之谈,因为不仅是他,所有人也都将永远睡着。(据说恩底米翁长睡不醒,因为他毕其一生于斗室之中观察天文,人们把他描绘成是一个爱月者。据说托勒密也一样,他待在所谓的卡诺普斯之翼 [Wings of Canobus] 四十年,[15] 致力于天文观察,他把天文发现铭刻在石头上,最后石头也成了片状。)同样,如果分离变成结合,那么任何事物最后都将结合在一起,那阿那克萨哥拉的话就将成为现实,"方物一体" [72a11-d5]。[1]

5. 我们在 [9§3] 中讨论过针对假言三段论的批评,即,如果如论证所示,那植物性灵魂也将成为不朽,非理性灵魂也一

---

1   § 4.1-11. Dam. I § 186.

11-13 姆奈西亚(Mnaseas)认为恩底米翁是一个天文学家(*FHG* III p.149; schol. Apoll. Rhod. 4.264; schol.Germanic., Aratea, ed. Breysig, Berlin 1867 [Hildesheim 1967 重印], 201.6-10; Fulgent., *mythol.* 2,16)。参照 Plin., *nat. hist.* 2, 6, 43; Lucian., *de astrol*.18; Nonnus, *Dionys*. 41.379-381。

13-15. F. Boll, *Studien uber CL. Ptolemaus*, Jahrb. fur class. Philop., Suppl. 21, 1894, 49-244(65-66),认为这个不能从卡诺普斯之石(Tablets of Canobus)(*Ptolemaei opera*, ed. Heiberg, II pp. 147-155)推得,并认为托勒密的工作地点是亚历山大里亚;他看不到对四十年做的任何解释。

样,这样它也将再生。对此我们曾经这样回答,就植物灵魂而言,我们根本不能说它们是结合或分离;就非理性灵魂而言,[5] 按照柏拉图的看法,它是可以转世,在穿坏多个"类壳式"(shell-like)肉体后,最终会消亡,这就像织工穿破多件衣服一样。

在[9§4]中我们也讨论了另一个反对意见,它针对的是基于醒与睡、年轻与年老(如果某人说并不存在对立面,而只有相关物,我们的回答是,年轻和年老也不是相关,根本来说它们是对立)之例的小前提。[10] 在[9§5]中我们做了回答,这些状态并不是大自然(Nature)为它们自身的原因而创造,而不过是副产品而已,与木工劳作中产生的刨花一样。柏拉图在《帕默尼德》[152a5-7]中就给出了这个回答,叙里安诺在这里恰当地使用了它,因为正好相关,而且也的确是柏拉图式的。关于这个我们就说这么多。靠神的帮助,这也是从对立面论证的目的。[1]

6. Now there is this ancient doctrine which I remember [70c5-72e2]

现在我记得古代有这样一个教义。

我们还记得有一个古老的传说。

也就是俄耳甫斯教派和毕达哥拉斯主义者的教义。[2]

7. 'Consider this,' Socrates said, 'in relation not only to

---

1   §5.3-6. 参照上文 §1.19-20;9§6.6-13;Dam. I §250。

　　5.ὀστρέϊνα:参见 Dam. I §168.6-7 的注释。

　　11-13.《帕默尼德》的有关内容并不适合于刨木的解答(9§5.1-9),不过适合于9§5.10-23 给出的另一种解答(见注释)。

　　12-13. Dam. I §196.4-6.

2   §6. Dam. I §203. 赫尔米亚(Hermias 42.19-20)(παλαιός = ἀΐδιος)给出了一个不同的解释。

man'[70d7]

苏格拉底说，"不仅从人的角度看这一点"。

如果你希望理解得容易一点，看问题的时候就不要只从人看，而要从一切动物、一切植物看。

有些人不理解这段文字，以为柏拉图断言所有灵魂都不朽。他为什么说这席话？"不仅从人的角度看这一点，还要从野兽和植物角度看，"这句话看起来似乎有这样的蕴涵，[5]即他认为甚至非理性的和植物性的灵魂都不朽。为使之成立，他们论证说灵魂是生命的给予者，因而不受死的影响，因为任何事物都不会受到它所产生之物的对立面的影响，就像火，产生了热，火不会受冷的影响。按照扬布里柯的看法，事物甚至不会受到它所产生之物的影响，火产生热，但火并不接受热。哲人阿莫尼乌斯对此段文字给出了一个更好的说明：[10]柏拉图说这一席话是注意到下面的论证，它表明对立物互相转化，并且在这个语境下这样说"总之，那进入存在（coming into being）的各种事物"，这就是说，所有这些事物都互相转化，不仅人，也包括其他动物和植物。[1]

1　§7. 阿莫尼乌斯引述了有人对 70d7-e4 所做的错误解释，并提出反对意见，不过无论是在叙里安诺—普洛克罗斯，还是在达玛斯基乌斯那里，都找不到任何痕迹。阿莫尼乌斯在 9-13 所捍卫的意思，达玛斯基乌斯在 I§207 中明确做了陈述，叙里安诺—普洛克罗斯那里也早有蕴涵（Dam. I § 186.1-2）。当然像这样的教义并不寻常：它可能属于哈泼克拉提奥（Hermias 102.13-15）和努曼纽（Dam. I § 177.1-2）。它不仅涉及到为人所深入讨论的《斐德若》245c5 中的 ψυχὴ πᾶσα ἀθάνατος，也涉及到《斐多》的最后一个论证：灵魂是生命的源泉（origin），所以灵魂不会死掉（5-9 行）。其推论就是这个论证也将推广到动物和植物性灵魂，实际上斯特拉图早已有这样的结论（Dam. I §§ 434-437）。

　　8-9. 按照 Iambl., *Ph.* 残篇 2. Priscian., *solut.* 47.12-15 的记载，这个变体来自普罗提诺，"addid it autem quidam quondam sapientum, magnus inquam Plotinus, et quod eo ma ius: si igitur neque ipsam quam infert vitam anima potest iterum recipere, multo magis contrarium vitae, ipsam mortem." 普里斯奇亚诺（Priscianus）根据的（转下页）

8. And just to unjust, and a thousand other cases [70e3-4]
公正对不公正,以及成千种别的情况

公正跟不正相反,这类成对的东西不胜枚举。

在这个句子中我们要注意,柏拉图把更大和更小也看作对立,因而可以互相转化,并且他认为它们之间并无关联(correlative),这与漫步学派中人［亚里士多德,《范畴篇》6,5b15-6a4］不同。如果提这样的问题,"如其关联,它们如何也能相互对立,并互相转化?"[5] 我们只能这样回答,即便它们相互关联,鉴于它们分有对立面(participate in opposites),它们就会互相转化;这与更热和更冷一样,它们既关联又对立,热和冷因互相关联而互相对立;更公正和更不公正也一样,这样,大和小除了关联之外,作为对立面也有其自身的一种存在,因为它们是对立的形式。[10] 大和小是确定的实在(definite realities),更大和更小分有这些实在,这样一来,它们就同时既关联又对立。这也产生一个相关问题,即柏拉图在这里所说的对立面所指为何。它就是那种真正的所谓对立吗? 如果这样,那他为什么又提到某些关联物,说它们互相转化? 这些关联物严格来说并非对立面。另一方面,如果他之所说是最广可接受的那种对立(contrary),那么它们互相转化就不必然为真:[15] 拥有(possession)会成为丧失(privation),反之则否。因而,我们就必定得到这样的结论,柏拉图是在严格意义说对立的,如果其中也包括关联物,这是因为如我们在［§5］中已经说过的原

(接上页)是普洛克罗斯一篇关于柏拉图灵魂不朽的三个证明(导言,p.18)不过该文已经佚失。这个论证在《九章集》中找不到,普洛克罗斯也许是从扬布里柯对《斐多》所做的义疏知道它的(或者是在目前的文字,或者是在最后一个论证)。还有一种可能性,这就是在这个特殊的句字中,普里斯奇亚诺直接依照扬布里柯的《论灵魂》(*de anima*),这是他所引用的另一个参考文献。扬布里柯也可能根据《九章集》以外的文献,见下文 13 §4。

因,它们之互相转化是因为它们分有对立。[1]

9. And of course from stronger to weaker [71a3]
当然从较强的事物中产生较弱的
较弱的从较强的生出来。

如果在所有变化的情况中,较弱的发生变化,而较强的保持原状,那在从生到死的变化中较强的必定也保持不变,这较强的就是灵魂。有人说也有可能来假定另一种存续(surviving)元素,[5] 这样灵魂保持不变这个结论就不再是唯一的了:肉体也保持不变,其基本物质(primary matter)也如此。我们不同意这种看法,因为肉体在与灵魂分离之后,并不能保持为物(matter),因为在分离之后作为物的物和作为形式的形式(即活着的状态[animation])都已摧毁了。[2]

10. And then, is there not the further fact that between any pair of opposites [71a12-13]

1   §8.1-11. 显然这一节的目的是从一开始就讨论"大"和"小"(形式,或者相互关联者(correlatives),参照 Ar., *cat.* 6.6, 5b15-6a4)的特性,而不是"更大(larger)"的特性,"更大"在任何情况下都是一种相关性(relative)(*cat.* 7, 6b36-39)。

11-18.Dam. I § 191 (=Syr.-Pr.,奥林匹奥多罗紧遵循之)。起点是 *ἀντικείμενα* 的分类,Ar., *cat.* 10, 11b16-23: *πρός τι*(倍 / 半)、*ἐναντία*(恶 / 善)、*στέρησις καὶ ἕξις*(盲 / 明)、*κατάφασις καὶ ἀπόφασις*(是 / 不是)。

15-16. Ol., *cat.* 135.9-11 *ἡ γὰρ ἕξις μεταβάλλει μέν εἰς στέρησιν, ἡ δὲ στέρησις οὐ μεταβάλλει εἰς ἕξιν.*

2   § 9. 灵魂比肉体更强大,因而是在生死交替中保持恒定的基质,这一观点由叙里安诺—普洛克罗斯提出(Dam. I § 190.5-8; §202.2),达玛斯基乌斯(I § 215)则正确地拒绝这个看法,认为它与目前这个论证有差别,而与从与不可见事物相似的证明有关(80c2-81e1,参照 8787a5-6)。叙里安诺也许已经用到了与强和弱有关的变化(在归纳论证里的一个例子),来支持这个观点。

5. *ἡ πόρρω ὕλη*: 虽然这个概念属于亚里士多德主义,这个词本身并非如此。参见 Alex., *met.*583.8-9; 618.20; Ol., *mete.*168.28 foll.; [Amm.,] *anal.pr.* 47.6。

那么，在任意一对对立面之间是否还存在另一些情况？

那么，在这些对立面之间，岂不是有一种情况，可以名之为两类产生，即从对立的此端到另一端，再从另一端返回到此端？

这里开始了第二个论证，它关注过程这个角度：如果过程是对立的，并互相转化，那么其结果就必定更如此。由此得到一个推论，即按照柏拉图的看法，所有的对立面都具有中间过渡的项（terms）。如果我们认定大自然（Nature）继续运动，[5]能够在任何点上都把握其运动，那么就不仅存在着中间项，而且其数量无限多；对此，实际上，没有任何理由来质疑。如果这种运动无限可分，即从定义来看的那种连续量，诸对立面就将有无限多的中间项。这样，我们为什么只提到两种过程，而不提更多呢？这是因为，如亚里士多德所说［《自然学》V1，224b30-35］，[10]它们都因冲突而结为一个整体：白之外的无论什么事物，与白相比都显得是黑色。漫步学派主张对立面没有中间项，但是这样的对立面并不存在。[1]

11. They come into being from each other, and for each there is a process of becoming [71b9-10]

它们互相从对方那里得以产生，对每个来说，都有一个形

1　§10. 2-4. 上文 §4.3-6。

4-11. Dam. I § 192. 有关 ἄμεσα ἐναντία 的不同意见，很可能来自普洛克罗斯，参见 Dam. 中的注释。

5-8. 所有对立的质（opposite qualities）之间都有无限多的过渡态这个证明完全基于亚里士多德的《自然学》，《自然学准则》（Institutio physica）的作者也重视它：（i）自然是运动和静止的原理，III 1, 200b12-13；（ii）所有质的变化都是对立面间的运动，I 5, 205a6-7；（iii）所以的变化都发生在一个连续体（continuum）中，VI 5, 235b24-25；（iv）这个连续体无限可分，I 2, 185b10-11。

9-10. 参考 Ar., phys. V 1, 224b30-35 ἐκ δὲ τοῦ μεταξὺ μεταβάλλει· χρῆται γὰρ αὐτῷ ὡς ἐναντίῳ ὄντι πρὸς ἑκάτερον· ἔστι γάρ πως τὸ μεταξὺ τὰ ἄκρα. διὸ καὶ τοῦτο πρὸς ἐκεῖνα κἀκεῖνα πρὸς τοῦτο λέγεταί πως ἐναντία（音调和色彩的例子），V 5, 229b14-22 中有相似的内容。

成过程。

即便我们在每种场合并没有同样的言辞表达它，实际上不是永远必定有一个从此到彼的产生过程吗？

柏拉图并不是在同语反复："它们互相从对方那里得以产生"说的是过程，"对每个来说，都有一个形成过程"说的则是结果。

12. The one of the pairs I mentioned just now[71c9]
我刚才提到的对子中的一对。

其意思是这个："有两对，我准备跟你说说其中一对，"苏格拉底说："然后你得告诉我另一对。作为结果方面的对立，我们有睡（sleeping）和醒（waking），导致这些结果的过程方面的对立，则有瞌睡（dozing off, katadarthanein，古代词，迷迷糊糊，近于睡着的状态）和醒来（waking up），[5] 其中醒来属于成为醒的（being awake），而瞌睡（dozing off）属于睡；现在你必须说出与生死相联系着的另一对对立（contrast）的名称。"这两者就是结果状态的对立，导致它们的过程，在生这边是苏醒（revival），在死这边则是垂死挣扎（death-struggle）。

13. But is Nature to be lame on that side [71e9]
在那方面上，自然岂非跛脚了吗？

如果否定那个与此相反的过程，不是把自然片面化了吗？

另一个论证："假定变化一直进行达到一个终点，因为一个会变为另一个，反之则否。"[1]

14. If there were only a rectilinear process from the one

---

1   §13. 上文§4.6-11。

thing to its contrary[72b1-3]

如果从一物到其对立物只是一个直线变化过程。

如果他主张所有生者都来自死者,死者来自生者,相应的推论就是,柏拉图并不倡导永恒的惩罚,而是认为那些无法无天者的灵魂会重返生命。他也在《高尔吉亚》[525c6; e1] 提到过永恒惩罚,[5] 柏拉图所用永恒(eternity, aion)这个词,指的是某一段时间和一整个运转周期,这可以参照荷马,他在《伊利亚特》[24.725] 中把个体生命称为 aiôn:"男人啊,你这样年轻就离开这个生命";"经验促使我们的生命按照神设程序来进行"[《高尔吉亚》448c5-6] 也一样。另一方面,柏拉图主张甚至秘法者(theurgist)的灵魂也并不总保持在可知世界里,它们也会下降而重生,Oracle[残篇] 就说到这样的人住在 [10] "那天使的居所中"。[1]

1　§14. 有关永恒惩罚的主题, Pr., *Rep.* II 179.9-26; Dam. I §§ 492 和 547; Ol., *Gorg.*263.17-264.26。对于 *αἰών* 做的专门讨论则与《高尔吉亚》525c6 和 e1 的 τὸν ἀεὶ χρόνον 有关,与《斐多》113e6 的 οὔποτε 倒没有关系。不过奥林匹奥多罗这里记述的是关于 περίοδος 的讨论,参照 Ol., *Gorg.* 以及达玛斯基乌斯的有关记述。

5.ἀποκατάστασιν: 在 Pr., *elem.* 199-200 中,这个词被用作 περίοδος 的同义词。

6.πάρος 之用于 νέος (νέον 芝诺多图 [Zenodotus]) 也许是荷马作品中所用语词的一个真正变体(参照《伊里亚特》23.474, πάρος = "太快 [too soon]"),不过,很有可能是一个笔误。

8-10. 追求可知者(the Intelligible)中的善的那些秘法师(the theurgists for good in the Intelligible): Psell., *orac. Chald.* 1153A11-16 ἀποκαθιστῶσι δὲ τὰς ψυχὰς μετὰ τὸν λεγόμενον θάνατον κατὰ τὰ μέτρα τῶν οἰκείων καθάρσεων ἐν ὅλοις τοῖς τοῦ κόσμου μέρεσιν· τινὰς δὲ καὶ ὑπὲρ τὸν κόσμον ἀναβιβάζουσι. Porph. *ap.* Augustin., *civ.* X 30: 'mundatam ab omnibus malis animam et cum Patre constitutam nunquam iam mala mundi huius passuram esse confessus est' (scil. Porphyrius). 同上书, XII 21; XXII 27. Iambl., *myst.* 69.7-15··· ἐπὶ μείζονά τε τάξιν τὴν ἀγγελικὴν ἀναγομένη. Pr., *elem.*206 有矛盾记述,参照 Dam. I § 204; § 492。可参考 Lewy pp. 219-222; F. W. Cremer, *Die chaldaischen Orakel und Jamblich de mysteriis*, Meisenheim am Glan, 1969, 64。

15. And in agreeing on this we do not deceive ourselves[72d7]

我们对此达成一致意见,在这方面我们并没有自欺欺人。

我们对此表示同意是没有错的。

因而,柏拉图不是一个怀疑主义者,因为他做了一个肯定陈述来说明灵魂的不朽,并说他并没有被蒙骗;如果苏格拉底在说"当我抵达那里我就将清楚地知道了"时,他显得有些迟疑的话[69d5-6],其原因在于他说的是他自己的归宿,[5]而非灵魂不朽。[1]

16. And that the good souls have a better lot than the wicked[72e1-2]

好人的灵魂比坏人的灵魂有更好的运气。

好人的灵魂存在得好些,坏人的灵魂存在得差些。

从这里我们可以推得另一个结论,即对好人来说,死去比活着好;对坏人来说则相反,活着比死去好。如果灵魂随着肉体朽坏而摧毁,那当然好人最好是活着,坏人则最好死掉;但是灵魂并不随着肉体之变而变,[5]因而对坏人来说活着就好。因为只要他们活着,就可以通过书本和师友的帮助,来修正他们的行为方式,逐渐成为一个好人,这样一来,最后他们就能以得到净化的精神离开这生命。靠神的帮助,这就是对立面论证的目的。[2]

1　§15. 上文8§17。

　　4-5. 参照上文7§4.4-5。

2　§16.2-5. 柏拉图,《斐多》107c5-d2(稍有不同;参照 Dam. I 475);《高尔吉亚》512b1-2(对立面)。

讲疏十一

从回忆角度进行的论证：与其他证明之间的关系；回忆的特征

[**笺注按**] 论证的意图（§1）。按照扬布里柯的看法，该论证本身就是一个灵魂不朽的完全证明；按照"有些人"的看法，该论证需要与前述论证结合起来；按照奥林匹奥多罗的看法，二者结合起来也只能（有限地）证明灵魂的先行存在和（在肉体死掉之后的）存续（survival）（§2）。从定义和词源角度讨论记忆、回忆和遗忘（§§3-4）。按照《斐多》73c1-74a8，回忆的五个特征（§5）；虽然其中的两个特征并不必然适用于所有的回忆（recollection），但却适用于柏拉图的回忆（anamnesis）（§§6-8）。

1. 'Besides', Cebes rejoined, 'according to that other theory, too' [72e3-74a9]

刻比斯答道："再者，也按照另一个理论。"

前文苏格拉底已经从生死角度证明灵魂在与肉体分离后存续（survive），换句话说灵魂是后—存在的（post-existent）。[5] 现在苏格拉底又证明它的先—存在（pre-existence）。通过目前的论证表明，学习是回忆，这样通过这两个论证就可得到这样

的结论：灵魂的生命比肉体更长，因为它在肉体存在前后都存在。¹

2. 对于这两个论证，有三种流行的解释。扬布里柯认为每一个论证本身都独立证明灵魂的不朽；他说："生者和死者相互产生（originate），如果它们老是这样做，那么灵魂就必定是永恒的；同样，如果学习总是回忆，那么根据这个理由灵魂就必定是永恒。"［5］其他人把两论证集合起来达成灵魂的不朽这个结论：第一个论证通过证明（demonstrate）我们的灵魂在冥界继续存在，证明灵魂是不可毁坏的；现在的论证是从回忆角度证明灵魂是非生成性的（ungenerated），这样，如果我们把二者综合考虑，我们就将得到结论，灵魂既是非生成性的，又不可毁坏。不过，哲人认为这与文本有点抵触：在我们看来，两个论证，无论哪一个，或者两个一起，都不能证明灵魂的不朽；［10］能证明的不过是灵魂先行存在（pre-existent）和续存（post-existent）一定长度的时间而已。柏拉图非常清楚他并没有充分证明其观点，因此就补充以另外的论证来证明同样的论题，其中唯一不同的是第五个论证，它从灵魂的本质（essence）出发，最为明确地证明灵魂的不朽。在《斐多》［73a2-3］，两个论证的任何一个都已经表明灵魂是"某种不朽的东西"，［15］言下之意很明显，他还没有严格地说明灵魂之不朽性。²

1　§1. Dam. I § 252.1-6.
2　§2. 第一个观点属于教条辑录时期（doxographical period）的，学说和诸论证都未加讨论，而独立地处在它们自己的语境中：斯特拉图明显已经认识到这一点（Dam. II § 63-65），阿尔基诺（Alcin., *did*.25）则明确之；扬布里柯然后竭力证明它的普遍有效性。第二个观点很接近于柏拉图 77c6-d4 的说法，虽然从其最狭义的角度来说，这段文字奥林匹奥多罗已经做过讨论，因而用不着多说。第三个观点来自 Pr., *Parm*. 698.36-699.7。参照 Simpl., *phys*. 440.35-441.2；以及 Dam. I §§ 264-265。（转下页）

3. 不过既然主题是回忆,回忆又与记忆密切相关,而记忆的对立面是遗忘,我们就需要打好基础,先行定义一下这三者。回忆(recollection, anamnêsis)是记忆的重现(ananeôsis mnêmês),记忆(memory, mnêmês)则是理智的保存(preservation of intelligence)(monê tou nou),遗忘(oblivion, lêthê)是一种稀黏液(rheum,lêmê),后者对视力而言是一种障碍,[5] 而遗忘对人类知识来说也一样,知识与视力之间本来就具相似性。记忆是理智的保存,因为首先在理智之中看到记忆,因为记忆就是知识的一种固化(fixation):正如恒久就是存在的固化状态(恒久,sempiternity,aîdion,就是一直是的东西,aei on),不朽(或不可消灭的生命)是生命的固化状态一样,记忆就是知识的固化状态。[1]

4. 仅当有一个由于遗忘而引起的中断,回忆才会发生,因而回忆就特别适合于人类。因为我们的灵魂虽然具有无限的生命能力,但是并没有无限的认识力量,因而当遗忘介入,就似乎有一个知识的重新产生过程,这就是回忆。[5] 这是对于同一对象的第二次认识;因为获得知识有两种途径,或者是通过首

(接上页)1-5. Iambl., *Ph.* 残篇 . 3. 可参照 . Dam. I § 207.3-5; 上文 10 § 1.13-14。
  14-15. 可参照下文 §10。

1   §3.3-6. 有关词源方面的问题可参考柏拉图《克拉底鲁》437b3(μνήμη = μονή),
Ar., *top.* IV 4, 125b6(μονὴ ἐπιστήμης), Dam. I § 257.6(ὁ νοῦς μένει), El., *isag.* 2.9(μονὴ νοῦ). Dam. I § 253.3-4(ἀνάμνησις = ἀνανέωσις μνήμης); El., *isag.* 2.9-10。 Hermias 63.7-9 ἐπειδὴ γὰρ τὰς μαθήσεις ἀναμνήσεις βούλεται εἶναι, οἷον δὲ ὑπό τινων λημῶν ἐπεσκιάσθαι τὸ τῆς ψυχῆς ὄμμα ὑπὸ τῆς γενέσεως, τούτου χάριν τὰ ἐμπόδια μόνον ὑπεξαιρεῖ. Pr., *Tim.* III 153.5τὸ ὄμμα τῆς ψυχῆς λήθην ἴσχει καὶ ἀορασίαν。
  6-9. Dam. I § 256; II § 8.3-5. 达玛斯基乌斯重新叙述了持久(ever-lasting)存在、不朽和回忆之间的相似之后,进而提出了他自己的批评意见(§257);特别是他否认回忆可以是 *νοῦς* 的一种功能(以下 §4)。

次的把握（apprehension）行为，比如我们看到苏格拉底，而在此之前我们与苏格拉底并未谋面，这被称为学习；或者是通过第二次的把握行为，这时候或是有遗忘介入（比如看到刻比斯，我们会想起他的同伴西米阿斯），或是没有遗忘介入。[10] 我们再来看记忆，记忆比回忆高级，其原因在于（1）记忆主要存在于理智之中，因为理智总是思考自身，并保持自身，比回忆为高；记忆也存在于灵魂之中，灵魂辗转于不同对象之间，不能同时地和无时间性地认识所有事物；第三，记忆也存在于人的灵魂中，这时有遗忘的干扰。（2）记忆与永恒（eternity）相似，总是指向同一对象，而回忆则因其转变的特性而与时间类似。[15]（3）有记忆的地方，就不会有忘记，而回忆则不同，仅在遗忘发生的地方回忆才存在。（4）因为更具效力的因（efficacious cause）能在更大范围传播自身，而较弱的因（the weaker）传播范围就比较狭窄，由于这个原因，非理性动物也具有记忆，而回忆则只局限于理性灵魂。[1]

---

1   § 4. 1-9. 普洛克罗斯的论证（§ 3.7-9）往下是这样的：因为灵魂的本质是生命，因而它有无限的生命力量；知识是存在—生命—理智（intelligence）这个序列中的下一个功能，它的范围更有限，并不是所有灵魂都固有的，有些灵魂就没有，而另一些灵魂则断续具有。

    4. λήϑης διαδραμούσης：不是一个偶然的（chance）隐喻，而是一个技术性语词，在回忆的定义中有其深厚的根基（§ 5.16-19），在这个讲疏以及以后的讲疏中（如 §4.9; 13; §5.9; 10; §8.6, 以及 12§2.6）出现的次数不少于 7 次。因此这个 οἷον 出现得不是很恰当，必定是下一个 οἷον 的重复。

    10-13. 参照 Dam. I § 259. 奥林匹奥多罗接受了普洛克罗斯的观点（Dam. I § 256.2），不过，他有所取舍，比如普洛克罗斯限制说理智有记忆（memory），但不思想（thinking）自己，而是思想超乎自身的可知实在（§ 256.2; § 257.4-5），这个观点他就没有接受。Dam. I § 257.10-14，顺着普洛克罗斯著述中观点的一个转变，论证记忆属于灵魂这个层次。

    11. ἐν ταῖς ὅλαις 或 τελείαις 或 ἁ ψυχαῖς 也许是插入的，不过也可能可以得到适当的理解，参照 Dam. I § 257.13；II § 6.1-3。

    15-16. Dam. I § 258；II § 4.5-6；6.5-6.   （转下页）

5. 如果有回忆发生，那么就必定同时出现以下五种因素：
（1）回忆必定是一种次级知识：如果回忆确实是记忆的一个再现，并且只有那些经受了岁月磨蚀的知识才能再现，那它就必定是一种次级知识。再者，获得知识本有两个途径，或是通过第一次的把握行为，在这种情况下就是学习；或是通过第二次的把握行为，在这种情况下就是回忆 [73c1-2]。（2）必定有从一种

（接上页）16-18. Dam. I § 272; II § 22. 这里所说的一般原理，即更高力量的影响比较低力量的影响向下扩展得更远，是普洛克罗斯的一个著名原则（*elem.* 57; cf. Ol., *Alc.* 109.18-21）。小前提（记忆首先出现在理智 [intelligence] 中，回忆 [recollection] 则首先出现在灵魂中）也是普洛克罗斯赞成的一个观点（见上文，11-14 行）。推理似乎是显而易见：结论（记忆来自于理智，它向下达至非理性的动物，而回忆则始终在理性灵魂之中）必定也来自普洛克罗斯的义疏。不过，令人更为惊讶的是爱里亚斯（El., *isag.* 2.6-25）精确地从普洛克罗斯的《斐多》义疏中引用了对立的意见：μόνος γὰρ τῶν ζῴων ἄνθρωπος ἀναμιμνήσκεται τῶν ἀλόγων μνήμην ἐχόντων μόνον, ὡς δηλοῖ ὁ κύων τοῦ Ὀδυσσέως ὁ Ἄργος φυλάξας τὴν μνήμην εἰς εἴκοσιν ἔτη. οὐ ταὐτὸν δὲ μνήμη καὶ ἀνάμνησις· μνήμη μὲν γάρ ἐστι μονὴ νοῦ. ἀνάμνησις δὲ ἀπολομένης μνήμης ἀνανέωσις. καὶ ἡμεῖς μὲν οὕτως (在爱里亚斯在他关于《导言》[Isagoge] 的义疏，毫无疑问奥林匹奥多罗也如此) ὁ δὲ φιλόσοφος Πρόκλος βούλεται ἐν τοῖς εἰς Φαίδωνα ὑπομνήμασιν ἔχειν καὶ τὰ ἄλογα ἀνάμνησιν· ὑπερβαίνει γάρ, φησί, τὴν ἐκείνων ζωὴν τὸ ἀμετάπτωτον τῆς γνώσεως· τὸ γὰρ διὰ παντὸς μεμνῆσθαι αὐτὰ καὶ μὴ ἐπιλανθάνεσθαι ὑπὲρ τὴν ἐκείνων φύσιν ἐστί· τοῖς γὰρ ἀνθρώποις κρείττοσιν οὖσιν οὐχ ὑπάρχει τοῦτο. ἐπιλανθάνεται δὲ καὶ τὰ ἄλογα· δεινοῖς γάρ ποτε περιπεσόντα αὖθις τοῖς αὐτοῖς περιπίπτει καὶ τὰ πρότερον σαίνοντα μετὰ χρόνον ὑλακτεῖ καὶ ἀγριαίνει πρὸς τοὺς ποτε συνήθεις. ὅθεν δῆλον ὅτι ἐπιλανθάνεται καὶ ἀναμιμνήσκεται. ὅτι δὲ ἔχει ἀνάμνησιν, δῆλον κἀντεῦθεν, ἐκ τοῦ μὴ ὁμοίως εἰς συνήθειαν ἄγεσθαι τῷ προορᾳθέντι καὶ τῷ πάντη ξένῳ· θᾶττον γὰρ ἐν συνηθείᾳ γίνεται τοῦ προορᾳθέντος, ὡς φυλάξας δῆλον ὅτι τύπον τινὰ καὶ δι' αὐτοῦ λαβὼν ἀφορμὴν ἀναμνήσεως. πλὴν εἰ καὶ ἐπὶ ἀμφοτέρων ἐστὶν ἀνάμνησις, ἀλλ' οὖν διαφορά τίς ἐστιν· ἐπὶ μὲν γὰρ ἀνθρώπου σὺν τῇ ἀναμνήσει ἐστὶ καὶ τὸ συναισθάνεσθαι αὐτοὺς τῆς ἀναμνήσεως, ἐπὶ δὲ τῶν ἀλόγων οὐκ ἔστι τοῦτο· οὐδὲ γὰρ συναισθάνεται ἐκεῖνα ὅτι ἀνεμνήσθη· ὥσπερ γὰρ ἡ ὄψις ὁρᾷ μέν, οὐκ οἶδεν δὲ ὅτι ὁρᾷ, οὕτως καὶ ἐπ' ἐκείνων ἐστίν. 达玛斯基乌斯在 Dam. I § 272 和 II § 22 一再重复了这最后一个结论，不过没有进行评论，通常情况下，这意味着他是在报道普洛克罗斯的观点，并且这也似乎证实爱里亚斯做的记录实质上是正确的。爱里亚斯首先提到这个观点，他表述的方式似乎是他自己的，不过，实际上这里（以及在有关 *Isagoge* 的义疏中）奥林匹奥多罗采纳了这个观点，并且可能是阿莫尼乌斯，也可能是奥林匹奥多罗，从普洛克罗斯的一个准则中演绎出这个观点。

知识到另一种知识和从一个对象到另一个对象的传转（passing on），例如，我们看到刻比斯就记起西米阿斯，这里我们就经历了一个知识种类的转变（transition），从感官知觉到想象，因为想象就是知觉的不在场。也有知识对象的转变，从刻比斯到西米阿斯的转变 [73c4-d11]。（3）回忆之前必定有因遗忘而导致的一个中断。[10] 如果没有这样的中断，我们就不说回忆，而会说记忆 [73e1-3]。（4）发生的转变既有从相似到相似，也有从不相似到不相似的：一个人看见苏格拉底的肖像，就想起苏格拉底，这是从相似到相似；一个人看见西米阿斯，想到刻比斯，这是从不相似到不相似 [73e5-74a4]。[15]（5）先看从相似到相似的转变这种情况的回忆，我们必定也能够把缺失的部分补足 [74a5-8]。既然这样，我们就得出结论说，回忆就是一种（在发生遗忘之后）通过知识种类和知识对象的传转所达成的次级知识，这个转变既可起自相似，也可起自不相似，在前一种情况下，一些不完善之处可根据另外的信息加以补足。¹

6. 有人质疑上文所引述的两个假定，我们就来讨论一下。针对第二个，他们说转变不一定非得是从种类或对象的传转，例如某人以前见过苏格拉底，但后来忘记了他，现在再次看见他，马上就想起来。[5] 显然这里并没有知识种类的转变，因为涉及到的都只是感官知觉。同样也没有知识对象上的转变，对象一直是苏格拉底。另一个被质疑的假定，就是针对从相似到相似的转变或从不相似到不相似的转变；也可以从同一到同一。还是那个例子，[10] 以前见过苏格拉底后来又忘了，现在又看见他，记起他来：这里我们就有一个从同一到同一的转变。这

1　§5. Dam. I § 262; § 253; II § 13, 参考 § 4。

样,我们必须得承认柏拉图的假定是错的吗?如果我们把这些假定与全部回忆联系起来,的确如此。不过柏拉图并没有涵盖全部有关回忆的论证,而只限于目前讨论范围的回忆,这里,他认为灵魂为感觉印象所激发并唤醒,就把隐藏其中的形式呈现出来,有了这个限制,假定就是真的。

7. 因为灵魂是一种"具有所有形式的神圣图像"(sacred image that takes all forms),它拥有万物所是(all that is)的原理,它可以为可感事物所唤起而回忆起在它自身之中的原理,并将之呈现(produce)出来:观察到世间的一个事物,灵魂就可以意识到它的实质。这样我们就可以建立起这样的观念:在人类灵魂这种情况下,存在着知识种类的转变,从感官知觉到推理(ratiocination);[5]也有知识对象的转变,比如从现世中的相等(equal)到绝对的相等。进言之,这种转变是一种从相似到相似,从一种相等到另一种相等的转变。最后就从相似到相似的转变而言,我们也可以补足其所缺失。[10]现世中的相等并不是精确的相等,某物在被减去或增加极小量(如一粒沙)时依然保持同一。用柏拉图自己的话来说,"我们既不能精确看到也不能精确听到任何事物"[65b3-4],因此是灵魂从大致相等(equality)转变到精确相等的知识,换句话说,灵魂补足了其中缺少的东西。[1]

8. 至于回忆的另外两个假定,即回忆是一种次级知识,回忆为遗忘所打断,我们该采取什么态度,赞同还是反对呢?回答是肯定的。我们可以证明回忆确实是次级知识,这由转变和补

---

1   §7.1-2. 上文 4§2.3。

  10-11. 上文 5§5.2-5;下文 12§1.11-13。

充（supplementation）这整个事实所证明；如果回忆是一级知识，我们就根本不能补充任何东西，也不会有转变发生。[5] 一个人看到苏格拉底的肖像，但以前并没有见过苏格拉底本人，他得到的印象不会超过肖像提供的信息。再者，我们在回忆时，往往意识不到我们以前其实已经有所认识了，这就证明遗忘间隔的存在。意识不到我们以前曾有所认识，而是认为我们现在刚刚学得，这确实就是忘记现象最明确的标志。关于这个我们就说这么多。[1]

9. According to that other theory too, Socrates, if it is correct, the one that you are always repeating [72e3-5]

苏格拉底啊，按照那另一个说法也一样，如果您一再提到的学习是回忆这种说法正确。

苏格拉底啊，此外，如果真像你经常说的那样，我们的所谓学习实际上就是回忆，那就是一个补充的论证，说明我们必须在以前的某个时候学习过现在回忆起的事情。

刻比斯是苏格拉底的弟子，他很容易地接受了学习就是回忆这种观点。苏格拉底在《美诺》[81e3-86b6] 中对回忆说做过证明：[5] 他叫来美诺的童仆，问一个几何问题，后来童仆正确地给出答案，苏格拉底就得出结论说学习是回忆；因为如果我们没有事物的内在概念，在被问及时（提问自然要得法），我们就不能给出正确的答案。刻比斯多次听到苏格拉底这样说，因此他把回忆说的教义归于苏格拉底。[2]

10. The soul seem to be something immortal [73a2-3]

---

1   § 8.6-9. 下文 12§ 2.6-7。

2   § 9. 3-7. Dam. I § 300.

灵魂似乎是某种不朽的东西。

我们在［§2］中说过，"某种不朽的东西"（something immortal）并不就是"不朽"（immortal）。[1]

11．**Remind me, because at the moment I cannot quite...**［73a5-6]

提醒我一下，因为我现在实在不能……

请你提醒我一下，因为我现在不能顺利地回忆起来了。

也就是说，"我们的主题是回忆，你必得提醒我一下学习是回忆是怎样得到证明的"。[2]

12．**If the questions are put properly**［73a8］
如果问题提得恰当。

所谓提得恰当，指的是按照真正的柏拉图式，而不是像漫步学派中人那样处理；也不能着眼于廉价的欢呼，如果对话者不能很好理会，就采取循循善诱之法。[3]

13. **If you confront them with geometrical figures**［73b1］
如果你让他们看一些几何图形并提问。

1　§ 10. 上文§ 2.14-15。

2　§11. 如果这个注释用于b6-7*αὐτὸ δὲ τοῦτο δέομαι παθεῖν περὶ οὗ ὁ λόγος, ἀναμνησθῆναι*，那么会有更多的方面。很可能是编订者省略了这个难题。

3　§12. *Περιπατητικῶς*: 以亚里士多德辩证法的方式；*βωμολόχως*: 以欧蒂德摩这样的论者的方式。参照Amm., *int.* 202. 19-25*οὐ διαγίνεται ὁ παρὰ Πλάτωνι Σωκράτης ἐν ταῖς πρὸς τοὺς κοινωνοῦντας αὐτῷ τῶν λόγων συνουσίαις κατὰ τὴν πρόθεσιν τοῦ κατὰ τὸν Ἀριστοτέλην καλουμένου διαλεκτικοῦ· ὁ μὲν γὰρ οὕτω λεγόμενος διαλεκτικὸς πρὸς νίκην μόνον ὁρᾷ τοῦ προσδιαλεγομένου καὶ τὸ περιαγαγεῖν αὐτὸν εἰς τὴν ἀντίφασιν, ὁ δέ γε Σωκράτης καὶ πταίοντας τοὺς προσδιαλεγομένους ἐπανορθοῖ καὶ τέλος τίθεται οὐ τὴν νίκην ἀλλὰ τὴν τῆς ἀληθείας κατάληψιν*。

　　苏格拉底选择几何问题来佐证,因为这是一条单一的狭窄的道路,严格来说,这是一条"小径",而非"大路"。[1]

14. Have known it some time before [73c2]
以前某个时候已经知道它了。

此即第一个假定。[2]

15. If a man having seen or heard one thing[73c6]
如果某人已经看见或听到一个事物。

此为第二个假定,必定存在一个知识种类和知识对象上的转变。

16. 'This, then,' said Socrates, 'is a kind of recollection' [73e1]

　　苏格拉底说:"那么,这就是一种回忆。"

这就开始说第三个假定了,即必定有一个遗忘的间隔。遗忘可以产生于(1)缺乏注意,比如漠然(indifferent),(2)时间上的原因,比如老人由于年代久远,(3)疾病的原因,比如医生所说的嗜睡症(lethargy)。[5] 漠然、时间和疾病是引起遗忘的原因。

17. 'Further,' said Socrates, 'is it possible, when seeing a horse...'[73e5]

　　苏格拉底说:"进一步来说,如果看到一匹马,是否可能……"

1　§13.2-3. 上文 5 § 14。
2　§§ 14-18. 上文§ 5。

开始说第四个假定。

18. 'But when it is by something similar...' [74a5]

"但当回忆由相似物引起······"

第五个假定。

讲疏十二

形式存在。回忆的五个特征也是
学习的特征 [1]

[笺注按] 这部分文本覆盖的内容大约到 74e8 或 75c6 为止。从《斐多》（74a9-c6）衍生出形式（form）存在的两个证明，在§1又另外增加了三个证明以论证在灵魂中形式的存在。11§5中列出的回忆的五个特征，也可以用于学习的过程（§2）。词汇（lexis）现存只有一小部分（§3）。如果 MS 有关空白部分（五页）的说法是准确的，那很可能有两个多讲疏佚失了，一个是讨论从回忆角度对灵魂不朽的论证的剩余部分，证明回忆说蕴涵着灵魂的先行存在（75c7-77a5？），另一个讨论从相似角度进行论证的文字（77a6？ -78b3）。

1. Surely we agree that there is such a thing as the equal, not as one stick is equal to another [74a9-**]

确实我们都同意存在像相等本身这样的东西，而不是像两个木棍之相等。

1　[中译按] form，柏拉图的主要概念，可翻译为"理念"、"理式"或"相"等，本书统一译为"形式"。

　　我的意思并不是说一块木头等于另一块木头，一块石头等于另一块石头，诸如此类，而是说这以外的东西，这个"等"是离开事物的"等"本身。

　　我们面前的这部分文字证明两点：形式存在（当然不是观念［ideas］，而是灵魂中的形式），以及学习就是回忆。通过表明上文［11§5］中所列的回忆的五个特征也可以用于学习，来证明之。［5］为证明（demonstrate）形式的存在，柏拉图做了两个论证；学习就是回忆这一点就用上述所言的方式来证明。

　　对于形式之存在这一点没有什么可质疑的。如果一必定先于多（the manifold）而存在，绝对（the absolute）先于个体（the particular）而存在（换言之，可知者必定先于可感事物，无形的事物［immaterial］先于有形的物质［material］），那么形式就必定存在［74a9-b7］。［10］第二个论证：精确的事物先于大致的事物，良好界定的（well-defined）先于模糊的和不精确的。现世中的形式都是不精确的：两个量（magnitude）相等，那么即便增加或减少微小的量，如一粒沙的尺寸，它们也会保持相等［74b7-c6］。不过，既然这些论证证明观念的存在和灵魂中内在概念（innate notions）的存在一样，我们还是再找一些另外的证据来证明灵魂中的内在概念之存在。［15］如果人的心灵区分现世中的形式，并认为这个更美，另一个不太美，那么显然，心灵要做这种区分和比较，必定是根据某个标准和某个形式。如果心灵本身并不具有这些概念，那它就不能在事物之间做出区分。漫步学派［Ar., *anal. post.* II 19, 99b35］认为我们借助于所谓的判断力（faculty of judgment）识别事物，对此我们并不认同，［20］因为人的灵魂并不靠单纯的自然本能来活动，就像蜘蛛织网一样。再者，如果灵魂能够补充，并从一种知识转变为另一种，那就必定在自身之中拥有某些形式，否则就不会有不同事物的转变,也不会有补充缺失等这样的问题。一个人以前没有见过苏格拉底,只见到他的肖像,那么所获得的有关苏格拉底的信息不会超过肖像。最后,如果灵魂渴望精确形式的知识,而且任何渴望绝非徒劳,其起因只能来自灵魂的内在形式,[25] 灵魂试图清楚把握的就是它们。[1]

2. 我们再来看学习是回忆这个论题,这可以通过这个事实证明,即回忆的诸元素都可以用来谓述人的灵魂:(1)起自感官知觉,例如我们从现世中的相等进到绝对的相等;(2)在这个例子中,该转变可由相似的某些事物达成;(3)由于现世的相等并非精确的相等,我们补足所缺失的东西;[5] (4)再者,回忆是一种次级知识,否则我们就不能补足它,只见过苏格拉底肖像的人得到的信息不会超过肖像;(5)最后,存在着遗忘的间隔,其最强的证据就是:在回忆时,我们并没有意识到我们以前就知道这些事物。这样就毫不奇怪有这样的事情发生:正是由

---

1   § 1.2-3. Dam. I § 274; II § 15.

7.*εἰδῶν* 有些混淆,不过这可以根据 11 行的 *τὰ ἐνταῦθα εἴδη* 来解释,可参照 §3.2。

9-12. 参照上文 5 § 5.2-5; 11 § 7.9-11。

10. *δεῖ : ⟨εἶναι⟩* 也许是插入的,或者也可以根据 7 行来理解。

14.*ἔξωθεν*: Ol., *Alc.* 74.7 和 203.20 也是这个意思。上文 1 § 3.1 也一样。

14-25. 灵魂中内在的 *λόγοι* 或 *εἴδη* 的论证:(1)只可能借助于给定标准来进行判断和区分,靠单纯的官能而不考虑其内容是不可能的;(2)整体考虑概念(completing notions),并将它们与其他概念联系起来,这只有在可以得到这个完整概念才可能;(3)认识完美(因为这是自然的)这种渴念(desire)必定在实现的可能性(possibility of fulfillment)中有其根据,参照 6§ 10 (Dam. I § 179)。

17-19. Ar., *anal. post.* II 19, 99b35 *ἔχει γὰρ* (scil. *τὰ ζῷα) δύναμιν σύμφυτον κριτικήν, ἣν καλοῦσιν αἴσθησιν. An.* III 9, 432a15-17 *ἡ ψυχὴ κατὰ δύο ὥρισται δυνάμεις ἡ τῶν ζῴων, τῷ τε κριτικῷ, ὃ διανοίας ἔργον ἐστὶ καὶ αἰσθήσεως, καὶ ἔτι τῷ κινεῖν τὴν κατὰ τόπον κίνησιν.*

19-20. Ar., *phys.* II 8, 199a26-27 *φύσει τε ποιεῖ καὶ ἕνεκά του ἡ χελιδὼν τὴν νεοττιὰν καὶ ὁ ἀράχνης τὸ ἀράχνιον.*

于肉体引起的阻碍，才使得我们不能意识到我们已经知道。有病的人很难记起健康状态时的情况（修昔底德［Thucydides］就说过，"由于疾病，他们既不能认出自己，也不能认出别人"［2，49，8］），而健康时我们则能想起疾病期间所受的痛苦和酸楚，因此，在与肉体分离后，灵魂就不再有所羁縻，也就能记起待在肉体之中时所遭受的痛苦和酸楚，不过，只要灵魂还在肉体之中，它就不能忆起前世生活过程中所发生的事情。这一点毫不奇怪，如果我们不能记起生命历程中的事件，相反却常常忘得一干二净，［15］即便有很多提示物，我们也不能回想起它们，反而认为所发生的事情都是第一次听说，那么这将更有可能发生于一个不同的生命时期之中。关于这个我们就说这么多。¹

3. 'May we take it there is such a thing, or not?'– 'We may' [74a12-b1]

"我们可否认为有这样一件东西？" —— "我们可以"

"我们是不是会说有这样一件东西？"西米阿斯说："宙斯在上，我们当然会说有。"

我们在［§1］中已经讨论过这个问题：一必定先于多而存在；这里也就拒绝了暴民法则（mob rule），正如荷马所说，"多主法则（the rule of many lords）不是一件好事情"［《伊利亚特》2.204］。西米阿斯很快承认形式的存在（他甚至发誓，还说"我绝对确信如此"），［5］其原因在于他很熟悉苏格拉底的观点，也因此他上文说道："你说服了我，不过还需要再提示一下我"

---

1 §2. 上文 11 §5；《斐多》73c1-a8 的概要。

　　6-7. 上文 11 §8.6-9。

　　8-18. Dam. I §269.6-9; II §19。这一段甚为著名的话引述自 Pr., *Rep.* II 349.13-26 中所记录的亚里士多德片段（残篇 . 41R.³=Eudemus frg. 5 Ross）；参照 Ol., *Gorg.* 265.20-24。

[73b6-7]。[1]

4．Look at it in this way, too[74b7]

也可以这样来看它。

……

讲疏十三

从相似角度做的论证：可知者的六个属性；关于人的灵魂的推论

[笺注按]该论证是根据《蒂迈欧》[27d6-28a1]中的反题来进行，总结为六对对立属性(§1)。§2分别讨论这六对属性。柏拉图主张灵魂在三个方面更类似于可知物，而不是可见物：灵魂不可见、灵魂思想、灵魂统治；因此灵魂持续更长时间(§3)。这是其他柏拉图著作义疏家的意见，他们针对的是扬布里柯，扬布里柯主张由普罗提诺建立的有关完全证明的材料都已经包括在内(§4)。§5对78d1-7中的形式所指为何的问题进行了讨论，还包括普洛克罗斯的解答。§6中是一些反对观点，即主张相似并非同一。讲疏的词汇(*lexis*)部分(§§7-20)，本身应该完整，或者基本上完整，所讨论的文本约到80a9。

1. 'Well then', said Socrates, 'the kind of question we should ask ourselves is this' [78b4-**]

苏格拉底说："那好，我们应该自问的那种问题是这个。"

苏格拉底说："我们岂不是应该问问自己：哪类东西会很自然地要遭到消散的命运？"

·

为理解从相似性角度所做的论证，我们首先注意一下苏格拉底在存在（being）和生成（genesis）之间做的对比（他在《蒂迈欧》[27d6-28a1] 也这样说过，[5] "一直存在并且无须生成[has no coming-to-be] 的是什么，生成的但并不永远存在的是什么？"存在指的是示范性的诸形式 [exemplary forms]，生成[come-to-be] 则指的是可感世界），苏格拉底从六个方面论述这个对比，存在方面：神圣性（divinity），不朽性（immortality），可思想性（accessibility to thought），不可分解性（indissolubility），形式的单一性（singleness of form），永恒的不可变性（eternal invariability）；生成（genesis）方面：物质性（corporeality）（作为神圣的对立面）、朽坏性（mortality）、不可思想性（incapability of thought）、可分解性（dissolubility）、多样性（multiformity）、[10] 可变性（complete absence of invariability）。[1]

2. 我们来分别加以讨论，

（1）他把可知实在（intelligible reality）称为"神圣的"，因为在柏拉图看来，可知实在直接依赖于神，而无须就是神；这样来看，"神圣的"就等于"直接依赖于神"。

（2）它也是"不朽的"，因为它具有不可毁灭的生命。真正意义上的不朽在真实—存在（real-existence）那里才可发现，真实—存在永恒地存在着，[5] 没有过去是（was）、现在是（is）和将来是（will be）。永久的（semipiternal）事物也并不是严格意义上的永恒（eternal），因为它们可以用过去是、现在是、将来是这样的表达时间的词语来形容，过去、现在、将来既然都是时间的

---

1   §§ 1-2. Pr., *theol*. I 26-27 详细讨论了这六个属性，不过是从完全不同的角度：普洛克罗斯认为它们应用于超乎灵魂的每个事物，因而属于神的属性。

   § 1. Dam. I § 312; II § 30.1-6.

部分,那么就不会总保持存在,而是会消逝。太阳在黄道上运行,并不总是在白羊宫(Aries),不过它确实曾经在并且将来会在那里;这就与太阳在白羊宫和在别的黄道区域的不同描述相对应了。无论如何,对于真实—存在而言,可用的只有"是"(is),这个"是"只有存续(subsistence)的意味,[10]它与表达时间的"是"(is)还有区别,因为后者与"was"和"will be"相并列,而前者并无时间的意味。

"因为它既非过去是,也非将来是,而是恒是,一同时是整体。"

(3)它也是"可进行思想的"(accessible to thought),不过并非在它是思想的对象这个意义上;因为这时的主题是理智诸形式(intellective forms),它们进行思想,但并不就是思想。可知形式(intelligible forms)是思想,[15]但它们并不思想(这也是"天意"[Providence][pronoia]这个词的源头,这个词表明的是它先于理智[intelligence][pro nou],并且 Orphica [残篇82]也有同样的暗示,在把爱若斯[Eros]描绘为可知者,他说:

在他的心中珍藏着盲目[eyeless]而迅捷的大爱[Love];

这里的眼睛[eye]就是理智的象征,其行动快捷,因而"盲目"[eyeless]就代表"不思想");确实理智—实在(intellective-reality)也是思想的对象,但是因其强有力的特征,据说它思想,而不被思想。[20]柏拉图所说"可达成思想的"指的是"思想"(thinking),而不是"被思想"(being thought),与之形成对比的是"不能思想"(incapable of thought),其意思是"不思想"(not thinking),而非"不被思想"(not being thought)。亚里士多德在

《论灵魂》（*an.* III 7, 431b26-28）中也如是处理,把"可感的"称为被赋予感官知觉的,正如柏拉图这里把"可达成思想的"称为被赋予思想的一样。

[25]（4）现在来看"不可分解性",这是就可知者自身不包含部分而言。无论什么东西,如果分解,分解产物总是它自己的组成成分,不过,真实的存在（real being）是非组成性的,内部没有部分,因而就不会分解。所有的形式,甚至是物质化（materialized）的形式,就其固有原理（principle,也可翻译为本原）而言,都没有什么部分。物质化的形式虽然本身也没有部分,但还是可以分解,这与其组成物质有关,比如种子,在其任何部分中都有其原理,即便拿掉其中某个部分,动物还是能发育成长,并无缺陷。而正是其物质才使得头、鼻子等分离出来。[30] 这样就可以得出真实—存在如果是简单的,那也是不可分解的。柏拉图认为组合物（composite）总是可以分解 [78c1-2],因而天体作为组合物也可以分解,虽然不是在时间中,而是根据其本身的天性;任何组合而成的事物总有其生成过程,本身也可分解,天体也是这样,因而它们必定是可分解的和可毁坏的。[35] 无论怎样,天体之可毁坏性与其生成的方式是同一过程而方向相逆:天体不能自我激发,也不能自我生成（按照柏拉图的教义灵魂才可以产生自身）,而是被产生的;以同样方式它们自身是可毁坏的,因为它们不能保持自身的存在,但是不朽性就像一种连续流（continuous flux）到它们那里,这符合亚里士多德派自然学原理,即有限事物只具有限力量 [40][《自然学》VIII 10, 266a24-26]。

（5）真实—存在也是"形式上单一的":形式上单一,是因为简单。在单一存在物那里,一个事物的本质和该事物同一。在组合存在物那里二者则不同,事物的本质自身适合用于形式,而事物则适合于以物质呈现的形式。因此一个动物的本质就不同于成为一种动物，它们是更深层次的"形式上单一的"，因为它们不与它们自身的非—存在共存，它们是纯粹的并完全摆脱这样的附加物；[45] 这个世界上的形式则混有其自身的缺乏性。

　　（6）最后来看它是"永远不可变的，并且在状态上与其自身同一"。这里有"与自身"（with itself）的附加字眼，原因在于复归于自身是理智的真正特质，可感事物从来不会是同一的，[50] 因为它们不仅相互之间各有不同，而且因其处在时间和运动之流中，其自身也不同。因而为了表明该差异的宽广范围，表明一类存在物复归自身，是永远不可变的，而另一类事物在各个方面都与此不同，柏拉图特意加上"与自身"这样的词。[1]

1　§ 2. Dam. I §§ 313-324; II § 30.6-12.

　　2-3. 诸神是 henads，同时，"神圣"（the divine）是结合着在实在的不同水平上依赖于它（the *ἐκθεούμενον*）的存在（the being）的 henad，普洛克罗斯对此做了解释（Pr., *thol.* I 26. 114.5-116.3）。由于该语境的特殊要求他不得不提出这个观点；这里奥林匹奥多罗和达玛斯基乌斯（Dam. I §313）提出了一个更自然的区别，这个区别无疑也是普洛克罗斯所为（可参照 Dam. II §30.7-8 *τὸ ἀγαθοειδὲς καὶ ἡνωμένον*，在该处达玛斯基乌斯自己提出另一个设想 *ἢ μᾶλλον τὸ πρωτουργόν*）。

　　2. *ἐξῆπται*：普罗提诺已经用这个表述来描述较低的原理（较低的依赖于较高的原理）（Plot. V3,16.36; VI5,7.9）。至少因为赫尔米亚（136.4）的原因，这个表述常常作为一个技术性词语来表达在任何垂直系列（*σειρά*）中的相继的较低水平与较高水平之间的关系，也就是通常所说的 henad。显然这与荷马《伊利亚特》8.19-20 *σειρὰν χρυσείην ἐξ οὐρανόθεν κρεμάσαντες πάντες τ' ἐξάπτεσθε θεοὶ πᾶσαί τε θέαιναι* 有联系，不过，不容易精确确定这个联系的本性。在普罗提诺之前也许已经形成一个对荷马史诗中的金丝线（[中译按]Golden Cord，潘多拉魔盒上的包扎绳）的形而上学解释，就像 Psellus, *de aurea catena* 所记录的那样，普罗提诺也受到其影响；更为可能的是他对这个词的偶然使用也帮助一个后来的新柏拉图主义者意识到这样一个解释。可参照 Pr., *Tim.* I 314.18-19; II 24.23-29; III 163.15; Ol., *Gorg.* 244.5-6。

　　4-12. *αἰών* 作为不朽的来源：Pr., *theol.* I 26,117.7-10。永恒（eternal）和永久（sempiternal）之间的不同原为柏拉图的永恒概念所蕴涵，不过，*αἰώνιος* 和 *ἀίδιος* 之间的术语性区别则是后来才形成，在柏拉图那里，二者是同义词，普罗提诺也一样（例如 III 7,1.2）；普洛克罗斯的用法（例如 elem.172）则采用了奥林匹奥多罗所记录的区别（Ol., *mete*.146.15-25），按照这个区别，*αἰώνιος* 与 *αἰών* 有关，而 *ἀίδιος*（转下页）

（接上页）与（没有终点）的时间有关。

6-7. 柏拉图,《蒂迈欧》37e3-4ταῦτα δὲ πάντα μέρη χρόνου, καὶ τό τ᾽ ἦν τό τ᾽ ἔσται χρόνου γεγονότα εἴδη。

χρονικὰ προσρήματα: 参照 χρονικαὰ ὀνόματα Pr., *Rep.* II 250.9; 30 （也就是柏拉图,《王制》X 617c4-5 的 γεγονότα, ὄντα, μέλλοντα）。

参照 Ar., *phys.* IV, 219b12-22, 此处亚里士多德主张, 现时作为时间的一个运动点在一种意义上与自身同一, 在另一种意义上则与自身不同, 这对于空间中的一个运动点或物体来说也是真的, 借助于它们发生位移这样的简单事实, 它们就成为不同的 τῷ λόγῳ. Ram 中的太阳的例子必定来自阿莫尼乌斯, 参照 Philop. *ad loc.*(*phys.* 727.14-15) καὶ τοῦ γενέσθαι τὴν ἀπὸ Κριοῦ ἐπὶ Ταῦρον κίνησιν αἴτιος τυχὸν ὁ ἥλιος ὁ ταύτην κινηθεὶς ἢ ἕτερός τις τῶν ἀστέρων (Simpl. *phyc.* 722.35- 723.20 则并非如此)。

12. *Parm.* 残篇 8.5, 这个残篇也见于 Amm., *int.* 136.24-25; Ascl., *met.* 38.7-18; 42.30; 202.16-17; Philop., *phys.* 65.9. 目前的文本是由辛普里丘传下来的(他的文本中出现了四次, Pr., *Parm.* 665.26 也支持这一点), 它是这样的: οὐδέ ποτ᾽ ἦν οὐδ᾽ ἔσται, ἐπεὶ νῦν ἔστιν ὁμοῦ πᾶν. 参见 Whittaker, *God, Time, Being*, Oslo 1971,21-24, 魏特克除了要求学者慎重对待亚历山大里亚派的文本外, 还指出亚历山大里亚派的解释假定在 ἔσται 之后有一个逗号, 而不是在 πᾶν 之后, 就象在诸版本那样(在 M 中也如此)。四个见证人阿莫尼乌斯、阿斯克勒皮、菲洛波诺和奥林匹奥多罗, 他们之间的一致证明了这一点, 即阿莫尼乌斯碰巧按照这个形式记忆这一行(当然, 可能错误也可能正确)。

13-24. νοητόν: 柏拉图用到 νοητόν, 应该是只在被动的意义上, 相应地 ἀνόητον 也一样, 这就是普洛克罗斯如何用它 *theol.* I 26, 117.15-118.9 来区分从灵魂到大一的不同层次。参照 Pr., *Tim.* I 230.22-28: 在《斐多》中 νοητόν 包括灵魂, 在《王制》中指的则是超乎灵魂的每个事物, 在《蒂迈欧》中则只是存在(being)的第一个三一体。奥林匹奥多罗则根据其与 ἀνόητον 的对比所反映出来的力量而赋予它以主动的意义(=νοητικόν), 达玛斯基乌斯也如是处理(Dam. I§315 和 II § 30.9, 虽然他自己是在一种被动的意义上使用 ἀνόητος, *princ.*10.15); 从他们的一致我们照例可以得出这样的结论, 即普洛克罗斯在有关《斐多》的义疏中已经采纳了这个立场。

15-19. 同样引述 ἀνόμματος, 并给予同样的解释, Pr., *Tim.* III 101.9-24; 参照 II 85.24-28。

15. πρόνοια = πρὸ νοῦ ἐνέργεια: Pr., *elem.* 120 和 134 (Dodds p.263) *prov.* 7.10-12; *decem dub.* 4.3-4. 参照 Plot. V 3,10.43-44。

18. 参照 Dam. I § 413.3-4。

19-20. 扬布里柯把普罗提诺的一个 νοῦς 分解为 νοητόν 和 νοερόν (Pr., *Tim.* I 307.14-309.13)。在普洛克罗斯看来, νοητόν 包含了一个 νοῦς νοητός (*theol.* III 14), 而 νοῦς 则包含一个 νοητόν (同上书, V 2)。不过在这里只说主要的区别, 因而就把这个细致讨论放到一边。

22-23. Ar., *an.* III 7, 431b26-28 τῆς δὲ ψυχῆς τὸ αἰσθητικὸν καὶ τὸ ἐπιστημο(转下页)

（接上页）νικὸν δυνάμει ταῦτά ἐστι, τὸ μὲν ἐπιστητὸν τὸ δὲ αἰσθητόν. 威滕巴赫（Wytenbach）改为 αἰσθητὸν τό，这与亚里士多德的文本一致，在奥林匹奥多罗里也是题中应有之义，当然，也许是奥林匹奥多罗造成这个错误，也可能是编订者。

25-40. ἀδιάλυτον 应该跟在 μονοειδές 之后，在柏拉图和达玛斯基乌斯那里就这样。

30-31. 参见 4 § 4.13 注释。

32-33. Dam. I § 331; II § 36. 参照下文 § 9。普洛克罗斯在 Pr., *Tim.* III 209.27-214.35 中详细讨论了《蒂迈欧》41a7-b6 天的不可分解性（indissolubility of heavens）的著名文字。Dam. I § 331.1-3 和 II 36.1-8 把普洛克罗斯的观点概括为他在《斐多》的义疏中所陈说的观点：就没有什么有限体（finite body）可以具有无限的力量而言，宇宙确实是可毁坏的（dissoluble），不过由于造物主的意志，宇宙才经久不变，也就是说，宇宙从其产生处就接受到了连续的力量流。奥林匹奥多罗在这里采纳了这个意见，而达玛斯基乌斯则不同意（Dam. I § 331.4-8 和 Dam. II § 36.9-14）。

36-37. 这个"柏拉图的教义"必定来自《斐德若》245c-d6：灵魂是（1）αὐτὸ κινοῦν,（2）一个 ἀρχή。看起来这是 αὐτοπαραγωγός 代替通常的 αὐθυπόστατος 的唯一一次出现（在 *LSJ* 中并非如此）（Pr., *elem.* 40-51; 189; 191; *Tim.* I 232.11-18）。

37-40. 亚里士多德的通式（Ar., *phys.* VIII 10, 266a24-26）是这样 ὅτι δ' ὅλως οὐκ ἐνδέχεται ἐν πεπερασμένῳ μεγέθει ἄπειρον εἶναι δύναμιν, ἐκ τῶνδε δῆλον. 普洛克罗斯经常提到它：*inst. phys.* II 8 τῶν πεπερασμένων κατὰ τὸ μέγεθος σωμάτων οὐκ εἰσιν αἱ δυνάμεις ἄπειροι. *Parm.* 1119.26-28; *theol.* II 2, 18.17-19.2; *Tim.* I 253. 10; 267.13-14; 295.3-4. *elem.* 96 παντὸς πεπερασμένου σώματος ἡ δύναμις, ἄπειρος οὖσα, ἀσώματός ἐστιν 这段话，可以有不同的界定（如 *Parm. l.c.* σῶμα... καθὸ σῶμα δύναμιν ἄπειρον οὐκ ἔχει），参照 Dodds p. 250. Dam. II § 36.9-10 有正面的记述：δύναται γὰρ καὶ ἐν τῷ πεπερασμένῳ σώματι δύναμις εἶναι ἄπειρος, ὡς ἐν ἄλλοις δείκνυται（很可能在他自己的《蒂迈欧》的义疏中）。这个差距并不像看起来可能的那样大：如果一个有限体（a finite body）可以说成是具有无限的潜能（来存在），那么只能理解为这种潜能是偶然的，并且是由一个更高的原理（principle）连续地赋予的，这由该有限体所能包含的程度而定：ἐπιρρέον ἄρα δώσει καὶ ἀεὶ ἐπιρρέον ὅσην δύναται λαμβάνειν（Pr., *Tim.* I 268.4-5）。δώσει 的中性主语是 ἄλλο（更高的原理），这样 ἐπιρρεῖν 作为使役动词，是 ἐπινάειν 的同义词，人们很少用它，在这里专门用于描述这个特殊的过程，力量的无限流（the infinite influx of power）转化为能力有限的一种物质（substance）：Pr., *Tim.* I 279.11; 473.25-27（schol.）; II 100.18-19; 131.3; Ascl., *met.* 23.5; 120.2; 186.1; Dam. II § 36.7; 以及 Ol. *h.l.*（编定本中的 ἐπινεύεται 有点错误，M 中还有 -á-）。其产生有两个解释：（1）普洛克罗斯不满意 ἐπιρρεῖν 的及物形式，因而就生造了它，也可能（2）出现于伽勒底圣言或者 Orphic epic 中，有在某个语境中可以得到这样的解释。

44. Ar., *met.* Z 6, 1032a4-6 ὅτι μὲν οὖν ἐπὶ τῶν πρώτων καὶ καθ' αὑτὰ λεγομένων τὸ ἑκάστῳ εἶναι καὶ ἕκαστον τὸ αὐτὸ καὶ ἕν ἐστι, δῆλον. 参照 *an.* III 4.429b10-22。

46. συναναπέφυρται τῇ οἰκείᾳ στερήσει：参照 Dam. I § 94.5 中的注释。

47. ἀεὶ καὶ ὡσαύτως：插入的 καὶ 很普通：Pr., *Alc.* 23.16; Ol., *Gorg.* 17.12。

3. 接着,他认为人也是组合的(composite),可以分解为灵魂和肉体这两种成分,并提出一个问题,即哪一个更相似于不可分解的实体,是灵魂还是肉体? 柏拉图认为是灵魂,并佐以三个论证:灵魂之不可见,灵魂可以思想,灵魂对肉体的掌控。[5]这些论证似乎产生于灵魂的实质:其存在、其知识以及其生命。(1)不可见性与存在有关,因为存在可分为两类,一是可见的(有形的形式),一是不可见的(形式)。(2)知识方面:肉体的活动伴随着感官知觉,而灵魂的活动则是推理,这与知识有关。(3)灵魂掌控肉体的论证则与生命有关,[10]因为灵魂是肉体的构成性原理,作为自我运动的实体,它支配肉体。虽然灵魂的低级形态并不能给肉体以生命,但它们本身仍然是它的生命,只不过层次不同而已,如有气腔肉体的非理性灵魂、"类壳"类肉体的植物性灵魂。利用这三个论证,柏拉图根据下列方式证明灵魂与不可分解性实体更为相似,(1)"灵魂不可见,不可见性与不可分解性事物的特征更为符合";(2)"灵魂具有思想力,肉体则无,[15]这一点与不可分解性事物的特征更为符合";(3)"灵魂掌控着肉体,这更符合不可见性事物的特征。"随后他得出这样的结论:"灵魂在各个方面都比肉体更像不可分解性事物,在各个方面都更像不可分解性事物的,当然是更不可分解的,[20]因此,灵魂是更不可分解的";"更为不可分解的事物比肉体更为耐久,所以灵魂就比肉体更为耐久";"更为耐久的事物在分离后持续存在,甚至肉体在死亡后也不立即就腐朽,它还可以保持一段时间(尤其如果像埃及人那样对尸体进行防腐处理,那保持时间就更长),那么灵魂在与肉体分离后就保持";这也恰恰解答了年轻的人们倍感疑惑的问题:灵魂在离开肉体之后是否马上散开并分解。[1]

4. 义疏者们感兴趣的是这个论证是否证明灵魂的不朽。现在所有其他注释家们都同意,只有从灵魂本质出发所做的论证才证明了灵魂的不朽。至于从回忆角度做的论证,则表明灵魂必然先于肉体存在, 但并没有证明灵魂总是存在;目前讨论的论证表明灵魂具有后存性(post-existent),因为灵魂更为不可分解;灵魂也可以续存(survive)更长时间,[5] 因为它更耐久,但是并没有证明灵魂确实不朽。哲人扬布里柯则不同意这种观点,他认为从相似性做的论证也完全证明了灵魂的不朽。在他看来,就相似性角度论证而言,柏拉图已证明了灵魂更为耐久,但从文本中所做假定可以推出灵魂的不朽。[10] 这些假定把灵魂看作非—组合性的 [78c1-9],并且掌控着肉体 [79e8-80a6]。现在普罗提诺 [IV 7, 2-11?] 正确地教导说,任何可毁灭的东西,其毁灭必定出于两个起因之一:该事物或是组合性的,或是处于支撑物(substrate)之中:无形(incorporeal)事物毁灭是因为它们是在支撑物之中,肉体毁灭则是因为它们是组合的。因而,如果灵魂既非组合(扬布里柯就有这样的观点,文本本身已经表明,[15] 其中根本没有提到"不可见的",只有"非组合的"字眼,显然这二者被认为是同一个了),也非处于支撑物之中,并且因为灵魂掌控着肉体,赋予其生命,并因而是它自身运动的起因,因而灵魂就将没有任何毁灭的方式,组合物的方式不行,处于支

1　§ 3.1-10. Dam. I § 325; II § 32-33.

　5-10. 关于 *οὐσία - ζωή - γνῶσις* 参见 4 § 1.2-4。奥林匹奥多罗再次接受追随普洛克罗斯,也没有提到 Dam. II § 33.5-7 的提议。

　11-12. 参照 3 § 4.8 的注释。奥林匹奥多罗预先用到了属于从灵魂本质所做的论证的一个要点,参照 Dam. I § 445。

　16-20. 参照 D am. I § 329; II § 34。

撑物中的方式也不行。[1]

1　§4. Dam. I § 311; II § 29. 扬布里柯(Ph. 残篇 4)试图为《斐多》中的每个灵魂不朽论证寻找完全的证明(参照上文 11§ 2),但是在这儿遇到柏拉图本人在 80a10-b10 指出的困难,即这些论证显而易见都非常有限。他采取的办法就是主张柏拉图的两个假定,一个是灵魂是非组合性的(non-composite),一个是灵魂支配肉体,已经蕴涵了完全的证明。根据这些前提得到的证明据信为普罗提诺所做,我们发现普洛克罗斯在 Pr., elem. 187 中几乎以同样的形式做这个证明, πᾶσα ψυχὴ ἀνώλεθρός ἐστι καὶ ἄφθαρτος. πᾶν γὰρ τὸ ὁπωσοῦν διαλύεσθαι καὶ ἀπόλλυσθαι δυνάμενον ἢ σωματικόν ἐστι καὶ σύνθετον ἢ ἐν ὑποκειμένῳ τὴν ὑπόστασιν ἔλαχε· καὶ τὸ μὲν διαλυόμενον, ὡς ἐκ πολλῶν ὑπάρχον, φθείρεται· τὸ δὲ ἐν ἑτέρῳ εἶναι πεφυκὸς τοῦ ὑποκειμένου ξωριζόμενον ἀφανίζεται εἰς τὸ μὴ ὄν. ἀλλὰ μὴν ἡ ψυχὴ καὶ ἀσώματός ἐστι καὶ ἔξω παντὸς ὑποκειμένου, ἐν ἑαυτῇ οὖσα καὶ πρὸς ἑαυτὴν ἐπιστρέφουσα. ἀνώλεθρος ἄρα ἐστὶ καὶ ἄφθαρτος. 它是命题 48 πᾶν τὸ μὴ ἀΐδιον ἢ σύνθετόν ἐστιν, ἢ ἐν ἄλλῳ ὑφέστηκεν. 的应用。再者在 Philop., an. 46.28-34πᾶν τὸ φθειρόμενον δυσὶ τρόποις φθείρεται, ἢ τῷ ἀναλύεσθαι εἰς τὰ ἑαυτοῦ στοιχεῖα ὡς τὰ ἡμέτερα, ἢ τῷ ἀποσβέννυσθαι ἐν τῷ ὑποκειμένῳ διὰ γίνεσθαι αὐτὸ ἀνεπιτήδειον, ὥσπερ ἡ ἁρμονία τῶν χορδῶν ἀποσβέννυται. διχῶς οὖν τῆς φθορᾶς οὔσης, ἢ ὡς ἐπὶ σωμάτων ἢ ὡς ἐπὶ ἀσωμάτων ἐν ὑποκειμένῳ σώματι ἐχόντων τὸ εἶναι, εἰ ἐδείχθη ἡ ψυχὴ καὶ ἀσώματος οὖσα καὶ χωριστὴ σώματος , κατ᾽ οὐδένα ἄρα τρόπον φθείρεται. 普罗提诺的文献中并没有以这种简明、紧缩的形式出现的论证。《九章集》IV 7Περὶ ἀθανασίας ψυχῆς 的主要部分的脉络大致如此: 灵魂不是肉体(2-8³),也不是肉体的和谐或者其隐特来希(8⁴⁻⁵),相反它是一种本性上完全不同的东西,是运动和生命的原理,在其纯粹的形式上与神圣者(the divine)(9-10)相似,因而是不朽的,因为它的生命并非偶然,而是本质性的(essential)(11)。12 章再次简要回顾该论证,表明它既对普遍灵魂(universal soul),也对个体灵魂(individual souls)成立,并再次提到灵魂的非组合特性(在 12.13,亨利[Henry]和施威泽[Schwyzer]参考的是 Dam. II § 39),不过,这确实很偶然,很明显我们这里讨论的论证有两个可能,要么完全为扬布里柯所重新构造,要么来自《九章集》之外的来源(参见 10 § 7.8-9 的注释)。Dam. II § 29.1-7 中有这样的评论,说到普罗提诺臆想自己是这个证明的最初提出者,但实质上它与柏拉图的第三个论证是同一个,似乎扬布里柯也有这样的看法。——普洛克罗斯(Dam. II § 29.7-11,参照 I § 311.8-12)认为这个论证是对柏拉图证明的合法解释,不过为了捍卫他自己的所谓非理性灵魂存续(survival)的主张,他还是认为该论证并非绝对证明,因为依然保留着这样的可能性,即尽管可以从土性肉体(earthly body)那里脱离,灵魂也许是肉身存在(corporeal existence)的一种更高形式的一个偶然物(换句话说,《斐多》86e6-88b8 中刻比斯所说的反对意见依然成立)。达玛斯基乌斯(Dam. I § 311.5-8; II 29.12-20)正确地否认了这些论证的同一性。

　　2-3. 参照上文 11 § 2。

　　6-8. 上文 10 § 1.14。

　　15. οὐδαμοῦ γὰρ 'ἀόρατον' αὐτὴν εἶπεν ἀλλὰ 'ἀσύνθετον': 这个陈述明显错(转下页)

5. 普洛克罗斯提出这样的问题：柏拉图所说的形式，是指造物主心灵中的绝对形式，还是人灵魂中的形式？两个各有各的道理。就前者来说，柏拉图在［78d3］提到"相等自身"和"美自身"，[5] 这些词都很适合于表达造物主心灵中的形式；并且因为柏拉图说灵魂就与它们相像［79b4-17］，如果这里说的是灵魂中的形式，那灵魂就不再只是像，而是与它们成为同一了。说人灵魂中的形式也有其道理，因为《斐多》［78d1-2］说"我们一再讨论并给出说明的那些事"，现在，[10] 他们所进行的讨论这整个事实和科学知识都适合于这一种形式，而绝对的形式则只能通过理智性直觉来认识。普洛克罗斯认为柏拉图所指包括了两者，因为理智性形式（intellective forms）是灵魂中的形式的原型，后者是前者的图像，原型和图像有其关联，而关联物中要认识一方必定要联系到另一方，因而，讨论原型就不可避免地也就等于讨论图像。[1]

6. 有这样的反对意见："单纯因为灵魂像不可分解性事物，就能够说灵魂更不可分解吗？依此而论，因为狗比马更像狼，就可以说狗就是狼吗？"持这种观点的人显然没有掌握这个论

（接上页）误，除非单纯从字面上非常狭窄的意义上来看（cf. 79b4-17）；仅当我们读为 *οὔ μὲν γὰρ 'ἀόρατον'... οὔ δὲ 'ἀσύνθετον'*, 才能保证 *ὡς ἂν ταὐτοῦ ὄντος* 这结论。

1　§ 5. 参照 . Dam. I § 274；II § 15。在普洛克罗斯体系中，形式在实在的每个层次上都清楚显现：在 *νοητόν* 上，是《蒂迈欧》的原型（archetypes）（*παραδείγματα* 或者 *ἰδέαι*, theol. III 19），在普遍的德穆革层次，是 *εἴδη* 的充分发展的世界（theol. V 12；普罗提诺主张可知者［the intelligibles］在理智［the intelligence］中，与此部分符合），在灵魂中是 *εἴδη* 或 *λόγοι*，在自然中是 *λόγοι*，最后是 *ἔνυλα εἴδη*。

5. *τὴν ψυχήν*：芬克对 *τὰ ψυχικὰ εἴδη* 的改正有一定道理，虽然这个写作错误常见不过，往往在书写时就已形成。

13. Ar., *met.* Γ 2，1004a9-10*μιᾶς*（scil. *ἐπιστήμης*）*τἀντικείμενα θεωρῆσαι*。用来形容 *top.* VI 4，142a22-31。

证的精髓,因为证明灵魂不可分解,原因是它比肉体更像不可分解者,这里边有这样的蕴涵,即肉体也不可分解(body too is indissoluble)。[5] 与此相反,狗比马更像狼,但它并不就是狼。而灵魂和肉体两者都具有不可分解的特质。

还有一个反对意见,"按照这个推理,形式比物质更像不可分解者,因而形式就更不可分解,这样,如何解释物质不可毁灭(indestructible),而形式却会消失不见这个事实?"可以这样回答:形式并不是在每个方面都像不可分解的实体,[10] 就其有限性、界限和现实情况来说,它确实像它们,另一方面,就形式只能存在于支撑物之中来说,则不像。

还有人说就算这个证明可行,那么是否本性(nature)就也应该是不可分解的了,因为本性要比肉体(body)更像不可分解的实在,因为它捏合肉体成形,并赋予其信息。我们的回答是:由于同样的原因,本性并非不可分解,它依靠肉体,以肉体作为支撑物才能存在。[15] 关于这个我们就说这么多。[1]

7. 'Well then, ' said Socrates, 'the kind of question…' [78b4]

苏格拉底说:"那么好吧,这类问题……"

这等于说,"年轻人,接下来我们还得考察灵魂是否在死后

1　§6. 这个反对意见也许来自斯特拉图,当然这种可能性很小,参见导言 pp.7-8。

　　1-6. Dam. I § 336; II § 41. 奥林匹奥多罗追随普洛克罗斯,而忽略了达玛斯基乌斯的解答(II § 41.3-4)。

　　2-3. 柏拉图,《智术师》231a4-6 Ἀλλὰ μὴν προσέοικέ γε τοιούτῳ τινὶ τὰ νῦν λεγόμενα.- Καὶ γὰρ κυνὶ λύκος, ἀγριώτατον ἡμερωτάτῳ。

　　7-11. Dam. I § 337; II § 42. 再次忽略达玛斯基乌斯的解答(I § 337.3-4; II § 42.3-4)。

　　12-15. Dam. I § 338; II § 43. 根据达玛斯基乌斯的记录,普洛克罗斯没有用 φύσις,用的是 ἡ ἐν ὑποκειμένῳ ζωή (I) 和 ἡ μερικὴ ζωή (II)。

继续存在"。前面已经从回忆角度论证了灵魂的先行存在。

8. What kind of thing is subject to this process of dispersal [78b5-6]

哪类事物会经受这样的消散过程

哪类事物会很自然地要遭到分散的命运？

似乎苏格拉底就同一个事情说了三遍；他说："哪类事物会经受这样的消散过程？"然后又说："我们估计（fear）哪类事物会发生这种情况？"[5] 接着又说："对什么东西来说会发生这种情况？"不过仔细分析，这三个说法意思并不一样。第一个指的是事物本身，"什么部分会消散"，也就是说，肉体的动物性生命，而非灵魂；而"我们估计什么样的事物"指的是"我们认为什么样的存在物会有这样的消散过程发生"；最后以"对什么东西来说"这个词组来表达"什么人有理由担心这个过程将发生在他身上"这个问题。第一个与事物有关，次者与判断有关，最后一个则与人有关。

9. Is not anything that has been compounded and is composite [78c1]

难道不是那些已经结合起来或是组合性的事物吗？

是不是那组合而成、复合的自然易于解体，有如其为组合一样？一件并非组合的东西是不是最不容易解体的？

组合物可被分解，这是柏拉图的一个信条。在 [§2] 中我们提出了一个关于天体的问题，并给出了回答。"has been compounded"意味着有各个部分实际连接在一起，"是组合的"

则指的是整体,它由各组分构成。[1]

10．This essence of which we give an account [78d1]

我们给出说法的这个本质。

我们在问答过程中肯定的是那些实体本身。

我们已经在[§5]中说过,从这个就可以得出,苏格拉底指的是灵魂中的形式,对于其他的形式,很难给出个说明,因为它们超越了理性知识。[2]

11．The equal itself, the beautiful itself [78d3]

相等本身,美本身

这些用词很清楚地表明他是在讨论理想形式(ideal forms)。我们在[§5]中已经提到普洛克罗斯的解释。[3]

12．These you can touch and see and perceive with the other senses [79a1-2]

你可以触摸这些事物,看它们,用其他感官知觉它们

你能够看见它们,触摸它们,或者用其他感官感知它们,至于那些永远如一的实体却只能用理性去把握,是看不见的。

苏格拉底怎么能把这个说成是理想形式的特征?它们根本就不能用感官来感知啊。难道这可以用于理性形式吗?这个情况对二者来说并不一样:[5]可以通过感官—知觉把握理性形式(rational forms)(例如,观察一个人的面部,我们可以得到这

1　§9. 1-3. 上文§2.32-40。

2　§10. 上文§5.7-10。

3　§11. 1-2.上文§5.2-5。
　　2. 上文§5.11-14。

个人生活状态的线索,还有他是否理解了我们,也即他的知识状态的线索);与此对照,理想形式(ideal forms)则不能以任何感官知觉加以把握。

13．Be touched by anything else [79a3]
以别的什么东西加以触摸

触摸是一种轻微的接触(contact);苏格拉底并没有说我们掌握了它,而是说我们至多触摸了它。

14．Could we say it resembles form more and is more akin to it [79b4-5]
我们能说它更像形式,与其更具亲缘关系吗?

这里补充说"与其更具亲缘关系",其目的是要强调二者的相似性(likeness)和关系。

15．Not to men, at any rate, Socrates [79b8]
无论如何,人看不见,苏格拉底。
是不可见的,至少人看不见,苏格拉底。

在这里,看起来刻比斯似乎比苏格拉底更接近于真理:苏格拉底问"灵魂是可见的吗?"刻比斯回答说"人看不见",苏格拉底反驳道"人看不到的东西,对别的什么来说也是一样不可见"。[5] 这似乎有问题,因为有些动物有着特别敏锐的视力,能看到人看不到的东西。为了回答这个问题,我们需要考虑看(seeing)可以发生的几种方式:(1)通常的情况,我们人一般都这样看;(2)借助一种自然的奇特的能力(peculiarity),比如神奇的林克乌斯(Lynceus)能够看到远处之物;(3)借助人造工具,比如瓦罗(Varus)就向我们展示过靠某种眼药的帮助如何改变视野；（4）靠出神状态中的精神视觉，因为也有一种视力的出神状态，[10] 比如阿波罗尼乌斯（Apollonius）的故事，他住在罗马，曾经看到发生在埃及的事情。以上述方式人都看不到的东西，那对任何人来说都是不可见的。[1]

16．Now isn't this another thing we said a while ago [79c2]
这不就是我们刚才说过的那另一个事物吗？

我们不是早就已经说过，灵魂使用肉体来察知，通过视、听或其他官能来察知。

第二个论证，说的是灵魂比肉体更像不可分解的事物，这个论证与知识有关 [§3]。

17．To things that are never constant [79c6-7]
对那些永不稳定的事物

就被拉到那些变动不居的事物上去了。

灵魂的活动具有两面性：或者它是自然的，当灵魂不被肉

---

1   § 15. Dam. I § 333；II § 38. 5-7. 奥林匹奥多罗追随普洛克罗斯；Dam. II § 38.5-7 有批评意见。

8-9. Pr., *Rep.* II 117. 2-7. καὶ τοῖς ὀφθαλμοῖς τινες χυλὸν ἐνιέντες στρύχνου καὶ ποῶν ἄλλων εἴδωλα ἄττα δαιμόνων ἐν ἀέρι καθορῶσιν, καί τινες ἄνευ τῆς ἐπιτεχνήσεως ταύτης πάσχουσιν ταὐτόν· καὶ προορατικοὶ γίγνονται τοῦ μέλλοντός τινες ἐκ τῶν καλουμένων ἀπογεύσεων, ἄλλων φύσει τὴν δύναμιν ταύτην ἐχόντων. 186.12-19 ἐπεὶ καὶ τοῦτό τινες ἔχοντες τὸ σῶμα διά τινων ἐγχρισμάτων αὐτοποῦσιν καὶ δαιμόνων σώματα ἀόρατα πρότερον ὄντα καὶ ἄλλων κοσμικῶν δυνάμεων· καὶ οὐ διὰ ζωῆς κάθαρσιν τούτων τυγχάνουσιν, ἀλλὰ δύναμιν {ἢ} φυσικὴν ἐντεθεῖσαν ἐκκαθαίρουσαν τὸ ὀπτικὸν φῶς ἀπὸ τῆς παχείας ὑγρότητος τῆς ἀναμεμιγμένης καὶ τῶν ἐκ τοῦ ἐγκεφάλου περιττωμάτων, καὶ ἐκεῖνο πυκνοῦσαν καὶ διὰ τῆς πυκνώσεως ῥωννῦσαν. 参见 E. R. Dodds, *Theurgy ang its Relationship to Neoplatonism*, Journ. of Roman Stud. 37, 1947, 56-69 (66), 多兹 (E.R.Dodds) 也引述了来自普塞洛）的文本以及神奇的纸草书，否则瓦罗将不为人知。

10-11. Philostr., *vit. Ap.* 5,30; 8,26; Dio Cass. 67,18.

体所牵扯,它自己做主,就是这种情况;或者它是反常的,当灵魂顺从于肉体的摆布即此。

18. It wanders and is confused and dizzy as if drunk [79c7-8]

它神智混乱,就像醉酒一样迷糊和晕眩

由于接触这类事物而颠倒错乱、头昏脑涨、如痴如醉。

"神智混乱"(wander)这个词用于形容生命力和知识,"迷糊"(is confused)则只形容生命力,"缭乱晕眩"(it is dizzy)只形容知识。显然"dizzy"这个词经过了仔细斟酌:就像遭受这种折磨的人大脑乱成一片,就以为外边世界也在晃动旋转一样,这样,灵魂只看到可感事物,就会以为所有事物都处于流变之中。

19. And is not this affect of the soul called insight? [79d6-7]

灵魂的这种感受不就被称为洞察吗?

灵魂的这种状态就叫明智,是不是?

苏格拉底在什么意义上把洞察称为灵魂的一种"感受"呢? 是在所有德性都是感受这种意义上,这是柏拉图的一个教义,任何分有(participate)物都为被分有物(participated)所"影响"(affected by)(也就是说,被动地觉察到)。 确实,在与被分有物的关系中,分有是被动的;[5]因此柏拉图说甚至真实—存在也"经受着"统一(unity)[《智术师》245b7-8],因为它分有大一(the One)。 由于灵魂分有绝对洞察,而绝对洞察在理智(Intelligence)之中,因而苏格拉底才称洞察为灵魂的一种"感受"。 也可以这样解释,灵魂在其整体

来说是自—动的（self-moved），它作为运动者是主动的，作为被
动者（moved）则是被动的，洞察也是一种被动过程。[1]

20. Look at it in this way, too [79e8]
也以这种方式来看它

我们再换一种方式看看。

第三个论证，与灵魂的生命有关 [§3]：灵魂支配着肉体（因
为使用者支配着工具），灵魂激活肉体，并且灵魂是自—动的。
灵魂的较低层次就是肉体生命的形式，但是它们并不赋予肉体
以生命。

---

1   § 19. Dam. I § 334; II § 39.

　　3-4. 参照 Pr., *Tim.* II 304.19-22 *καὶ γὰρ τὸ μετέχειν Πλάτων διὰ τοῦ πεπονϑέναι δηλοῖ*
πολλάκις, ὡς ἐν Σοφιστῇ μεμαϑήκαμεν, ὅπου λέγει τὸ ὅλον πεπονϑὸς εἶναι τὸ ἕν, ἀλλ᾽ οὐκ
οὑτοέν, ὡς μετέχον τοῦ ἑνός. Dam., *Parm* 43.9-11。

缩 写 表

文献方面

1. Beierwaltes : W. Beierwaltes, *Proklos, Grundzüge seiner Metaphysik*, Frankfurt am Main [1965]. (《普洛克罗斯形而上学的基本特征》)

2. Beutler, art. Ol. : R. Beutler, *RE* art. Olympiodoros (13), vol. 18,1, 1939, 207-228. (《古代科学经典百科全书·奥林匹奥多罗条目》)

3. Beutler, art. Pr. : id., *RE* art. Proklos (4),vol. 23,1957, 186-247. (《古代科学经典百科全书·普洛克罗斯条目》)

4. Courcelle : P. Courclle, *Les lettres grecques en occident*, Paris 1943. (《希腊人西方信札》)

5. Des Places : see *Child. Or.*

6. Dodds : see Pr., *elem.*

7. Finckh : see Ol., *Ph.*

8. Kroll : see *Chald. Or.*

9. Lewy : Hf. Lewy, *Chaldaean Oracles and Theurgy*, Cairo 1956. (《迦勒底圣言和秘法术》)

10. *LSJ* : Liddell-Scott-Jones, *A Greek-English Lexicon*. (《希—英词典》)

11. Norvin : see Ol., *Ph.*

12. Norvin,1915 :W, Norvin, *Olympiodoros fra Alexandria og hans commentar*

til Platons Phaidon, Copenhagen 1915.（《亚历山大里亚学派的奥林匹奥多罗的〈斐多〉义疏》）

13. Pepin：J. Pepin, *Mythe et allegorie*, Paris［1958］.（《神话和寓意》）

14. RE：Pauly-Wissowa-Kroll, Realencyclopädie der classischen Altertumswissenschft.（《古代科学经典百科全书》）

15. Rosan：L. J. Rosan; *The Philosophy of Proclus*, New York 1949.（《普洛克罗斯哲学》）

16. Theiler：W. Theiler, *Forschungen zum neuplatonismus*, Berlin 1966.（《新柏拉图主义研究》）

文本方面

1. Alb., *isag.*：Albinus, *Isagoge*, ed. C. F. Hermann, *Platonis Dialogi* VI, Leipzig 1853.

阿尔比诺,《导论》。

2. Alcin., *did.*：Alcinous, *Didascalicus, ibid.* 152-187=Albinos, *Epitome*, ed. P. Louis, Paris 1945.

阿尔基诺,《教学》。

3. Alex., *met.*：Alexander, *In metaphysica*, *CAG* I.

亚历山大,《〈形而上学〉义疏》。

4. Alex., *top.*：Alexander, *In topica*, *CAG* II2.

亚历山大,《〈论题篇〉义疏》。

5. Amm., *anal. pr.*：Ammonius, *In analytica priora*, *CAG* IV 6.

阿莫尼乌斯,《〈前分析篇〉义疏》。

6. Amm., *cat.*：Ammonius, *In categorias*, *CAG* IV 4.

阿莫尼乌斯,《〈范畴篇〉义疏》。

7. Amm., *int.*：Ammonius, *De interpretatione*, *CAG* IV 5.

阿莫尼乌斯,《论解释》。

8. Amm., *isag.*：Ammonius *In Porphyrii Quinque voces*, *CAG* IV 3.

阿莫尼乌斯,《论波菲利的五个词语》。

9. Ar., : Aristotle.

10. Ascl., *met.* : Asclepius, *In metaphysica, CAG* VI 2.

阿斯克勒皮乌斯,《〈形而上学〉义疏》。

11. Ascl., *Nicom.* : Asclepius, *Commentary to Nicomachus' Introduction to Arithmetic,* ed. L. Taran, Philadelphia 1969.

阿斯克勒皮乌斯,《〈尼各马可算术导论〉义疏》。

12. Atticus : *Fragments*, ed. E. des Places (to appear Paris 1976).

阿提库斯,《残篇》。

13. *CAG : Commentaria in Aristotelem Graeca*, ed. Acad. litt. reg. Boruss., Berlin 1882-1909.

《关于希腊人亚里士多德的义疏》。

14. *Chald. Or.* : *Oracles chaldaiques*, ed. E. des Places, Paris 1971.

《迦勒底圣言》

15. *Chald. Or.* : W: Kroll, *De oraculis Chaldaicis*, Breslau 1894 (repr. Hildsheim 1962).

16. *CPG : Corpus Paroemiographorum Graecorum.* edd. Leutsch-Schneidewin, 2 vols.,Göttingen 1839 -51 (repr. Hildsheim 1958).

《希腊箴言全集》

17. Dam., *Parm.* : Damascius, *In Parmenidem*, ed. C. A. Ruelle, *Damascii Dubitationes et solutiones*, Paris 1889 (repr. Amsterdam 1968), II 5-322.

达玛斯基乌斯,《〈帕默尼德〉义疏》。

18. Dam., *Ph.* : Damascius, *On the Phaedo* (vol. II of this ed.).

达玛斯基乌斯,《论〈斐多〉》。

19. Dam., *Phil.* : Damascius, *On the Philebus*, ed. Westrink, Amsterdam 1959.

达玛斯基乌斯,《论〈斐勒布〉》。

20. Dam., *princ.* : Damascius, *De principiis*, ed. C.A.Ruelle, *Damascii Dubitationes et solutiones*, I; II 1-4.

达玛斯基乌斯,《论原理》。

21. Dam., *vit. Isid.* : Damascius, *Vitae Isidori reliquiae*, ed. C. Zintzen, Hildesheim 1967.

达玛斯基乌斯,《伊西多若的后半生》。

22. Dav. : David, *In isagogen*, CAG XVIII 2

　　戴维,《〈导论〉义疏》。

23. El., *anal. pr.* : Elias, *On the Prior Analytics,* ed. L. G. Westrink, Mnemosyne, S. IV, 14, 196,1 126-139.

　　爱里亚斯,《论〈前分析篇〉》。

24. El., *cat.* : Elias, *In categorias. CAG* XVIII 1, 105-255.

　　爱里亚斯,《论〈范畴篇〉》。

25. El., *isag.* : Elias, *In isagogen. CAG* XVIII 1, 1-104.

　　爱里亚斯,《〈导论〉义疏》。

26. Eunap., *vit. soph.* : Eunapius, *Vitae sophistarum*, ed. G. Giangrande, Rome 1956.

　　欧那皮,《智术师传》。

27. *FHG* : *Fragmenta Historicorum Graecorum*, ed. C. Müller, Paris 1841-70.

　　《希腊历史残篇》

28. *Fihrist* : *Kittab-al-Fihrist*, hrsg. von G. flügel, Leipzig 1871-72(repr. Beirut 1964).

　　《群书类述》

29. *Fihrist* : *The Fihrist of al-Nadim.* transl. Bavard Dodge, vol. II, new York and London 1970.

　　《纳迪姆的书目》

30. *Gnomol. Vat.* : *Gnomologium Vaticanum*, ed. L. Sternbach, Wiener Studien 9-11, 1887-1889; repr. Berlin 1963.

　　《梵蒂冈箴言集》

31. Harpocratio: Fragments, ed. J. M. Dillon, California Studies in Class. Ant. 4,1971, 125-146.

　　哈泼克拉提奥,《残篇》。

32. Heliodorus : *Heliodori ut dictur in Paulum Alexandrinum commentarium*, ed. Ae. Boer, Leipzig 1962.

　　贺里奥多若,《亚历山大里亚的保罗斯著作的义疏》。

33. Hermias : *Hermiae Alexandrini in Platonis Phaedrum scholia*, ed. P.Couvreur, Paris 1901.

赫尔米亚,《亚历山大里亚学派的赫尔米亚对〈斐多〉的注释》。

34. Hierocl., *carm. aur.* : Hierocles, *In aureum carmen*, ed. F. W. A. Mullach, Fragm. philos. Gr. I, Paris 1857, 416-484.

希耶罗克勒,《金言义疏》。

35. Iambl., *comm. math.* : Iamblichus, *De communi mathematica scientia*, ed. N. Festa, Leipzig 1891.

扬布里柯,《普通数学知识》。

36. Iambl., *myst.* : Iamblichus, *Les mysteres d'Egypte*, ed. E. des Places, Paris 1966.

扬布里柯,《神秘埃及》

37. Iambl., *protr.* : Iamblichus, *Protrepticus*, ed. H. Pistelli, Leipzig 1888.

扬布里柯,《劝勉词》（英文名为 *Exhortation to Philosophy*）。

38. Iambl., *vit. Pyth.* : Iamblichus, *De vita Pythagorica*, ed. L. Deubner, Leipzig 1927.

扬布里柯,《毕达哥拉斯生平》。

39. Iambl., *frags.* : Iamblichus, *In Platonicos dialogos commentariorum framenta*, ed. J. M. D. Leiden 1973.

扬布里柯,《柏拉图对话义疏残篇》。

40. Marin., *vit. Pr.* : Marinus, *Vita Procli*, ed. J. F. Boissonade, Leipzig 1814.

马里诺,《普洛克罗斯行传》。

41. Numenius : *Fragments*, ed. E. des Places, Paris 1973.

E. A. Leemans, *Studie over den wijsgeer Numenius van Apamea met uitgave der framenten*, Brussels 1937.

努曼尼乌斯,《残篇》。

42. Ol.: Olympiodorus.

43. Ol., *Alc.* : Olympiodorus, *On the Alcibiades*, ed. Westrink, Amsterdam 1956.

奥林匹奥多罗,《论〈阿尔喀比亚德〉》。

44. Ol., *cat.* : Olympiodorus, *In categorias, CAG* XII 1.

　　奥林匹奥多罗,《〈范畴篇〉义疏》。

45. Ol., *Gorg.* : Olympiodorus, *In Gorgiam.* ed. Westrink, Leipzig 1970.

　　奥林匹奥多罗,《〈高尔吉亚〉义疏》。

46. Ol., *mete.* : Olympiodorus, *In meteora, CAG* XII 2.

　　奥林匹奥多罗,《〈天象学〉义疏》。

47. Ol., *Ph.* : Olympiodorus, *In Phaedonem,* ed. Norvin, Leipzig 1913. Ed. C. E. Finckh, Heilbronn 1847. Ed. A. Mustoxydes – D. Schinas, Venice 1816.

　　奥林匹奥多罗,《〈斐多〉义疏》。

48. *Orphica* : O. Kern, *Orphicorum fragmenta*, Berlin 1922 (repr. 1963).

　　《俄耳甫斯教残篇》

49. Panaetius : *Panaetii Rhodii fragmenta, ed.* M. van Straaten, [3] Leiden 1962.

　　帕耐提乌斯,《帕耐提乌斯残篇》。

50. *PG* : J. P. Migne, *Patrologiae cursus completus*, Series Graeca.

　　米涅,《教父全集》。

51. Philop., *aet.* : Philoponus, *De aeternitate mundi*, ed. H. Rabe, Leipzig 1899.

　　菲洛波诺,《论世界的永恒性》(英文名为 *On The Eternity of the World*)。

52. Philop., *an.* : Philoponus, *De anima, CAG* XV.

　　菲洛波诺,《论灵魂》。

53. Philop., *anal. pr.* : Philoponus, *In analytica priora, CAG* XIII 2.

　　菲洛波诺,《〈前分析篇〉义疏》。

54. Philop., *anal. post.* : Philoponus, *In analytica posteriora, CAG* XIII 3.

　　菲洛波诺,《〈后分析篇〉义疏》。

55. Philop., *cat.* : Philoponus, *In categorias, CAG* XIII 1.

　　菲洛波诺,《〈范畴篇〉义疏》。

56. Philop., *mete.* : Philoponus, *In meteora, CAG* XIV 1.

　　菲洛波诺,《〈天象学〉义疏》。

57. Philop., *Nicom.* : Philoponus, *In Nicomachi arithmeticam introductionem*, ed. R. Hoche. Wesel 1864-1867.

菲洛波诺,《〈尼各马可算术导论〉义疏》。

58. Philop., *phys.* : Philoponus, *In physica, CAG* XVI-XVII.

菲洛波诺,《〈自然学〉义疏》。

59. Porph., *abst.* : Porphyrius, *De abstinentia*, ed. Nauck (*Porphyrii opuscula selecta*, ² Leipzig 1886).

波菲利,《论节制》（见《波菲利短文选》）。

60. Porph., *de antro* : Porphyrius, *The Cave of the Nymphs*, ed. Seminar Cl. 609, Buffalo 1969.

′波菲利,《宁芙仙府》。

61. Porph., *isag.* : Porphyrius, *Isagoge,* CAG IV 1.

波菲利,《导论》。

62. Porph., *sent.* : Porphyrius, *Sententiae aad intelligibilia ducentes*, ed. E. Lamberz, Leipzig 1975.

波菲利,《200 个可识者之观点》(英文名 *Starting-points leading to the intelligibles*)。

63. Porph., *vit. Plot.* : Porphyrius, *Vita Plotini* (*Plotini opera,* edd. Henry-Schwyzer, I, Paris-Brussels 1951).

波菲利,《普罗提诺行传》。

64. Porph., *vit. Pyth.* : Porphyrius, *Vita Pythagorae,*ed. Nauck (see above).

波菲利,《毕达哥拉斯传》。

65. Priscian., *solut.* : Priscianus, *Solutiones ad Chosroem,* ed. Bywater, Suppl. Ar. I 2, Berlin 1886.

普瑞斯奇亚诺,《回答考斯罗》。

66. Pr., *Alc.*: Proclus, *On the Alcibiades*, ed. Westrink, Amsterdam 1954.

普洛克罗斯,《论〈阿尔喀比亚德〉》。

67. Pr., *Crat.*: Proclus, *In Cratylum*, ed. G. Pasquali, Leipzig 1908.

普洛克罗斯,《〈克拉底鲁〉义疏》。

68. Pr., *de arte hier.*: Proclus, *De arte hieratica,* ed. J. Bidez (*Catalogue des manuscripts alchimiques grecs* VI, Brussels 1928. 148-151).

普洛克罗斯,《论神圣》。

69. Pr., *decem dub.*: Proclus, *De decem dubitationibus*, ed. H. Boese (*Procli Tria opuscula*, Berlin 1960, 3-108).

普洛克罗斯,《论十惑》。

70. Pr., *elem.*: Proclus, *The Elements of Theology*, ed. E. R. Dodds, ² Oxford 1963.

普洛克罗斯,《神学原理》。

71. Pr., *Hes.*: Proclus, in : *Scholia vetera in Hesiodi opera et dies*, ed. A. Pertusi, Milan 1955.

E. Vogt, Wiesbaden 1957

普洛克罗斯,《〈赫西俄德工作与时日〉注释》。

72. Pr., *inst.phys.*: Proclus, *Institutio physica*, ed. A. Ritzenfeld, Leipzig 1912.

普洛克罗斯,《自然学原理》。

73. Pr., *Parm.*: Proclus, *In Parmenidem*, ed. V. Cousin, *Procli opera*, Paris 1864 (repr. Hildesheim 1961).

普洛克罗斯,《〈帕默尼德〉义疏》。

74. Pr., *prov.*: Proclus, *De providentia et fato*, ed. Boese, op. cit. 109-171.

普洛克罗斯,《论天佑和命运》。

75. Pr., *Rep.*: Proclus, *In Rempublicam,* ed. W. Kroll, 2 vols., Leipzig 1899-1901 (repr. Amsterdam 1965).

普洛克罗斯,《〈王制〉义疏》。

76. Pr., *theol.*: Proclus, *Theologie platonicienne,* Livres I/II. edd. Saffrey-Westrink, Paris 1968/74.

In theologiam Platonis, ed.Portus, Hamburg 1618 (repr. Frankfurt am Main 1960).

普洛克罗斯,《柏拉图的神学》。

77. Pr., *Tim.*: Proclus, *In Timaeum,* ed. E. Diehl, 3 vols., Leipzig 1903-06 (repr. Amsterdam 1965).

普洛克罗斯,《〈蒂迈欧〉义疏》。

78. *Proleg. : Anonymous Prolegomena to Platonic Philosophy*, ed. Westrink, Amsterdam 1962.

《无名氏的柏拉图哲学绪论》

79. Ps.-El. : Pseudo-Elias (Pseudo-David), *On Porphyry's Isagoge*, ed. Westrink, Amsterdam 1967.

伪爱里亚斯,《论〈波菲利的导论〉》。

80. Psell., *de aurea catena* : ed. C. Sathas, *Sur les commentaires byzantins relatifs auxcomedies de Menandre, aux poemes d'Homere, etc.*, Annuaire de l' Association 9, 1875, 1-36 (29-3).

81. Psell., *omnif. doctr.* : De omnifaria doctrina, ed. Westrink, Nijmegen-Utrecht 1948.

普塞洛,《诸学论》（英文名 *Episodes about the Mind*）。

82. Psell., *orac. Chald.* : *Commentaire des Oracles chaldaique*, in *Chald. Or.*, ed. Des Places, 163-186.

普塞洛,《迦勒底圣言义疏》。

83. Salustius, *de diis* : ed. G. Rochefort, Paris 1960.

萨卢斯提,《论神》。

84. *Schol. Pl.* : *Scholia Platonica*, ed. W. C. Greene, Haverford 1938.

《柏拉图对话注释》

85. Simpl., *an.* : Simplicius, *De anima, CAG* XI.

辛普里丘,《论灵魂》。

86. Simpl., *cael.* : Simplicius, *De caelo, CAG* VII.

辛普里丘,《〈天象学〉》。

87. Simpl., *cat.* : Simplicius, *In categorias, CAG* VIII.

辛普里丘,《〈范畴篇〉义疏》。

88. Simpl., *Epict.* : Simplicius, *In Epicteti enchiridion*, ed. F. Dübner (in: Theophrasti characteres, etc., Paris 1840).

辛普里丘,《〈爱皮克泰德手册〉义疏》。

89. Simpl., *phys.* : Simplicius, *In physica, CAG* IX-X.

辛普里丘,《〈自然学〉义疏》。

90. Step., *an.* : Stephanus, *De anima*=Philop., *an.* lib. III, pp. 406-607.

斯特法诺,《论灵魂》。

91. Step., *aphor.* : Stephanus, *In aphorismos* I-II: MS. Paris. gr. 2222. III-IV :
MS. Escor. Σ .II.10.

　　斯特法诺,《格言疏》。

92. Step., *progn.* : Stephanus, *In prognosticon, ed. F. R. Dietz in Scholia in
Hippocratemet Galenum,* Königsberg 1834 (repr. Amsterdam 1966) I 51-232.

　　斯特法诺,《〈希波克拉底的征象〉义疏》。

93. *SVF : Stoicorum veterum fragments*, ed. H. von Arnim. 4vol., Leipzig
1905-24 (repr. Stuttgart 1964).

　　《廊下派著作残篇》

94. Theodorus of Asine : W. Deuse, *Theodoros von Asine, Sammlung der
Testimonien und Kommentar*, Wiesbaden 1973.

　　多伊瑟,《雅辛的泰奥多罗,生平和义疏汇编》。

柏拉图部分著作缩写

1. *Alc., Alcibiades,* 《阿尔喀比亚德》

2. *Crat., Cratylus,* 《克拉底鲁》

3. *Crito,* 《克里同》

4. *Gorg., Gorgias,* 《高尔吉亚》

5. *Laws,* 《法义》

6. *Lysis,* 《吕西斯》

7. *Meno,* 《美诺》

8. *Parm., Parmenides,* 《帕默尼德》

9. *Ph., Phaedo,* 《斐多》

10. *Phaedr., Phaedrus,* 《斐德若》

11. *Phil., Philebus,* 《斐勒布》

12. *Rep. Republic,* 《王制》

13. *Soph. Sophist,* 《智术师》

14. *Theaet., Theaetetus,* 《泰阿泰德》

15. *Tim., Timaeus,* 《蒂迈欧》

16. *Statesman*, 《治邦者》

17. *Symposium*, 《会饮》

亚里士多德部分著作缩写

1. *Cat. Categoriae*, 《范畴篇》

2. *Int. De Interpretatione*,《解释篇》

3. *Anal. Pr. Analytica Priora*, 《前分析篇》

4. *Anal. Post. Analytica Posteriora*, 《后分析篇》

5. *Phys. Physica*, 《自然学》

6. *De Caelo*, 《论天》

7. *De Generatione et Corruptione*, 《论生成和衰朽》

8. *Met. Meteorologica*, 《天象学》

9. *Mun. De Mundo*, 《论宇宙》

10. *An. De Anima*, 《论灵魂》

11. *Met. Metaphysica*, 《形而上学》

12. *Eth. Nic. Ethica Nicomacheia*, 《尼各马可伦理学》

13. *Eudemus, Ethica Eudemia*, 《优台谟伦理学》

图书在版编目（CIP）数据

苏格拉底的命相——《斐多》讲疏 /（拜占庭）奥林
匹奥多罗著；宋志润译. —上海：华东师范大学出版社,2009.12
（柏拉图注疏集）
　ISBN 978-7-5617-7418-2

　Ⅰ.①苏… Ⅱ.①奥…②宋… Ⅲ.①柏拉图（前
427～前347）-哲学思想-研究 Ⅳ.①B502.232

中国版本图书馆CIP数据核字（2009）第236606号

华东师范大学出版社六点分社

企划人　倪为国

柏拉图注疏集

苏格拉底的命相——《斐多》讲疏

（拜占庭）奥林匹奥多罗　著

宋志润　译

责任编辑　　万　骏
版式设计　　于力平
封面设计　　吴正亚
责任制作　　肖梅兰

出版发行　华东师范大学出版社
社　　址　上海市中山北路3663号　邮编　200062
电话总机　021-62450163转各部门　行政传真 021-62572105
客服电话　021-62865537（兼传真）
门市(邮购)电话　021-62869887
门市地址　上海市中山北路3663号华东师范大学校内先锋路口
网　　址　www.ecnupress.com.cn

印 刷 者　上海印刷（集团）有限公司
开　 本　890×1240 1/32
插　 页　2
印　 张　7.25
字　 数　165千字
版　 次　2010年4月第1版
印　 次　2010年4月第1次
书　 号　ISBN 978-7-5617-7418-2/B·531
定　 价　29.80元

出 版 人　朱杰人